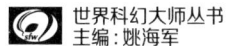
世界科幻大师丛书
主编：姚海军

THE NEANDERTHAL PARALLAX TRILOGY

尼安德特人三部曲

人　类

［加拿大］罗伯特·索耶 著

仇俊雄 译

四川科学技术出版社

HUMANS

Copyright © 2003 by Robert J. Sawyer

This edition arranged with The Lotts Agency Ltd.

through Andrew Nurnberg Associates International Limited

Simplified Chinese edition copyright:

2023 Sichuan Science Fiction World Co., Ltd.

All rights reserved.

图书在版编目(CIP)数据

尼安德特人三部曲. 人类 / [加] 罗伯特·索耶　著；仇俊雄　翻译.

--成都：四川科学技术出版社, 2023.7

(世界科幻大师丛书 / 姚海军　主编)

书名原文: Humans

ISBN 978-7-5727-1033-9

Ⅰ.①尼… Ⅱ.①罗…②仇… Ⅲ.①幻想小说 – 加拿大 – 现代

Ⅳ.①I711.45

中国国家版本馆CIP数据核字(2023)第124091号

图进字号：21-2021-47

世界科幻大师丛书

尼安德特人三部曲：人类

SHIJIE KEHUAN DASHI CONGSHU
NI'ANDETEREN SAN BU QU: RENLEI

丛书主编　姚海军

著　者　[加拿大] 罗伯特·索耶

译　者　仇俊雄

出 品 人　程佳月

责任编辑　兰　银　姚海军

特约编辑　兰　搏

封面绘画　郭　建

封面设计　李　鑫

版面设计　李　鑫

责任出版　欧晓春

出　版　四川科学技术出版社

　　　　　成都市锦江区三色路238号　邮政编码610023

　　　　　官方微博：http://weibo.com/sckjcbs

　　　　　官方微信公众号：sckjcbs

　　　　　传真：028-86361756

成品尺寸　140mm×203mm　　印　张　13.5

字　数　250千　　　　　　插　页　3

印　刷　四川南方印务有限公司

版　次　2023年8月成都第一版

印　次　2023年8月成都第一次印刷

定　价　58.00元

ISBN 978-7-5727-1033-9

邮 购：成都市锦江区三色路238号新华之星A座25层　　邮政编码：610023

电 话：028-86361770

致 谢

我在创作过程中得到了许多古人类学方面的帮助,这里我要感谢:密歇根大学的米尔福德·H.沃普夫博士、美国自然历史博物馆的伊恩·塔特索尔博士与格雷·J.索耶博士(我们真的不是亲戚)、布朗大学的菲利普·利伯曼博士、史密森尼国家自然历史博物馆的迈克尔·K.布雷特−苏尔曼博士和里克·波茨博士、不列颠哥伦比亚大学的名誉教授罗宾·里丁顿博士,以及前作《原始人》的致谢中所列出的各位专家。

我也特别感谢萨德伯里中微子天文台研究所所长阿特·麦克唐纳博士,还有萨德伯里中微子天文台的站点管理员J.邓肯·赫本博士。另外,我也要感谢住在萨德伯里的克里斯·霍兰德,他仔细地替我过了一遍书稿。

还要重点感谢我亲爱的妻子卡罗琳·克林克;我的编辑大卫·G.哈特韦尔和他的同事莫斯·费德;我的经纪人拉尔夫·维辛纳扎,还

I

有他的同事克里斯托弗·洛茨与文斯·杰拉迪斯；另外还有托尔出版社的汤姆·多尔蒂、琳达·昆顿、詹妮弗·马库斯、詹妮弗·亨特等等；图书发行公司H.B.芬恩的哈罗德和西尔维娅·芬恩、罗伯特·霍华德、海蒂·温特、梅丽莎·卡梅隆、大卫·伦纳德和其他所有人；另外，我也要感谢我的搭档特伦斯·M.格林、安德鲁·韦纳和罗伯特·查尔斯·威尔逊。

我也特别感谢拜伦·R.泰特里克，他邀请我为他于2002年编纂的文集《墙下的阴影：那些或许发生在越南的故事》（*In the Shadow of the Wall: Vietnam Stories That May Have Been*）（该书由坎伯兰书屋出版）撰稿，这部文集是个里程碑，同时也让我把注意力集中在几个关键的问题上；第22章的大部分内容最先就是以另一种形式刊登在该文集中的。

试读这部小说的读者们有特德·布莱尼、迈克尔·A.伯斯坦、大卫·利文斯通·克林克、马塞尔·加涅、理查德·戈特利布、彼得·哈拉兹、霍华德·米勒、阿里尔·里奇博士、艾伦·B.索耶和萨利·托马塞维奇，他们颇具洞见。另外我也很幸运能够再次与鲍勃和萨拉·施瓦格的润稿团队合作。

这本书有一部分是在约翰·A.索耶位于卡南代瓜湖的度假屋里写的，多谢老爸！我还要感谢尼古拉斯·A.迪卡里奥。我在创作期间频繁到访纽约州的罗切斯特，都是他负责接待，这本书有部分就是在那里完成的。

约克大学、萨德伯里中微子观测站和克莱顿矿井全都真实存在。不过本书中的所有角色都是由我想象出来的,并非真的指现实中在这些或者任何其他组织中担任或者曾经担任该职务的人员。

如果是那么简单就好了！在某个地方有一些坏人，阴险地干着坏事，只须把他们同其余的人区别开来加以消灭就行了。但是，区分善恶的界线，却纵横交错在每个人的心上。

谁能消灭掉自己的一小块心呢？

——《古拉格群岛》①

[俄]亚历山大·索尔仁尼琴

---

① [俄]亚历山大·索尔仁尼琴著，田大畏、陈汉章、钱诚译，群众出版社2015年版。

序　章

　　"我做了一件可怕的事。"庞特·博迪特跨坐在朱拉德·塞尔根办公室里的鞍形椅上。

　　第144代的塞尔根比庞特年长十岁。他的头发是充满智慧的银灰色,变宽了的发缝就像一道深深的河流,流过头顶,注入眉脊上方扁平的前额,"继续。"

　　"我那时候觉得自己没有别的选择,"庞特的双眼望向地面,眉脊让他免于和塞尔根那双碧玉般的眼睛对视,"我觉得自己必须这样做,但……"

　　"但你现在后悔了?"

　　庞特盯着房间里覆盖着苔藓的地面,沉默了。

　　"你后悔吗?"

　　"我——我不知道。"

　　"如果你有机会回到过去,还会这么做吗?"

庞特"哼"的一声,笑了出来。

"什么事那么好笑?"塞尔根问,他的声音里倒是没有恼怒,而是充满好奇。

庞特抬起头,"我还以为只有像我这样的物理学家才会热衷于这种思想实验。"

塞尔根微笑着回答:"我们的差别也不算很大。我们都致力于寻找真相,揭开谜团。"

"大概吧。"庞特说。他看着这个圆柱形房间的墙,光滑的木质墙面略带弧度。

"你还没回答完我的问题,"塞尔根说,"如果你方便的话,能请你再回答一遍吗?"

庞特又沉默了一会儿,塞尔根没有打扰他,让他静静地思考答案。"我不知道。"这是庞特最后的回答。

"你是真的不知道,还是根本就不想回答?"庞特再次陷入沉默。

"我想帮助你,"坐在鞍形椅上的塞尔根调整了一下坐姿,"这是我唯一的目标,我不会审判你。"

庞特又笑了起来,但这次笑声里带着悔恨,"这才是重点吧?没人会审判我。"

塞尔根皱起眉,"你想说什么?"

"我想说,在另一个宇宙、另一个地球上的人们相信有一个……嗯,我们的语言里没有这个词,而他们称之为'上帝'。那是一个创造了宇宙且至高无上的无形存在。"

塞尔根摇了摇头,"宇宙怎么可能有创造者呢?如果一个东西是被创造出来的,那它就一定有起源,但宇宙没有。它是永恒的。"

"你知道,我也知道,但他们不知道。他们认为宇宙只有一百二十亿年的历史,也就是一千五百亿个月左右。"

"在那之前存在着什么?"

庞特皱起眉,回忆着他和格里克辛女物理学家露·贝努特的对话——他真想把他们的名字给念对!"他们说,在那之前没有时间的概念,这一概念是宇宙诞生时才产生的。"

"这个想法还挺惊人的。"塞尔根说。

"没错,"庞特表示同意,"但如果他们承认宇宙一直存在,那就不会有那个'上帝'的位置。"

"你的男伴不是物理学家吗?"塞尔根问。

"阿迪克·胡德吗?"庞特说出了他的全名,"是的。"

"我相信你经常和阿迪克讨论物理问题。可我呢,倒是对其他事情更感兴趣。不过你为什么要把这个……呃,'上帝'的概念带入审判席,能再和我说说吗?"

庞特沉默了一会儿,想着要如何向他解释这个概念。"他们中的多数人,也就是另一群人类,似乎相信一种叫作'来世'的东西,那是人死后的一种存在形式。"

"但这个说法很荒诞,"塞尔根说,"从定义上看就自相矛盾。"

"是啊，"庞特微笑着，"但在他们看来很正常。他们甚至还给它起了个特别的名字，好像这样就能解决矛盾。我不能像他们那样读出这个词，不过听着大概是矛盾虚(修)饰法。"

塞尔根微笑着说："我还挺愿意请他们吃顿饭，顺带好好看看那些大脑的运作方式。"然后他顿了顿，"他们觉得这种死后的世界是什么样的？"

"这就是最有意思的地方。他们认为人死后会有两种情况，这取决于你生前的所作所为。如果你生前品行端正，那就会被嘉奖，来世进入极乐世界；如果你生前作恶多端，或者仅仅是在某件大事上作了恶，那死后就会被折磨。"

"但这是谁决定的？哦对，我知道了，是上帝，对吧？"

"是的，他们是这么认为的。"

"为什么？为什么他们会相信这么一个没道理的说法？"

庞特微微耸耸肩，"据历史资料记载，有人曾经和上帝沟通过。"

"历史资料？那现在呢？"

"有些人自称可以，但据我了解，这个说法还没什么依据。"

"那这个上帝需要负责审判世上的每个人？"

"应该是的。"

"但世上有一亿八千五百万人，每天要死好几千个。"

"这只是我们的宇宙，另一个宇宙里有六十多亿人呢。"

"六十亿!"塞尔根摇摇头,"而且每个人都在死的时候通过某种方式接受了分配,而你之前提到过的两种可能性,就是他们所面临的未来。"

"对,他们会接受审判。"

庞特看见塞尔根做了个鬼脸,格里克辛人的信仰里包含的种种细节显然引起了他的好奇,但他真正感兴趣的还是庞特的想法。"接受审判。"他重复道,好像这是一块精心挑选的肉,值得细细品尝。

"是的,审判。你能明白吗?他们没有植入式机侣,也没有远程档案。他们一生的所作所为缺乏完整的记录。而他们之所以这样,是因为他们觉得用不着这些。他们认为上帝在观察和监督这一切,注意他们的言行,护佑他们的安全。如果自己犯了错,是不可能逃脱审判的,至少不可能真正地、永远地逃脱惩罚。"

"但你说自己做了件可怕的事?"

庞特看向窗外自己生活的宇宙,"是的。"

"在那边?在另一个宇宙里?"

"对。"

"但你不相信他们口中的上帝是真实存在的。"

庞特用嘲弄的声音作为回应,"当然不信。"

"所以你相信,就算自己做了那件坏事,也不会受到惩罚。"

"没错。我不敢说那是完美的犯罪,但是在那个宇宙里也不可能有怀疑我的理由,而这个宇宙里也不会有人要求调阅我远程档案中的相关部分。"

"你把那件事叫作犯罪,是根据你之前去过的那个宇宙里的标准所做出的判断吗?"

"当然。"

"那如果你在这个宇宙里做了这件事,按照我们的标准,会认为这是犯罪吗?"

庞特点点头。

"你做了什么?"

"我……我不好意思说。"

"我和你说了,我是不会审判你的。"

庞特发觉自己猛地站了起来,激动地大喊:"这就是问题所在!没人审判我,这里没有,那里也没有。我犯了罪,而且也享受犯罪时的感觉。另外,为了让你继续沉浸在自己的思想实验里,我还要告诉你,如果再给我这么一次机会,我还会这么做。"

塞尔根沉默片刻,显然是在等庞特平复情绪。"庞特,只要你愿意,我就会帮助你,但你得先把这一切都告诉我。你必须告诉我发生了什么,你为什么会犯这个罪,以及事情是如何发展至此的。"

庞特坐了下来,在鞍形椅上晃荡着双腿,"一切都要从我首次前往另一个地球的旅程说起,我在那里遇见了一个女人,她叫玛①·沃恩……"

---

①由于尼安德人发不出"li"的音,所以女主玛利亚的名字在他们口中会变成玛。

第一章

这是玛利亚·沃恩在萨德伯里的最后一夜,她的心中肯定混杂着许多情绪。

她相信,发生了那件事之后,离开多伦多对她是有好处的。天啊,她想,这真的只是两周前的事吗?离开小镇,远离所有会让她想起那个可怕夜晚的事物,这肯定是个正确的选择。故事的结局带着哀伤的色调,但在她看来,自己和庞特的回忆却是千金不换。

这些回忆简直不真实。现在回想起来,这段经历简直太神奇,但无数照片、视频,甚至一些X光片都可以证明,这一切真的发生过。一个来自平行宇宙中另一个地球的现代尼安德特人不知为何闯入了这个世界。现在,他离开了,玛利亚也很难相信这一切。

但事情已经发生了,庞特真的来过,她也真的……

这件事是不是被她夸大了?她是不是放大了自己的感受?

不,不是的,它真的发生了。

她开始对庞特动心了，或许已经爱上了他。

如果她仍然清白完整，没有被人性侵，没有留下创伤，事情或许会完全不一样。噢，不对，她还是会爱上那个大块头，这点她能肯定。但当他们在夜晚仰望星空，他伸手抚摸她的手指时，她肯定不会浑身僵硬。

第二天，她对他说，这一切发生得太快了。尤其是在那件事之后……

她恨那个词，恨自己去想它、去说它。

尤其是在她被强奸之后。

明天她就要回家了，回到强奸案发生的地方，回到多伦多约克大学的校园里，回到之前担任遗传学教授的生活。

回到一个人的生活。

萨德伯里的许多事物都让她难以忘怀。她难忘通畅的交通，难忘在这里交的朋友，比如鲁本·蒙塔戈，没错，甚至还包括露易丝·贝努特。她难忘不大的劳伦森大学里那份悠闲的氛围，她在那里完成了对庞特·博迪特线粒体DNA的研究，证明了他就是尼安德特人。

但她意识到，自己最难忘的，就是站在乡间小路上，仰头望着清澈的夜空。她好难忘这段记忆。她难忘数不清的繁星，她难忘亲眼见到的仙女座大星云，这还是庞特指给她看的。她也难忘那晚看到的银河，在头顶形成一个弧形。

还有——

是的!

是的!

她特别想念的还有这个:北极光,摇曳的波纹横贯北方的天空,既是散发着浅绿光芒的薄暮,又是如魅如幻的纱帘。

玛利亚真希望今晚能再看一眼极光。她已经从鲁本·蒙塔戈的家里出来了(终于!),她和鲁本与露易丝刚刚在那里吃了最后一顿烧烤晚餐,现在她特意把车停在路边,看着夜空。

好在天公作美,极光美得令人窒息。

她永远会把极光和庞特联系到一起。她此生见过的另一次极光,就是和他一起。她感到胸中涌起一股奇怪的感觉,敬畏带来一种愈发强烈的感触,正在与悲哀伴生的感伤做斗争。

极光太美了。

而他却不在这里。

极光仍在闪烁摇曳,眼前的景物全都沐浴在冷绿色的微光下,壮观的美景下显出了白杨和桦树的剪影,树枝在八月轻柔的微风中摇曳。

庞特说他经常能看见极光,部分原因是他的同胞们比起这个宇宙的人来更能适应寒冷,所以也更喜欢住在较高的纬度。

还有一个原因,那就是尼安德特人的嗅觉很灵敏,而且植入体内的机侣也在时刻保持警惕,这样他们就算身处黑暗也不会有危险。在尼安德特人的宇宙里，庞特的故乡叫萨尔达克，它所在的位置就是这个宇宙中的萨德伯里所在的位置，在那儿的夜里，街上是没有灯的。

还有部分原因是尼安德特人所用的能源大部分都是清洁的太阳能，所以他们的空气污染远不如这里严重。

玛利亚现在已经三十八岁了，她之前从未见过极光，也想不到有什么可以重回安大略北部的理由，所以她知道，今晚可能是她最后一次见到这样起伏的极光。

她沉醉在眼前的景色里。

庞特说过，两个地球有些东西是一样的：比如地形的整体细节、多数动物和植物的种类（尼安德特人从不沉溺于杀戮，所以他们的世界里依然有猛犸象和恐鸟），以及气候的大致情况。但玛利亚是科学家，很清楚混沌理论：如果一只蝴蝶扇动翅膀，就能影响半个地球之外的气候。这个地球的这里是一片晴空，并不代表庞特的世界也是如此。

但如果天气碰巧相同，那庞特也有可能在抬头看着夜空。

可能也在想念玛利亚。

庞特看到的星系虽然有着不同的叫法，但和她眼前的是一样的，地面上没有什么东西能够干扰到遥远的群星，但极光也是如此吗？蝴蝶或者人类会对极光的舞动方式有影响吗？或许她和庞特看到的是同一片奇景，一层来回摆动的光帘，上方排列着北斗七星

(或他口中的猛犸星座头部)中的七颗亮星。

现在他也可能正看着同一条闪烁的光带,先是向右摆,然后又向左,为什么——

我的天。

玛利亚惊掉了下巴。

极光的光幕从中间分成两半,好似有一双看不见的手撕开了一张浅绿色的纸巾。裂缝越来越长,越来越宽,从上而下,朝着地平线的方向延伸。玛利亚在自己第一次看见极光的夜里可没见过这样的场景。

那层光幕终于分成了两半,有点像在摩西面前分开的红海。接着,两片光幕间出现了火花,看着像,但真的是吗? 它形成了一道光弧,短暂连接起了这道罅隙。随后,右半侧的光幕似乎从底部开始向上卷动,就像是窗户的卷帘慢慢卷到顶部的窗帘杆上。与此同时,它还在不断改变颜色,一会儿绿,一会儿蓝,一会儿紫,一会儿橙,现在又泛着青绿。

然后闪过一道光,炸开一片绚烂的光谱,有些极光消失了。

剩下的光幕开始旋转,像是被吸入了苍穹。它越转越快,抛出了一团团冷绿色的火焰。在夜色的映衬下,宛如轮形的烟火。

目睹这一切的玛利亚愣在原地。尽管这只是她第二次亲眼看到极光,但之前的那么多年,她也在书上和杂志上看过了数不清的极光照片。她之前就知道,那些静态的照片无法展示眼前的壮观景象,她也读到过极光是如何在空中荡漾与飘动的。

她从未料到是此刻眼前的这般景色。

旋涡继续收缩,同时越来越亮,直到最后发出了"噗"的一声——她真的有听到这个声音吗?

玛利亚踉跄着向后退去,结果撞到她租来的那辆道奇霓虹冰冷的金属车头上。她忽然发现周围森林所拥有的声音,包括昆虫、青蛙、猫头鹰,还有蝙蝠的声音,全都沉寂了,好像世间所有的生灵都在抬头看着这个奇景。

玛利亚的心怦怦直跳,她进入安全的车内之后,有个想法不断在她脑海中翻腾。

是不是意味着,她应该……

第二章

朱拉德·塞尔根从他的鞍形椅上站起来,在他的圆柱形办公室里走来走去,与此同时,庞特·博迪特向他讲述了首次前往格里克辛人世界的经历。

"所以,你和玛·沃恩的关系,结局并不完美?"塞尔根回到了他的座位上,问出了这个问题。

庞特点点头。

"我们对情感关系总是无能为力,"塞尔根说,"如果不是这种情况还会好点,但这也肯定不是第一段带着遗憾结束的感情。"

"是这样没错。"庞特轻声回答。

"你应该在想一个人吧? 和我说说。"

"我的女伴,克拉斯特·哈宾。"

"啊。你和她的关系结束了? 是谁先提议分开的?"

"谁都没提议分开,"庞特厉声反驳道,"克拉斯特在二十个月前去世了。"

"噢,节哀顺变。她是不是年纪比较大?"

"不,她也是145代的人,和我一样。"

塞尔根的眉毛挑过眉脊,"是出了什么事吗?"

"血癌。"

"唔,真是悲剧,但是……"

"塞尔根,别说了。"庞特的语调很尖锐。

"别说什么?"人格塑造师问。

"你接下来打算说的那些东西。"

"你觉得那是……"

"你想说我和克拉斯特的关系是突然结束的,就像我和玛的关系一样。"

"你是怎么觉得的?"塞尔根问。

"我就知道自己不应该来这里,你们这些人格塑造师都觉得自己很有洞见,但这些看法完全就是错的,太浅薄了!什么'关系A结束得很突然,所以关系B结束的方式就让你想起了关系A的结束',呵!"庞特轻蔑地哼了声。

塞尔根沉默了几拍,或许是想看看庞特愿不愿意再多说几句。等他发现对方不会再开口之后,才继续说道:"但你的确为这两个宇宙间的传送门重开起到了积极的作用。"他说完话之后,让句子在他们之间停留了一会儿,并没有催促庞特回应。最后,庞特自己开口了。

"所以你觉得我推进这件事就是因为这个?"庞特问,"你觉得我不在意它会给我们的宇宙带来什么后果,不在意它可能产生的影响,而是一心想为这段无果的关系画个句号?"

"那你告诉我是为什么。"塞尔根温和地问。

"不是这样,当然不是,我和克拉斯特还有我和玛这两件事只是表面看着像,但我是科学家! 是真正的科学家!"他瞪着金色的双眼,愤怒地盯着塞尔根,"我知道什么时候会出现真正的对称性,但肯定不是在这时候,我也知道什么叫作错误的类比。"

"但你的确催促银须长老会了。不单是我,其他好几千人都在自己的窥机上看到了。"

"是的,但是……"

"但是什么? 你那时候在想什么? 你想实现什么目的?"

"我什么都没想,只是在追求对我们最有益的结果。"

"你确定?"

"我当然确定!"庞特厉声说。

塞尔根没接话,而是让庞特聆听自己的声音在光滑的木质墙面上产生的回响。

自己整个人从这个世界传送到了另一个奇怪的世界,落入一片黑暗中,还差点淹死在一个巨型水罐里,庞特·博迪特得承认,他或者他的同胞们应该没有经历过比这更可怕的事。

话虽如此，在这个世界和这个宇宙发生过的事情里，就没有什么事能比在最高银须长老会做陈述更吓人。毕竟这次来的可不是地方层面的银须长老会，而是最高银须长老会，他们负责整个地球的运作。长老会的成员特地来到这里，来到萨尔达克，就是为了与庞特和阿迪克见面，还要见见那台他们运行过两次，成功打开过通往另一个世界传送门的量子计算机。

最高银须长老会的成员中，最年轻的也是143代的，比庞特年长了二十年。他们的智慧、经验……对了，如果这把上了年纪的老家伙执意要对付他，那么他们的刁难和恶意也挺吓人的。

庞特本来可以让这事就这么过去，反正也没人催促他和阿迪克重新打开通向另一个世界的传送门。说真的，只要庞特和阿迪克坚称打开通向另一个世界的传送门只是侥幸，那么除了伊维索的女科学家团队外，还真没人能反驳他们。

两个种族之间是不是真的能互通有无？庞特没法忽视这个问题，它很重要。交换信息肯定没问题，庞特的同胞们掌握的超导技术可以用来交换格里克辛人的宇宙飞船技术。除此之外，文化也可以交流，比如这个世界的艺术作品可以和另一个世界的艺术作品交换。这个世界有种叫作迪巴拉特的反复体史诗，或许可以与他在那个世界里听说的莎士比亚戏剧交换，也可以用伟大的凯伊达斯所创造的雕塑交换格里克辛画家的画作。

当然了,这些高尚的想法完全是他的一厢情愿。不过话又说回来,重新打开传送门对他自己又没什么好处。没错,他可以见到玛,但他和她差别很大,她肯定不会真的对他有兴趣。庞特所属种族的男性毛发茂盛,而她所属种族的男性则光溜溜的。自己又矮又壮,他们则多数身材修长。自己的双眼上方有着隆起的眉脊,眼睛是金色的,而不是玛的蓝色或者其他人的深棕色。

玛之前说她遭受过创伤,庞特相信她的话,自己主动却遭拒应该有很多因素,但最主要的原因肯定是这个。

不,不对。

这个想法不对。

他们之间真的互相吸引。虽然跨越时间,跨越物种,但这是真的。他能肯定。

如果他们恢复联系,那事情真的会向越来越好的方向发展吗?他珍惜自己和她共度的美好时光与回忆,但这只是回忆,因为他体内的机侣无法从另一个宇宙向自己的远程档案库传输数据。玛只存在于他的想象、意识和梦里。在这个世界,没有客观实体能够呈现她的样貌,不过阿迪克派了一台机器人穿过传送门接自己回来,机器人的摄像头短暂地拍到过她的身影。

这应该是更好的选择,进一步的接触可能会毁了他们现在拥有的一切。

但是——

但是传送门的确有重新打开的可能。

庞特站在不大的休息室里，望向他的男伴阿迪克·胡德，对方朝他鼓励地点点头。该进议会大厅了。庞特把随身携带的德克斯管拿在手里，两人并肩向巨型的双开门走去，准备直面最高银须长老会。

"传送门可以让人穿行到另一个宇宙并安全回来，学者博迪特能够站在这里，"阿迪克做了个手势，指向庞特，"就是最直接的证明。"

庞特看着二十位银须会的长老，全球的十个政府分别派出两位代表，男女各半。在有些会议中，男女分坐在房间的两侧，但最高银须长老会应对的是整个种族的事务，所以从全球各地汇集于此的男性和女性交替着坐成一圈。

"但是，"阿迪克话锋一转，"除了庞特的女儿婕斯梅尔，这个世界上还没有其他人去过那边，但她只是在我们实施拯救计划的时候把头伸过去而已。我们首次打开这扇传送门完全是出于巧合，是量子计算机带来的意外结果。但现在我们知道了，这个宇宙和那个由格里克辛人主导的宇宙之间存在着莫名的联系。这里打开的传送门始终通向那里，不过我们的物理学经验告诉我们，肯定还有其他的宇宙。根据我们之前的经验，现在可以确定，只要传送门里有固体，那么通道就会一直开放。"

伊维索伊的贝多斯听了阿迪克的话后皱起眉："学者胡德，那你的建议是？我们是不是应该往传送门里捅根棍子，好让通道一直开着？"站在阿迪克边上的庞特听完侧了侧身，这样贝多斯至少不会看见自己脸上的讥笑。

阿迪克就没那么幸运了，他正好迎着贝多斯的目光，如果他也看向别处，那就会显得很不尊重人。"唔，不是这样，我们有些，呃，更灵活的东西。我们认识一位工程师，名叫德恩·柯德，他建议我们在传送门里放一根德克斯管。"

这是让庞特展开德克斯管的信号，于是他把手指伸进狭窄的管口，抻了一下。这个网状金属管就伴着棘轮转动的声音膨胀开来，最后的直径甚至超过了庞特的身高。"这些管子之前是在紧急情况中用来加固矿道的，"庞特解释道，"打开后，就能抵挡塌方。唯一还原的方法就是用解扣器把金属线交叉处的锁扣解开。"

好在贝多斯立刻明白了，"你觉得这样的一根管子能让传送门始终保持开启，让人自由通行，就像是两个宇宙间的通道？"

"没错。"庞特说。

"那要怎么对付疾病？"来自萨尔达克的朱拉特问，这位141代的女性坐在贝多斯对面，所以庞特和阿迪克得转过身来看着她，"我听说你在那个世界里生过病。"

庞特点点头，"没错，我在那里见到了一位格里克辛物理学家，她……"有位银须长老会的人笑了起来，庞特停住话头。他已经熟悉了这个概念,但他完全可以理解这话为什么听着很可笑,因为这个说法就和"穴居人哲学家"的概念差不多。不过他还是继续说道:"不管怎样,她认为时间线是可以分叉的,这事大约发生在四万年前,也就是五十万个月前左右。从那之后,格里克辛人的生活环境就变得很拥挤,而且他们还饲养了许多动物作为食物,由此进化出了许多疾病,而我们对此没有免疫力。相应的,这个世界的自然中可能也进化出了一些他们无法抵御的疾病,不过因为我们的人口密度较低,这种可能性也会低一些。不管怎样,我们都要准备一个净化系统,所有来往两个宇宙的人都必须先经过它的处理。"

"等下。"说话的是另一位男性长老金度,他来自世界另一头的南部大陆,和这里隔着一条无人居住的赤道带。好在他就坐在朱拉特边上,所以庞特和阿迪克不用转头。"这个连通两个世界的通道就在德布拉尔镍矿底部,大约离地表有一千个臂长,对吧?"

"对,"庞特说,"我们正是通过量子计算机连接到了另一个宇宙,而它能正常工作的前提就是严格隔绝太阳辐射。上方大量的岩石正好起到了屏障的作用。"

贝多斯点点头,阿迪克转身面向他。"所以每次来往两个世界的人数应该不会很多,对吧。"

朱拉特接过贝多斯的话,"这也就意味着我们不必担心入侵的问题。"阿迪克转身看着她,但庞特继续看着贝多斯,"入侵者不但要先穿过这个狭小的通道,在进入我们的世界之前,还要先想办法上升到地面。"

庞特点点头："没错，您切中要害。"

"我欣赏你对工作的热情，"潘达罗说，这位140代的女性是长老会的主席，来自加拉索延，一直沉默的她直到现在才开口说话。她坐在贝罗斯和朱拉特中间，所以庞特向左转，阿迪克向右转，两人都面向她。"我来说说看自己的理解，看看对不对：格里克辛人是无法打开传送门的，是吗？"

"是的，主席。"庞特说，"虽然我对他们的计算机技术不是非常了解，但他们想要造一台量子计算机，比如我和阿迪克造出来的那台——这当中还有很长的路要走。"

"他们要花多久时间？"潘达罗问，"要用几个月？"

庞特瞥了眼阿迪克，毕竟他才是硬件专家，但阿迪克给他的表情却是在示意他说出答案。"我觉得至少要三百个月，或许还会更久。"

潘达罗展开双臂，好像答案已经很明显了，"那这事就不用着急决定。我们可以花时间好好研究，然后——"

"不行！"庞特突然喊道，房间里的所有眼睛都投向了他。

"你说什么？"主席说道，她的声音很冷静。

"我的意思是，主要是因为，我们不知道这个现象是否会反复出现。随着时间的推移，许多条件都有可能发生改变，而且——"

"学者博迪特，我理解你想继续工作的急迫，"主席说，"但这个决定关系到疾病和污染的传播,还有——"

"我们已经有可以防范这些问题的技术了。"庞特说。

"那只是在理论上,"另一位长老说,她也是女性,"但我们的卡加克技术从来没这样用过。我们不能肯定它会——"

"你们太胆怯了!"庞特突然吼道,阿迪克震惊地望着他,但庞特并没有理会自己的搭档,"他们就不会这样胆小怕事。他们登上了他们世界中的最高峰!他们潜入了海洋的最深处!他们可以绕着地球轨道飞行!他们甚至还去过月球!根本不像你们这群老头老太太这样胆小怕事——"

"学者博迪特!"长老会主席的声音如同惊雷,劈开了会议室。

庞特停住了,"我——主席,对不起,我不是有意——"

"我觉得你的想法已经很明显了,"潘达罗说,"但保持谨慎是我们的责任。整个世界的福祉都落在我们肩上。"

"我知道,"庞特试着让自己的声音保持平静,"我知道,但这事关乎生死!我们没法无止境地等下去!我们必须现在就采取行动,你必须现在就采取行动。"

庞特感到阿迪克的手轻柔地搭着他的上臂。"庞特……"他柔声说。

但庞特甩开了他的手,"我们没有去过月球,可能也永远都不会去,也就是说,我们永远都不会去火星或者其他行星。平行宇宙中的地球就是我们唯一有希望前往的世界,我们不能让机会就这么溜走。"

玛利亚·沃恩经常听到一个故事，她很怀疑它的真实性，认为它可能是凭空捏造的。故事说多伦多在二十世纪六十年代准备建第二所大学，于是他们从一所位于美国南部的大学手里买下了校园平面设计图。这个做法在当时来看倒是个不错的应急之法，但谁都没考虑到两地气候的差异。

这带来了不少麻烦，至少在冬天是这样。校园的建筑物之间本来有很多空地，但已经被这些年新建的建筑填满了。现在的校园里建满了各种东西，到处都挤满了玻璃和钢铁，还有砖块与水泥。

不过，校园里依然有吸引玛利亚的东西。最有趣的就是商学院的名字，叫作"舒立克商学院"，她现在正好经过这里。不过明眼人应该能发现，舒立克听着就和"舔鞋"①一样。

还有一个礼拜才开学，所以学校的多数地方都空无一人。虽然现在是大白天，但她独自走在校园里，每当转过墙角、沿着墙壁、穿过走廊的时候，还是会感到恐惧。

毕竟那件事就是在这里发生的。她就是在这里被强奸的。

和大多数北美的大学一样，在约克大学近几年的本科生中，女生的数量要比男生更多。目前在校的全日制学生约有四万名，如果那个畜生是约克大学的学生，那嫌疑人可能就有两万个。

---

① 原文是"Shoe lick"与舒立克名字 Schulich 在英文中的发音相似。

不对,这么想有问题。约克大学在多伦多,这世上没有多少大城市能像这里一样充满世界各地的人。强奸她的是个蓝眼睛的白人,约克大学的大部分学生都不满足这个条件。

而且他还是个烟鬼,玛利亚清楚地记得,他的呼吸中带着烟草的臭气。她每次看到学生点烟都会心痛,这些孩子生于二十世纪八十年代。就在二十年前,当时的美国卫生局局长卢瑟·特里①还宣布吸烟会带来致命危害。不过,是有少数女性吸烟,而男性则更少。

所以对她施暴的嫌疑人范围并没有那么大,是子集中的子集,归纳起来就是:白人、男性、蓝眼、吸烟。

如果玛利亚能够找到他,那就能将他定罪。她是一名遗传学家,把自己的专业知识用到生活中的机会并不多,但能在那个可怕的夜晚派上用场。玛利亚知道如何保存那个人的精液样本,那里面有他的DNA,可以确定他的身份。

她继续走在校园里,现在不用挤过人群,但要真是那样,她反而会觉得更安全。毕竟她就是在暑假时被性侵的,那时周围的人很少。人多就意味着安全,不管是非洲大草原还是多伦多,都是一样的道理。

她又独自走了一会儿,察觉到有个男人正在向她走来。她的脉搏不由得加快了,但她并没有想躲。她下半辈子总不能一见男的就绕着走。不过……

----

① 卢瑟·特里(Luther Terry, 1911—1985)美国医生和公共卫生官员,于1961年至1965年期间担任美国卫生局局长。

不过他是个白人，这点很明显。

他的头发是金色的。她甚至都没见到性侵她那人的头发，因为他戴着一个滑雪用的面罩。但蓝眼睛的人发色一般都比较浅。

玛利亚闭了一会儿眼睛，将刺眼的阳光挡在外面，也将整个世界挡在外面。或许她应该跟着庞特穿过通道，去往尼安德特人的世界。通往那个世界的传送门打开时，她跑过劳伦森大学的校园去找庞特，赶在通道关闭前带着他奔向克莱顿矿井的井底。毕竟她能肯定，性侵她的人不在那个世界。

那个男人离她只有不到十米的距离。他很年轻，可能是暑期交换生，穿着蓝色牛仔裤和T恤。

他还戴着墨镜。这是个晴朗的夏日，玛利亚也戴着自己的福斯特格兰特墨镜。所以她不知道对方的眼睛是什么颜色，不过肯定不会像庞特那样长着一双金色的眼睛，她从来没见过其他人类有着相似的眼睛。

那个男人越来越近，她也越来越紧张。

就算他没戴墨镜，玛利亚也没法知道他的眼睛是什么颜色。那个人经过她的时候，她发现自己移开了视线，没法继续看着他。

该死的，她想。真该死。

第三章

"所以,"朱拉德·塞尔根说,"虽然你……你……"

庞特耸耸肩,"我是向他们施压了。既然来了,就不应该害怕面对问题,对吧?"

塞尔根歪着脑袋,同意了庞特的判断,"那很好,虽然你向他们施压了,但最高银须长老会还是没有立刻做出决定,对吧?"

"对,"庞特说,"不过我觉得他们是应该花点时间去好好考虑这件事。合欢日马上就要到了,长老会也即将休会,这事要等到节后才能给出答复……"

合欢日:有着简单名字的节日,但对庞特和他的同胞而言,它并不简单,意味深长,含义复杂。

合欢日:每月为期四天的节日,孕育出所有的生命。

合欢日:住在城缘的男性来到城中的节日,他们前来与自己的女伴和孩子相聚。

这不单意味着放下工作休息片刻，也不只是给循规蹈矩的生活加点趣味那么简单。这是传承文化的薪火，是维系家庭的纽带。

一辆悬浮巴士停在了庞特和阿迪克的家门口。两人穿过后门，上车找了两个相邻的鞍形椅坐下。司机启动扇叶，巴士从地上升起，向远处的下一幢房子飞去。

一般来说，悬浮巴士这种普通的东西不会让庞特多想，但今天的他不禁陷入了沉思。比起格里克辛的世界来，悬浮巴士真是一种优雅至极的解决方案。在格里克辛的世界里，大大小小的车辆都靠轮子滚来滚去。到哪儿（不过他得承认，自己也没去过多少地方）都能看见宽阔、平坦的道路，上面铺着人造石，好让轮子更容易滚动。

更糟糕的是，格里克辛人还用一种化学反应来驱动这些装着轮子的车辆，就是这种反应排放出了有毒的气体。格里克辛人对此的反应远没有庞特那么大，但他转念一想，他们的鼻子那么小，这也不奇怪。

自然界里的巧合真是奇妙！庞特知道他的种群是在上个冰河时期进化出这种大鼻子的，尺寸比任何灵长类的都要大。根据辛格医生，也就是在医院里照顾过他的那位格里克辛人的说法，尼安德特人的鼻腔大小是格里克辛人的六倍。最初如此演化的原因是为了加湿吸入的冷空气，因为肺部的组织很敏感。但当巨大的冰层最终融化后，他们的大鼻子保留了下来，因为它还能带来别的好处，比如异常灵敏的嗅觉。

要不是这个原因,庞特的族群或许也会用相同的化石燃料,也会导致同样严重的大气污染。庞特没有漏掉这当中的讽刺之处:这种在他们的认知里已经是化石的人类正在用他们称为化石燃料的东西污染着天空。

更糟糕的是:每个成年的格里克辛人似乎都有自己的车。这多浪费资源!大多数车都整天整天地停在原地。庞特住在萨尔达克,这里生活着两万五千人,大约有三千辆旅行块,就连这个比例,他也觉得太高了。

悬浮巴士在下一幢屋子前停下。上车的是庞特和阿迪克的邻居陶巴和嘎达克,还有嘎达克的双胞胎儿子。男孩子到了十岁就要离开母亲,转而和父亲一起生活。阿迪克只有一个孩子,是个八岁的男孩,叫作戴伯,后年就会过来和他还有庞特一起住。庞特也有两个孩子,但都是女孩:148代的梅嘎梅格·贝克和147代的婕斯梅尔·凯特,前者和戴伯一样也是八岁,而后者现在已经十八岁了。

庞特则和他的男伴阿迪克一样,都是145代的,现在三十八岁。说到这个,格里克辛人的世界里还有个很奇怪的地方,就是他们从不控制自己的生育周期,不是每十年才生一次孩子,所以在他们的世界里每年都有孩子出生,不像他的世界这样,一代代人划分得十分整齐清晰。在他们的世界里,人们的岁数都是连着的。庞特在那里待的时间不长,还来不及弄清楚他们是怎么安排这方面的经济产业。格里克辛社会中的制造商们得同时为不同年纪的人制作服装，而不是随着某代人的成长进度，先集中精力制作婴儿服，然后是幼儿服，再是年轻人的衣服。而且他们还有个荒诞的概念，叫作"时尚"，或许真的就像露·贝努特和他说的那样：因为审美的改变，好的衣服就这么被白白丢掉了。

悬浮巴士又起飞了，陶巴和嘎达克的屋子是城缘地区的最后一站，之后就是从城缘驶向城中的漫长旅程。庞特倒在了椅背上。

女人们一如既往地布置着装饰：树和树之间挂着色彩柔和的大型纸带，白桦和松树的树干上套着彩色的圆箍，横幅在房顶飘扬，太阳能收集器周围镶着金边，堆肥设备的外层则镶着银边。

庞特之前心里总藏着一个疑问，他觉得女性可能一直留着这些装饰。但阿迪克说，他上次为了面对达卡拉·波尔贝所提出的不实指控，特地在末候日来城中找人为他辩护，那时他就没见到这些东西。

悬浮巴士停在地上。现在还没到落叶的季节，等下个月的合欢日开始时，地上就会落满红色、黄色和橙色的叶片，转动的扇叶就会让这些落叶打着旋飞向空中。每当庞特看到天气转凉了，就会很高兴。

庞特作为计算机科学家的本能让他注意到：陶巴、嘎达克，还有嘎达克的双胞胎儿子是最先下车的。悬浮巴士遵循先进后出的规则。庞特和阿迪克要等他们下车之后再下车。阿迪克的女伴露特匆匆向他奔去，小戴伯也跟在一边。阿迪克用手臂一把抱起自己的儿子，高举过头顶，戴伯大笑着，阿迪克脸上也带着灿烂的微笑。然后他放下自己的儿子，又给了露特一个拥抱。他们上次见面距今还不到一个月，在阿迪克经历"都斯拉姆-巴萨德拉姆①"，也就是在庞特进入另一个宇宙后，针对阿迪克是否谋杀了庞特这一指控的初审告一段落，他们就互相陪伴。阿迪克看见自己的女伴和孩子也很开心。

庞特的女伴克拉斯特去世了，但他希望自己的两个女儿能出来迎接他。当然了，他在不久前就已经见过她们了，婕斯梅尔在解救误入格里克辛人世界的庞特这件事上立了大功。

阿迪克带着歉意望向庞特，庞特知道阿迪克深爱着他，每个月有二十五天，他都会将这份爱表露出来，但现在的时间是属于他和露特与戴伯的，所以他自然也想享受家庭团聚的每时每刻。庞特点头示意阿迪克离开，于是阿迪克走了，一手搂着露特的腰，一手牵着戴伯的左手。

其他人也来和自己的女伴见面了，男孩们纷纷和同代的女孩离开。没错，接下来的四天肯定少不了男欢女爱，当然也会充满玩耍与欢乐，还有家庭出游与团圆饭。

庞特环顾四周，人群渐渐散去。今天热得有点恼人，他叹了口

---

① 尼安德特人文明对犯罪嫌疑人的审判程序。

气,但懊恼倒并不完全是因为这个。

"如果你愿意,我可以给婕斯梅尔打个电话。"植入庞特体内的机侣哈克提议,它在庞特左臂内侧,就在手腕上方。和其他大多数机侣一样,哈克也有一块哑光的高对比度长方形显示屏,大约一根手指粗细,下方是六个很小的控制钮,一端还装了个摄像头。但哈克和其他蠢笨的机侣不同,它要比它们聪明得多,拥有复杂的人工智能,是庞特同事寇巴斯特·甘特的杰作。

哈克可以大声说话,但它从不这么做。庞特认为它是女性,自从寇巴斯特给它植入了庞特去世女伴的声音。不过在今天这样的日子里,这么做似乎是个可怕的错误,这让他想起自己有多想念克拉斯特。他得让寇巴斯特换个声音。

"不,"庞特柔声说,"一个电话都不要打。婕斯梅尔已经有了小男伴,你不是知道的吗? 他可能早些时候就已经搭悬浮巴士过来了,现在婕斯梅尔已经和他离开了。"

"你是老大,你说了算。"

庞特环顾四周,城中的建筑和城缘的很像,多数都是通过树艺培植出主结构,亦即在树干外套模具,长成型后再移去模具。许多房子还用砖块与木材搭建了额外的部分,每户人家的屋顶或者屋子旁边的地上都排列着太阳能收集器。不过在一些气候恶劣的地方,屋子就全是人造的了,庞特总觉得那样的结构很难看。不过格里克辛人的所有房屋都是这么造出来的,他们还把屋子都挤在一起,就像成群的食草动物。

说到动物，今天下午会有狩猎猛犸的活动，这是在为明天的宴席准备鲜肉。庞特或许也会参加，他已经很久没有拿起长矛，用老式手法把猎物放倒了。至少这个活动能给他还有那些没有女伴的男性一点事做。

"爸爸！"

庞特转身就看到婕斯梅尔在向他奔来，陪着她的是她的男友泰伦。庞特笑逐颜开，还没等他们走过来，就热情地和他们打招呼："日康啊，甜心。日康，泰伦。"

婕斯梅尔一把抱住父亲，泰伦则笨拙地站在一边。当婕斯梅尔松开庞特后，泰伦说："先生，很高兴见到您。我听说您经历了一段了不起的冒险。"

"没错。"庞特说。他对这个年轻人有种矛盾的感情，不过所有家里有女儿的父亲都会有这种感觉。没错，婕斯梅尔提起泰伦的时候说的都是好话——她说话时，他会认真倾听，在床上也很体贴，目前正在学习皮艺，这样之后就能为社会做贡献。不过婕斯梅尔是他女儿，只要她好就行。

"对不起，我们迟了。"婕斯梅尔说。

"没事，"庞特安慰道，"梅嘎梅格呢？"

"她决定告诉大家，她不喜欢其他人这么称呼她了，"婕斯梅尔说，"她更想别人直接叫她梅嘎。"

其实梅嘎才是她的真名,梅嘎梅格只是爱称。庞特觉得一股悲伤席卷全身。他的大女儿已经长大了,而小女儿也长得飞快。"哦,好。那梅嘎呢?"

"她在和朋友们玩,"婕斯梅尔说,"过会儿就能见到她了。"

庞特点点头,"你们两个今天早上打算干吗?"

"我最初打算去玩一局拉达斯塔。"泰伦提议。

庞特看着这个小伙子。他觉得泰伦长得还挺帅:肩膀很宽,突出的眉脊很漂亮,鼻子的线条很分明,眼睛是深紫色的。但他还是有着一些年轻人的习惯,比如他那头金红色的头发不是从中间分开的,而是全都梳到了左边,可能还用了某种发胶之类的东西来固定。

庞特正准备接受泰伦的拉达斯塔邀请,他已经有十个月没踢过球了。不过他回想起了二十年前,那时的他正在追求克拉斯特,最不希望看见克拉斯特的父亲在一边转悠。

"不了,"他说,"你们两个快跑过去吧,我们晚餐时见。"

婕斯梅尔看着父亲,他看得出来,女儿知道这并非他的本意。不过泰伦也不傻,他立刻向庞特道谢,然后牵起婕斯梅尔的手,和她一起离开了。

庞特目送他们离开,心想:等到后年,也就是第149代人预计出生的年纪,婕斯梅尔应该就会生下她的第一个孩子,那时候的情况就会不一样了。他在合欢日的时候至少还能帮她照看孙子。

悬浮巴士去城缘接另一批男性,现在已经开走好一会儿了。

庞特转身向城里走去,或许他可以先找点吃的,然后——

他吓了一跳。面前站着他最不想看到的人,但——

但站在那里的人像是故意在等他。

是达卡拉·波尔贝。

"庞特,日康。"她说。

他和达卡拉已经认识很久了。她之前是克拉斯特的女伴。说真的,如果真有人能够明白失去克拉斯特对庞特的意义,那人就是达卡拉。但……

但在庞特失踪的日子里,她把阿迪克害惨了,居然指控他犯了谋杀罪!为什么!阿迪克绝对不可能谋杀庞特或者其他任何人,就连自己都比阿迪克更可能犯下这个罪。

"达卡拉。"庞特把平日的客套话都省了。

达卡拉点点头,表示理解。"你对我态度糟糕,这我能理解。我知道自己伤害了阿迪克,而伤害某人的伴侣就等于伤害某人本身。"她死死地盯着庞特的双眼,"庞特,我要真心实意地向你道歉。我真的希望自己能准时来到这里,把这些话也告诉阿迪克,但我看到他已经走了。"

"你嘴上是这么说,但真正做的——"

"我做的事太糟糕了。"达卡拉打断了他的话,低头看着裹在黑色裤子末端织物袋里的双脚,"但我去见了性格塑造师,也服了药。治疗刚刚开始,但我觉得自己已经不那么……愤怒了。"

庞特对达卡拉的遭遇略有耳闻。她不但失去了他们两个共同的挚爱克拉斯特，之前还失去了自己的男伴佩尔本。有天早上，他忽然被执法人员带走了。他虽然最后回来了，但已经不再是完整之躯。他被阉割了，两人的关系也随之破裂。

克拉斯特去世后，庞特悲痛欲绝，但他至少还有阿迪克、婕斯梅尔和梅嘎梅格做伴，帮他渡过难关。而达卡拉面临的情况极其糟糕。她没有男伴，而且因为佩尔本所受的惩罚，她也没有孩子。

"你感觉好多了，我很高兴。"庞特说。

"我是好点了，"达卡拉又点点头，"我知道自己还有很长的路要走，但……没错，我现在是感觉好点了，而且……"

庞特等她继续说下去，最后忍不住出声提醒她："嗯？"

"而且，"她开口了，但却躲开了他的视线，"只是我现在孑然一身，而且……"她支吾片刻，又主动开口了，"而且你也是一个人，另外……合欢日的时候……如果没有陪伴的人，就会很孤独。"她瞥了眼他的脸，但很快就看向别处，或许害怕见到庞特的表情。

庞特愣住了，但是……

但达卡拉很聪明，这对庞特来说非常有吸引力。她的棕色发丝间夹杂着缕缕灰发，看起来很漂亮，而且——

不，不行。这太疯狂了。她之前那么对待阿迪克……

庞特觉得下颚一阵刺痛。这里不常痛，一般只在比较寒冷的早上才会痛一下。他伸手隔着胡子揉搓自己的下巴。

他的下巴被阿迪克打碎过，这大约是在229个月之前的事了，他们两人发生了一场愚蠢的争斗，要不是庞特及时抬起头，阿迪克那拳可能就会要了他的命。

还好庞特动作够快，虽然他差不多有一半的下颚和七颗牙齿都动了手术，换上人造的复制品，但好歹活了下来。

他原谅了阿迪克。庞特没有提出指控，阿迪克也不必面对执法者的手术刀。他转而接受了控制愤怒的治疗，从那之后一直到现在，他都没有再威胁过要打庞特或者其他人。

宽恕。

他在那个世界的时候，就这个问题和玛讨论了很多，关于她对上帝的信仰，关于世人相信的那位其实是上帝之子的人类，正是他试图将宽恕的思想教给玛的同胞。玛是他的信徒，相信他的教诲。

再说了，庞特是独身。至于那扇通向玛所在世界的传送门何时能重开，最高银须会尚无定论，就算他们真的同意了，庞特也不能百分百保证他们能够重建两个世界的通道。

宽恕。

这是他前半生给阿迪克的承诺。

这在玛的信仰中是至高的美德。

这似乎也是达拉卡现在希望从他那里得到的东西——

宽恕。

"那么，"庞特说，"你要先与阿迪克和好，之后我才会打消因为最近这些事而在我们几个人之间产生的敌意。"

达卡拉微笑着说:"谢谢你。"但她又停了下来,笑容也跟着消失了,"在你的孩子们都空闲下来之前,你是否愿意有我的陪伴?我或许可以做梅嘎的监护人,她和我还有婕斯梅尔现在依然住在一起,不过我知道你需要和她们独处,我不会打扰你们,但在这之前……"

她的声音越来越轻,和庞特短暂地对了下眼神,显然是在邀请他把话说完。

庞特做出了决定:"那么在这之前,我很高兴能有你做伴。"

第四章

玛利亚·沃恩在约克大学的实验室看着就和她刚离开时差不多。这也正常。虽然发生了那么多事,但现在距她离开这里也才过了二十三天。

玛利亚不在的时间里,她的研究生达丽娅·克莱因显然没少来。她的工作区被重新整理过了,而且墙上的图表也显示,她的对古埃及人Y染色体的测序工作已经有了明显的进展。

德国希尔德斯海姆市的佩利泽乌斯博物馆有位工作人员,名叫阿恩·埃格布雷希特。他最近提出了一个观点,认为从尼亚加拉瀑布附近一处古老的旅游景点里购得的古埃及人尸体其实是拉美西斯一世。拉美西斯一世的血脉包括塞提一世、拉美西斯二世(尤·伯连纳①在电影《十诫》中扮演的就是他)、拉美西斯三世,还有奈菲尔

---

① 尤·伯连纳(Yul Brynner,1920—1985),美国著名演员,代表作《国王与我》《豪勇七蛟龙》。

塔利王后。这个标本现存于亚特兰大的埃默里大学,但DNA样本则被送来多伦多进行分析;玛利亚的实验室因为成功复原了古代生物的DNA而闻名于世,这也直接促成了她和庞特·博迪特的关系。自己不在的那段日子里,达利娅对这个据说是拉美西斯的标本的研究取得了相当大的进展,玛利亚赞许地点了点头。

"沃恩教授。"

玛利亚吓了一跳,她转身一看,实验室的门口站着一位高瘦的男性。他六十五岁左右,声音低沉粗粝,留着一头罗纳德·里根①式的蓬巴杜发型。

"有什么事?"玛利亚问。她觉得自己胃里开始打结;那个男人挡住了离开的唯一路线。他穿着一套深灰色的商务西装,松垮地系着一条灰色的丝绸领带。过了会儿,他走上前来,拿出一个薄薄的银色商务名片盒,递给玛利亚一张名片。

她接过来,尴尬地发现自己的手在颤抖。名片上写着:

协力集团

J. K.(乔克)克瑞格博士

董事

上面还有个标志:那是个地球,从正中一分为二,左边是黑色的海洋与白色的大陆,右边的配色则相反。公司地址在纽约州的罗切斯特市,电子邮件的后缀是".gov",说明这是个隶属于美国政府的

---

① 罗纳德·里根(Ronald Reagan,1911—2004),于1981年至1989年担任美国第40任总统。

公司。

"克瑞格博士,您找我有什么事?"玛利亚问。

"我是协力集团的董事。"他说。

"我看到了,但我从来没听说过这家公司。"

"的确没人听说过,之后会听说的人也不会多。这是我在几周前组建起来的美国政府智库,模式和兰德公司①差不多,只是体量更小,至少目前是这样。"

玛利亚听说过兰德,但一点都不了解。不过她还是点了点头。

"我们的主要资方是移归局。"克瑞格说。玛利亚扬起眉毛,对方继续解释道:"负责美国移民和移民归化服务。"

"这样啊。"

"你也知道,尼安德特人这件事让我们都措手不及。其实也不单是我们,所有人都一样。整件事还没开始就结束了。头几天我们还觉得它是什么疯疯癫癫的小报消息,类似在丹麦面包中间的西梅上发现了特蕾莎修女的脸,或者目击了大脚野人这种。"

玛利亚点点头。她自己一开始也不相信。

"当然了,"克瑞格继续说,"我们和尼安德特人宇宙之间的传送门可能永远都不会再打开,但我们还是想先做好准备,以防万一。"

"我们是指?"

---

① 兰德公司(RAND Corporation),现实中存在的机构,世界最负盛名的智库机构。

"美国政府。"

玛利亚听完，感觉自己一愣："但是传送门出现在加拿大啊，而且——"

"女士，是这样的，传送门在加拿大领土地下1.25英里①深的萨德伯里中微子观测站里，它是加拿大、英国和美国的研究机构的合作项目，合作的院校包括宾夕法尼亚大学和华盛顿大学，还有洛斯-阿拉莫斯、劳伦斯·伯克利以及布鲁克海文这三所国家实验室。"

"噢，"玛利亚还是第一次听说这些消息，"但观测站所在的克莱顿矿井属于加拿大啊。"

"确切点说，它属于一家加拿大的上市公司，也就是英科公司。不过我来这里不是为了和你争论主权问题，我只是想让你明白，美国对这件事有兴趣，而且合理合法。"

玛利亚冷冰冰地回了句："行呗。"

克瑞格没接话，显然是觉得自己这步棋下错了："在连通两个宇宙的传送门再度打开之前，我们想做好准备。守住这个通道应该不会太难，加拿大北湾驻扎着第二十二飞行联队的指挥部，这你大概知道吧，他们受命保护传送门，防止其遭受入侵或者恐怖袭击。"

"你在开玩笑吧。"玛利亚说，不过她怀疑对方是认真的。

"不，沃恩教授，我没开玩笑。两国政府对此都非常重视。"

"那这事和我又有什么关系？"玛利亚反问。

---

① 1英里约等于1.6千米。

"你能根据庞特·博迪特的DNA来判断他是不是尼安德特人对吧?"

"没错。"

"那你用的测试方案能否认出所有尼安德特人? 如果某次测试的结果说某个人是尼安德特人或者是人类,那么这个结果的可信度是多少?"

"尼安德特人也是人类,我们是同一种生物,都是人属。能人、直立人,另外如果你认为先驱人也是独立物种的话,那它也可以算在里面,还有海德堡人、尼安德特人,以及我们所属的智人。上面这些都算人类。"

"行吧,我同意。"克瑞格点点头,"那我们要怎么称呼自己才能和他们区分开?"

"人属智人种智人亚种。"玛利亚回答。

"这个不好记啊,我之前听说别人把我们叫作克罗马农人,这个名字听起来就不错。"

"严格说来,这个说法指的是旧石器时代晚期生活在法国南部的群体。从解剖学上看,可以把它归入现代人的范畴。"

"那我再问一个问题:我们要用什么词来区分自己和尼安德特人?"

"这个嘛,庞特的世界有一种人类化石,看起来和我们很相似。他们对其的称呼是格里克辛人。这样还挺公平的:我们用他们祖先化石的名字称呼他们，而他们也用我们祖先化石的名字称呼我们。"

"格里克辛人？你是这么读的吗？"克瑞格皱起眉，"我感觉这个名字也行。你的DNA技术在鉴别尼安德特人和格里克辛人的时候可靠吗？"

玛利亚皱起眉："我不确定。就连同一物种之间也会有很多差异，而且——"

"但如果尼安德特人和格里克辛人是两个不同的人种，那么肯定有些基因是只有他们才有的，或者有些只有我们才有。比如那些让他们长着突出眉脊的基因。"

"噢，我们格里克辛人眉脊突出的也不少，这在东欧地区的男性中很常见。当然了，尼安德特人的眉脊形成了两道拱，这是个很有辨识度的特征，但……"

"那他们鼻腔里那些三角形的凸起又怎么说？"克瑞格问，"我听说这才是判定尼安德特人的决定性证据。"

"话是这么说，但你该不会想把世界上每个人的鼻子都查一遍吧？"

"我觉得你可能可以找出这个特征背后的基因。"克瑞格的话听起来还挺严肃的。

"噢，有可能，不过他们自己可能已经有答案了。庞特之前和我说过，他们很久之前就有过这方面的项目，类似我们的人类基因组计划。当然了，我觉得自己能找到一个鉴别标准。"

"真的？大概要多久？"

"你先别急，我们现在只有四份史前尼安德特人的DNA和一份现代尼安德特人的DNA。要是样本数量多点就好了。"

"那你可以做到吗？"

"可能可以吧，怎么了？"

"要花多久？"

"用我现在这套设备吗？如果没有其他援助，那可能要花上好几个月。"

"那如果我们可以赞助你所需的一切设备和人员呢，这样的话要多久？沃恩教授，资金不是问题。"

玛利亚觉得自己的心在怦怦直跳。作为一个加拿大学者，她从来没听过这些话。她大学时的朋友去美国读研，经常说自己的研究经费有五位数甚至六位数，而且设备都是最顶尖的。而玛利亚自己的第一笔研究经费只有可怜的三千两百元，而且还是加元！

"这个嘛，如果，呃，如果没有限制，那我觉得进展应该很快。要是我们运气好，那么几周就能出结果。"

"很好、很好，那动手吧。"

"唔……克瑞格博士，不好意思，我是加拿大公民，你不能指挥我做这做那。"

克瑞格立刻道歉："沃恩教授，我当然不是这个意思，我要向你道歉。对这个项目的热情把我冲昏头了。我想说的是，您是否愿意接手这个项目？正如我之前所说，我会给你提供所需的一切设备和人员，还为你准备了一大笔咨询费。"

玛利亚觉得晕乎乎的，"为什么？这事有那么重要吗？"

"如果两个世界之间的传送门再度打开，大量尼安德特人就可能进入我们的世界。"

玛利亚听罢，眯起双眼："你要想办法找出他们，好方便歧视？"

克瑞格摇摇头："不不不，我可以向你保证，绝对不会那样。这些信息主要是为了用于移民和提供医疗保障，当然还有些其他用途。打个比方，如果有人昏迷后被送医，要是医生不知道那人到底是尼安德特人还是格里克辛人，就有可能用错药，你肯定不希望这样吧。"

"你只要看看他们体内有没有植入机侣就行了。庞特说他的所有同胞都有。"

"沃恩教授，我不是想说你的朋友不好，但我们只有他一个人的说法。据我们听到的传闻，他在自己的世界里还处在假释期，也许那个东西其实是某种追踪装置，只有他和其他罪犯才有。"

"庞特不是罪犯。"玛利亚说。

"不管怎样，我们还是更希望用自己的方法去确定某个人的种类，而不是靠什么听说来的东西，我想你肯定能理解吧。"

玛利亚缓缓地点了点头。从某种程度上看，这的确有点道理。毕竟这也有过先例。加拿大政府就做了很多事来判断哪些印第安人拥有合法地位,说是能开展社会项目和公民权利管理。不过……"现在也没证据说通道可能会再次打开啊?我的意思是,现在什么迹象都没有,对吧?"她很想再见到庞特,但是……

克瑞格摇了摇头:"没有,但我们还是相信有备无患这个道理。老实说,我觉得你的博迪特先生,怎么说,长得很有特色。但其他尼安德特人的外貌特征或许并不明显,有可能会混入我们之中。"

玛利亚笑了起来:"你和米尔福德·沃尔普夫聊过了吧?"

"对,我和伊恩·塔特索尔以及所有你叫得上名的尼安德特人专家都聊过了。不过对于尼安德特人和我们之间的差异,他们之间好像并没有达成共识。"

玛利亚点点头,这是肯定。有些人,比如沃尔普夫就认为,尼安德特人只是智人的一个变种。如果种族这个说法合适的话,那最多也不过是另一个种族,和现代人同属一个物种。而其他学者,比如塔特索尔,他的观点就与之相反。他认为尼安德特人本身就是某个物种,即尼安德特人。目前所有的DNA研究似乎都支持后面一种观点,但沃尔波夫和他的支持者认为,从现有少量的尼安德特人DNA样本来看,这些样本要么出现了异常,要么出现了误读,甚至连玛利亚从莱茵斯兰德斯博物馆的尼安德特人样本中提取的379个线粒体DNA的核苷酸也包括在内。说这个问题是古人类学中争论最激烈的问题也不为过。

"但我们目前只从一位尼安德特人身上取到了完整的遗传物质，也就是庞特·博迪特。"玛利亚说，"只靠这个不太可能得出什么有用的结论。"

"我理解你的想法，但有些事只有试了才知道。"

玛利亚看了一圈实验室，"不过我在约克大学还有工作要做，要给学生上课，还要带研究生。"

"我知道，"克瑞格说，"但我保证，会有人重新安排规划，接手你现在的事。我已经和约克大学的校长打过招呼了。"

"你是说这个研究项目需要我全职参与？"

"没错，不过我们肯定会补偿你这个学年的薪资。"

"我要在哪儿工作？这里？"

克瑞格摇摇头："不，我们想让你来我们的秘密基地。"

"罗切斯特？"

"对，纽约州的罗切斯特。"

"离这儿不远吧？"

"我是坐飞机来的，速度很快，听说开车的话，大约需要三个半小时。"

玛利亚考虑了一会儿。她之后还是能回来看她的妈妈和朋友，而且她也得承认，她现在的兴趣都在研究庞特的DNA上，现有的教学安排只会带来负担。

"那你们打算开什么条件？"

"我可以给你一年期的咨询合同,报酬是十五万美元,立即生效,还有全套医疗保险。"他微笑道,"我知道你们加拿大人很看重这个。"

玛利亚皱起眉。她已经差不多准备好重回约克大学,回到强奸案发生的地方,但……

不,不是的,她还没准备好。她希望自己能够安心站在这里,但要是今早显出了什么迹象,她肯定还是会像惊弓之鸟那样害怕。

"我在这里还有套房子,"玛利亚说,"一套公寓房。"

"我们会在你离开的时候帮你付房贷、房产税,还有公寓维护费。"

"真的?"

克瑞格点点头:"真的。这是人类史上发生过的最大的事,好吧,至少目前是这样。沃恩教授,我们在这里见证的是新生代①的终结,是新时代的开始。地球上已经有大约三万五千年没有出现过两种人类了,如果传送门再度打开,曾经共存的场面就会重现于世。而这次,我们不想出错。"

"克瑞格博士,你描绘得很诱人。"

"不不,叫我乔克就好。"然后是一阵沉默,"我之前在兰德公司工作,本来是个数学家。我刚从普林斯顿毕业的时候,重点大学数学系毕业生有大约七成给兰德公司投了简历,因为只有在那样的地

---

① 地质学上的时代划分,新生代的特征是哺乳动物和被子植物的高度繁荣,即我们现在的时代。

方才会有经费做纯粹的理论研究。有人就开玩笑说兰德公司的缩写RAND其实是'研究但是不发展'[1]这几个词的缩写。它其实就是个纯粹的智库。"

"那它其实是什么意思？"

"应该是'研究与发展'吧。但它的资方其实是美国空军，建立的原因也不怎么讨喜：它最早是研究核战争的。我是博弈论学家，这是我的特长，所以我才去了那里，做核战边缘政策模拟研究。"然后他又沉默了一会儿，"你看过《奇爱博士》[2]吗？"

玛利亚点点头："好几年前看过。"

"电影里，老乔治·C.斯科特演的那个角色在战情室里就拿着一本'布兰德'公司的报告，下次你看DVD的时候记得暂停一下。报告上写着'全球大范围打击目标'，这差不多就是我们的工作。不过沃恩教授，冷战已经结束了，现在我们在寻求十分积极的项目。"他停了会儿继续说道，"兰德公司虽然有军方背景，但也会有很多卓有远见的想法。其中一个研究项目叫作'宜居行星探索'，就是评估在银河系中寻找其他类地行星的可能性。1964年，史蒂芬·多尔将结果汇总出版，我正好是在这一年加入兰德公司的。但就算那个时候，就算在太空计划最辉煌的时期，也没多少人认真想过我们能在有生之年前往另一个类地行星。但如果传送门重新打开，这项壮举

---

① 原文是：Research And No Development。

② 美国导演斯坦利·库布里克的作品，于1964年上映，讲述了一个有关核战的故事。

就有可能发生,我们也希望双方的接触能够朝着更加积极的方向发展。等有天地球上出现了首座尼安德特人的大使馆……"

"尼安德特人的大使馆!"玛利亚忍不住惊呼。

"沃恩教授,未雨绸缪嘛,协力集团存在的目的就在于此,我们不但希望找到能让两个世界双赢的办法,也希望实现一加一大于二的效果。结果会充满惊喜,我们希望你能全程参与。"

第五章

庞特和达卡拉边聊边走过广场。周围有许多孩子,有些在玩游戏,有些在追逐打闹。

"我一直有个问题想找个男的问问,"达卡拉说,"你们在合欢日之外的时间里会想念自己的孩子吗?"

一个148代的小男孩径直朝他们奔来,他在追逐一个飞在天上的三角形。庞特有两个女儿,他从来没觉得遗憾,不过有时候他的确会想,自己要是有个儿子就好了。"当然,我经常会想她们。"

"婕斯梅尔和梅嘎真是两个好姑娘。"达卡拉说。

"我还以为自己不在的时候,你和婕斯梅尔关系很差呢。"庞特说。

达卡拉苦笑着说:"噢,是啊,她在'都斯拉姆-巴萨德拉姆'上为阿迪克辩护,而我却是那个指控他的人。但我也不是傻子,结果显然是我错了,而她是对的。"

"那你们两个现在又和好了？"

"这还得花点时间，"达卡拉说，"你也知道婕斯梅尔的性格，固执得和钟乳石一样，就算大家都想扳倒她，她也岿然不动。"

庞特笑了起来，他当然了解婕斯梅尔，看来达卡拉也了解她。"她有时是挺难对付的。"

"她才刚刚二百二十五个月，"达卡拉说，"正好是叛逆的年龄。我在她那年纪也是这样。"她顿了顿，然后继续说，"你也知道，女孩年轻时身上的压力可不小，她在冬天前应该有两位伴侣。我知道她的男伴可能是泰伦，不过她还得再找个女伴。"

"这方面应该问题不大，"庞特倒是很自信，"她是很多人的理想型。"

达卡拉微笑起来："她当然好，她继承了克拉斯特的优点，还有……"她又没把话说完，可能觉得她自己这么说是不是太冒昧了，"还有你的优点。"

但她的评价让庞特觉得很受用。"谢谢你。"他说。

达卡拉低下头："当克拉斯特去世的时候，婕斯梅尔和梅嘎都很难过。梅嘎梅格那时候还太小，还没能真正明白，但婕斯梅尔……对女孩来说，失去母亲实在太残酷了。"她又沉默了，庞特感觉到她可能希望由他亲口说出，婕斯梅尔身边已经有了个很好的接替。他思索片刻，觉得这可能是真的，但又不知道此刻该说些什么。"我试着成为一名出色的监护人，"达卡拉继续说，"但这和母亲亲自照顾她们还是不一样。"

庞特还是不知道怎么回答才合适,但最后还是说:"对,我想也是。"

"我知道她们不可能和你还有阿迪克共同生活。两个女孩,离开这里去城缘……"

"没错,这不可能。"

"那你……"达卡拉的声音越来越轻,低头看着广场地面那层剪得短短的草坪,"最后换我照顾她们了,那你会恨我吗?"

庞特耸耸肩:"你是克拉斯特的女伴,所以接替她担任这两名孩子的监护人完全合理。"

达卡拉微微侧过脑袋,轻柔地说:"我不是在问这个。"

庞特闭上双眼,叹了一口气,"我知道。我觉得自己之前还是挺讨厌——对不起,我的意思是,我是她们的父亲,在遗传学上拥有亲缘关系。"

达卡拉等他继续往下说,但发现他并没有这个打算,于是就顺着他的思路把话说完。"我不是她们的直系亲属,她们不是我的孩子,但最后是我在照顾她们。"

庞特什么都没说,因为这个问题根本就没有合适的答案。

"没关系,"达卡拉把手搭在庞特的胳膊上,不过很快就移开了,"你这么想也没事,很正常。"

几只鹅从他们头顶飞过,之前落在草坪上的几只画眉看到他们走近后，也扑棱着翅膀飞走了。"我很爱我的孩子。"庞特说。

"我也爱她们，我知道她们不是我亲生的，但她们打小就和我住在一起，而且，这么说吧，我对她们视如己出。"

庞特停下脚步，看着达卡拉。他之前从来都没考虑过这种关系，他之前看别人家的孩子时，心里总觉得有些讨厌——当然戴伯也算是熊孩子。在正常的家庭里，达卡拉会有自己的孩子，第148代的子女这时候还是会和她们的母亲以及母亲的女伴生活在一起，第147代的女儿也会留在家里，不过她们过不了几个月就会和自己的男伴或者女伴缔约。

"你看着还挺惊讶的，我真的很爱婕斯梅尔和梅嘎。"达卡拉说。

"我——我之前从来没想过这个。"

达卡拉露出微笑："你看，我们有很多相似点。我们都爱着同一个女人，也都爱着同一群孩子。"

庞特和达卡拉决定先在户外的圆形剧场看一场演出。庞特向来喜欢去现场看戏剧，而今天演的又是他最爱的剧目之一：《瓦姆拉尔和科拉帕》，一部关于男性猎人和女性采集者的历史剧。这类剧只能在合欢日演出，因为男女演员只有这时候才能同台合作。这部剧的背景，要是放在现在的机侣世代，这种曲折的情节发展是完全不可能的：有人失踪了，有人相隔太远无法相互沟通，还有人无法证明自己在特定的时间到过特定的地点，所以冲突也随之发生。

他们盘腿坐在露天剧场看戏剧的时候，庞特发现自己的膝盖压在了达卡拉的膝盖上。

这部剧真的不错。

演出结束后，庞特和达卡拉去见小梅嘎梅格，她正在和自己的朋友做游戏，看到父亲过来，她很高兴，穿过院子朝他跑来。

"嘿，宝贝。"庞特一把举起她。

"爸爸！"然后她看着达卡拉，和她打招呼的语气和看到自己时一样热情，"你好，达卡拉！"

他的心里闪过一阵刺痛，本来他还希望梅嘎见到她生物学意义上的父亲时，会比见到法律上的监护人更热情。不过这个念头一闪而过。他知道自己的小女儿被爱意环绕。他又用力抱了抱她，然后把她放了下来。

"看我表演！"她说着就跑开了，然后做了个后空翻。

"哇！"庞特的声音里满是骄傲。

"太棒了！"达卡拉也鼓起掌来。庞特面带微笑地看着她，她也报以同样的笑。

梅嘎梅格显然还想再表演另一个动作，但庞特和达卡拉并没有看着她。"爸爸！妈妈！看好了！"她喊着。

庞特不禁屏住呼吸，梅嘎梅格看着也有点尴尬："呃，我的意思是爸爸和达卡拉，你们快看呀！"

下午三点的时候，庞特更紧张了。毕竟这几天是合欢日，而且他也不傻。但他的确很久都没有和女性做过了，他一开始以为的是从克拉斯特去世的那天起算，那大约有两个旬月那么久，但其实时间比这还要长。他一直爱着克拉斯特，直到死亡将他们两人分开。但癌症早就开始折磨她了，这么算来已经有……其实他自己也不确定。庞特之前从来不会让自己多想，不会想这有没有可能是他和克拉斯特最后一次做爱，这次是他最后一次进入她的身体，但是……

但他们还是有最后一次的，那是她身体虚弱到无法同房前的最后一次。肯定是她死前十个月的事了。

所以，至少有三十个月了。这段时间里，他的确从阿迪克那里得到了慰藉，但是……

但这两种情况的性质不同。两个男人，或者说两个女人之间的肉体关系虽然也是表达爱意的方式，但更多是为了享乐或者追求欢愉。真正的性行为则是一种可能繁衍出后代的手段。

不管是达卡拉还是其他女人都不可能在这个合欢日怀孕，所有生活在一起的女人都会受到周围其他女性信息素的影响，所以她们的月经周期都逐渐趋同。所以在这个月的这时候，她们是不可能怀孕的。但明年，也就是孕育第149代子嗣的年份，最高银须长老会就会把合欢日的时间调整到受精率最高的时候。

但就算这样，就算达卡拉没有受孕的机会，他自己也已经很久没有……

"我们带孩子们去达森广场吃点东西吧。"达卡拉提议。

庞特感到自己的眉毛抬过了眉脊。孩子们，她指的肯定就是那两个孩子。

她的孩子。

他们的孩子。

她肯定知道怎么让别人喜欢自己。单纯的性暗示只会让他慌张犹疑，但如果和孩子们一起出去玩……

这正是他所需要的。

"好啊，"他说，"太好了。"

庞特招手让梅嘎梅格过来，然后三人一起去找婕斯梅尔。她的机侣可以直接和哈克联络，所以找到她很容易。很多孩子还在外面玩，不过大多数成年人都已经回家享受二人世界了，还在外面的男女并不多。

庞特在格里克辛人的世界里并没有见到太多孩子，不过他知道，他们世界里的父母并不会像自己世界里这样，放心让他们的孩子独自玩耍。格里克辛人的世界有两处问题：首先，他们没有清理过基因库，那些不受欢迎的心理特质还留在人群里；其次，他们也没有朗维斯·特洛波这样的人来救他们于水火，没有植入体内的机侣和远程档案记录，格里克辛人依然有可能会遭受到袭击，而且从他在格里克辛人的视频系统中所见到的少数资料来看，孩子们是最易遭袭的目标。

但这里,在他所在的世界,孩子们日夜都能自由玩耍。庞特不由得想,在格里克辛人的宇宙里,父母是怎么在担惊受怕中保持理智的啊。

"她在那儿!"达卡拉比庞特先一步看到女儿。婕斯梅尔和泰伦正在一个露天小摊前查看一套剥皮工具。

"婕斯梅尔!"庞特喊道,挥着手。他的女儿抬头看到他,立刻露出了微笑,并没有因为和泰伦相处的时光被人打扰而感到失望,他很高兴。

庞特和达卡拉的关系稍微拉近。"我们打算去达森广场,可能去吃点水牛肉。"

"我应该去陪陪父母了。"泰伦说,庞特不知道他是从自己的动作中看到了暗示,还是真的这么想。泰伦俯身舔了舔婕斯梅尔的脸:"今晚见。"

"那我们走吧。"梅嘎梅格说,她握住了庞特的左手和达卡拉的右手。婕斯梅尔走在庞特身边,于是他用胳膊搂住她的肩膀,四个人一起出发了。

第六章

虽然玛利亚更希望能有机会来让自己好好考虑一晚上,但乔克·克瑞格给的机会实在太诱人,根本想都不用想。她怎么能错过这种好事?

今天是学年开始前唯一一次部门会议,不是所有人都要出席,有些老师仍然待在自己乡下的小屋里,或者就是干脆不想在九月的第一个周二来学校。但她的多数同事都在,所以这也是她安排代课名单的最佳机会。玛利亚知道自己很幸运,作为女性,她的出生恰逢其时,高校的男女教师比例失衡是个历史遗留问题,但约克大学和许多其他高校最近都在招聘中有意对它做出调整,尤其是在理工科领域。所以她比较顺利地拿到了终身教职的试用机会,最后顺利拿下了这个岗位,而许多和她岁数相仿的男性还在靠课时制的教学任务来勉强维持生计。

"各位,欢迎回来,"奎赛尔·伦图拉说,"希望你们过了个美好的暑假。"

坐在会议室桌前的十来个人点了点头。"很好。"奎赛尔说。她是位巴基斯坦裔女性,大约五十岁,穿着一套漂亮的米色上衣,下身宽松的裤子和衣服是配套的。"当然了,"她话头一转,笑着说,"我敢肯定,这个假期过得最有意思的应该就是我们的玛利亚了。"

玛利亚觉得自己脸红了,科尼利厄斯·罗斯金和其他几个人还鼓了会儿掌。"谢谢。"她说。

"但是,"奎赛尔继续说,"如果我们能想出排课的方案,那么玛利亚其实想请假离开一段时间。"

坐在奎赛尔对面的科尼利厄斯直了直身子。玛利亚露出微笑,她知道科尼利厄斯猜到了接下来的事。机会近在眼前,他准备把它牢牢抓在手中。

"玛利亚现在上的课是课程代码2000①的'遗传学概论'、大三阶段的'基因表达和调控',还有大四阶段的'真核生物的遗传分析',另外她还带了两个博士,分别是达利娅·克莱因和格雷厄姆·斯迈思,达利娅的研究方向是古人类的DNA,格雷厄姆的研究方向是——玛利亚,他的方向是什么来着?"

"基于线粒体DNA序列研究的鸣禽分类学重新评估。"

"对,"奎赛尔点了点头,然后透过自己半圆形的眼镜望向在座

---

① 国外大学用课程代码来表示课程的难易程度,从2000~9000分别对应大一至博士的课程难度。另有1000分为入学前的阶段,1100分为引言或者介绍型课程。

的众人,"有人愿意认领一些额外的工作吗?"

"有人……"这两个字还没说完,科尼利厄斯·拉斯金就把手举到空中。可怜的科尼利厄斯,玛利亚真为他难过。他大约三十五或者三十六岁,八年前得到了遗传学博士学位,但系里没有给白人男性的全职岗位,如果是在十年前,他这时候就快得到长期聘用合同了,可现在呢,他上一门半学期的课只能拿六千加元,上一学期的课酬劳翻倍。他住在浮木街一所脏乱的公寓楼里,而这个街区就连学生见了也要绕路走——科尼利厄斯把自己的家称作"贫民窟里的阁楼"。

"我来上'基因表达和调控',再加一门'真核生物的遗传分析'。"科尼利厄斯说。

"我把'真核生物的遗传分析'和课程代码2000的概论课给你,"奎赛尔说,"好事不能让一个人都占了。"

科尼利厄斯明智地点头答应:"成交。"

"那这样的话,我能上'基因表达和调控'吗?"说话的是另一位白人男性,名叫德文·格林,他也是签了短期教职合同的老师。

奎赛尔点点头:"那就给你了。"然后她看向卡伦·克里,这是位黑人女性,和玛利亚岁数相同,"你的话——我看看——你来带克莱恩小姐可以吗?"

短期教职的老师不能带博士,所以只能把她分给全职的教师。"我更想带那个研究鸟类的学生。"

"行。"奎赛尔说,"谁想带克莱恩小姐?"

没有反应。

"这么说吧,"奎赛尔说,"谁想要克莱恩小姐和玛利亚的办公室?"

玛利亚笑了起来,她的办公室位置确实一绝,俯瞰学校温室的角度绝佳。

"我要了!"海伦·怀特说。

"搞定。"奎赛尔说。她转身看着玛利亚,笑着说:"看来没有你,这学期的教学任务也能对付过去。"

部门会议结束后,玛丽回到了实验室。要是她带的博士达利娅和格雷厄姆今天也在就好了,她真的欠他们一个解释。

可话说回来,她又能怎么解释?美国给了她一个极好的工作机会,这个明面上的原因只是整个故事的一部分。之前也有几所美国大学想要挖她过去,所以这也不是说明自己没人要。但她总是拒绝他们的请求,不断告诉自己其实她更喜欢多伦多,因为这里的气候更宜人,因为她更想念CBC电视台,更喜欢剧院的现场演出,还有加勒比游行,还有贝克街侦探书店,还有"约克维尔"和"精馔"这两家小酒馆,还有皇家安大略湖博物馆,还有禁烟的餐厅,还有蓝鸟棒球队,还有《环球邮报》,还有公费医疗制度,以及哈博芳读书会。

她当然也可以告诉他们这个岗位的福利有多好,但背后真正的原因，其实是想远离那起强奸案。她知道这种案件哪里都会发生，换个城市也不一定会更安全，但她就是因为想忘记这件让她痛苦的事，才去了萨德伯里，调查那个发现了活尼安德特人的疯狂故事，这次那个诱因又可以让她再次离开多伦多。如果达利娅在，自己可能会把原因告诉她，但绝对不可能和格雷厄姆·斯迈思讨论这件事，任何男的都不行……至少这个世界的男性是被排除在外了。

玛利亚开始整理实验室中的私人物品，把它们都放进一个旧旧的塑料牛奶箱里，这个箱子在实验室里常年被人踢来踢去。她有一份挂历，上面都是些廊桥的照片。她还有两个侄子的快照，外头还套着相框。另外还有印着加拿大早安电视台台标的咖啡杯。之前在育空永久冻土带发现了一头三万年前的熊，她在大约十年前从那头熊的样本上复原了DNA，然后就上了那个节目，这就是她在那时候拿到的。实验室书架上的书多数都是大学的财产，但她还是找到了六本自己的书，包括最新版的《化学物理手册》。

玛利亚双手叉腰，环顾了一番实验室。会有别人来接手她现在给旅鸽DNA测序的工作。她在去萨德伯里之前一直在做这个项目。另外，虽然实验室里的大多数植物都是玛利亚自己买的，不过她知道，自己可以拜托达利娅替她浇水。

好了，现在一切都搞定了。于是她搬起相当沉重的牛奶箱，朝着实验室门口走去，然后——

不对，她还忘了件东西。

她觉得自己可以把它们留在这里。毕竟自己不在的时候也没人会乱丢。这里还有老丹尼尔·科尔比留下的标本，真是要命了，他都去世两年了。

玛利亚放下她的牛奶箱，穿过房间，走到存放生物标本的冰箱前。她打开冰箱门，一股冷气扑面而来。

它们就躺在那里：两个不透明的标本容器，上面贴着"沃恩666"的标签。

其中一个装着她那晚穿的内裤，而另一个——

是他留在自己体内的渣滓。

不，还不行，她不能把这些东西带走。它们在这里就挺好，自己也根本不想碰它们。于是她关上冰箱门，转身准备离开。

这时候，科尼利厄斯·拉斯金把头探进了实验室。"嘿，玛利亚。"他说。

"嘿，科尼利厄斯。"

"我就是来和你打个招呼，想告诉你，我们会想你的，而且我也想谢谢你让我能多上几节课。"

"没什么，"玛利亚说，"没有比你更合适的人了。"她没有说客套话，这是真的。科尼利厄斯就是属于那种神童，他在多伦多大学读了本科，最后却在牛津拿了博士，还在牛津的古代生物分子中心进修过。

玛利亚向牛奶箱走去。"我来帮你，"科尼利厄斯说，"你要把它搬到车上去吗？"

她点点头。于是科尼利厄斯和普通人一样蹲下来，搬起那个牛奶箱。他们走进走廊，迎面碰上了杰里米·班永，他也是博士，但不是玛利亚的学生。"沃恩教授好，拉斯金博士好。"他说。

她看见拉斯金勉强挤出一个微笑。玛利亚和其他全职教师的头衔都是"教授"，但科尼利厄斯还没得到这个尊称，在学术界被人叫"博士"就相当于是安慰奖。她能从科尼利厄斯的表情看出来，他对那个"教授"头衔有多渴望。

她和科尼利厄斯下了楼，步入炎热的八月。他们沿着约克大学的小道走向停车场，科尼利厄斯帮她把东西放进本田的后备厢里。玛利亚和他道了别，钻进车里，点燃发动机，朝着她的新生活驶去。

第七章

"你很快就开始了一段新的男女关系,有意思。"塞尔根的语气很温和。

"这不是新的关系,"庞特厉声驳斥,"我和达卡拉·波尔贝已经认识两百多个月了。"

"噢,是啊,"塞尔根说,"毕竟她是你女伴的女伴。"

庞特双手抱胸,"没错。"

"所以你自然也就认识她了。"塞尔根说着点了点头。

"没错。"庞特的语气中充满了防备。

"那在你认识达卡拉的这段时间里,你有没有对她产生过兴趣?"

"什么? 你说性的方面?"

"对,性的方面。"

"当然没有。"

塞尔根耸耸肩:"这很正常,许多男性都会对他们女伴的女伴有兴趣。"

庞特沉默了好几拍,然后缓缓地说:"在幻想和真的兴趣之间,还是有区别的……"

"当然,"塞尔根说,"这是肯定的,那你是不是经常对达卡拉有幻想?"

"没有。"庞特坚决地回答。然后他又沉默了,随后说:"这么说吧,'经常'这个词有很重的主观色彩,我的意思是,是会有,时不时地还是会,我觉得,但……"

塞尔根露出微笑:"我之前说了,这没什么不正常的。许多色情作品都是这个题材,你有没有……"

"没有。"庞特断然否认。

"你虽然这么说,但我注意到你还藏有一种不自在的情绪。你和达卡拉的关系变了,这有点困扰你,到底是什么呢?"

庞特又沉默了。

"你是不是觉得这件事在某种程度上是错的?因为克拉斯特刚去世不久。"

庞特摇摇头:"不是,克拉斯特去世了,离开了。其实和达卡拉相处反而会让我想起克拉斯特,毕竟她是这个世界上唯一一个像我这样了解克拉斯特的人。"

"好吧,那我再问你一个问题。"

"就算我不想听，你也还是会问的，对吧？"

"这倒没错，"塞尔根微笑着回答道，"那时候你还不知道最高银须长老会是否决定重开通向格里克辛世界的传送门，你的不安感是不是来自于你自己觉得，和达卡拉接触其实是对玛的背叛？"

庞特笑出了声："这就是你的推测？我早就和你说过，你们这群人格塑造师找到的答案永远都是这么粗浅、迂腐。我没有和玛·沃恩缔约，我也没有对她许过任何承诺。我的不安——"

庞特突然掐断话头，塞尔根静静等待，觉得庞特会重新开口，可他错了。"你说到一半就不说了，"塞尔根说，"你的脑海中已经有了一个答案，但你决定保持沉默。那个答案是什么？"

庞特深吸一口气，当然也是在吸入塞尔根的信息素，试着参透对方给自己设下的陷阱。但塞尔根有种罕见的能力，他能控制自己散发的信息素，这也是他成为合格心理塑造师的资本。他耐心地等待，终于，庞特还是开口了："我觉得自己背叛的不是玛，而是阿迪克。"

"你的男伴。"塞尔根像是在把名字和人对应起来。

"是的。"庞特说。

"你的男伴就是那个你从另一个世界里拉回来的人，从玛·沃恩的世界……"

"对。不，我的意思是，他——"

"他肯定做了他该做的事，但我们再深入探究一下，你的心里肯定有点……怎么说?"

庞特闭上双眼:"是怨恨他的。"

"因为他把你带回家了。"

庞特点点头。

"因为他把你从玛的身边带走了。"

庞特又点了点头。

"因为他把你从一个可能代替克拉斯特的人身边带走了。"

"谁都不能代替克拉斯特,谁都不行。"庞特激动地说。

"当然,当然。"塞尔根立刻安抚道,举起双手,掌心向外,做出投降状,"对不起。在你失踪的那段时间里,达卡拉差点就让阿迪克受了物理阉割的惩罚,但和她调情对你来说还是有吸引力的,对吧,至少在某种程度上是这样。那么在你的潜意识里是想惩罚他的,对吗? 你想让他付出代价。"

"你错了。"庞特说。

"嗯,没事,"塞尔根倒是很轻描淡写地说,"我经常误判,这很正常……"

合欢日结束了,庞特和阿迪克还有其他男性一起回到城缘。他们坐悬浮巴士回家的时候,庞特没和阿迪克说起自己与达卡拉相处的事情。倒不是因为阿迪克知道自己和别的女人在一起会难过,忌妒自己男伴和其他异性发生关系是无理的行为。

但达卡拉和别的女人不一样。

他们两人刚从停在房子外面的悬浮巴士上下来,庞特养的那只红棕色大狗巴伯就冲到前门来迎接他们。巴伯有时会跟着庞特和阿迪克去城中,但这次他们把这个大姑娘留在了家里,他们不在的时候,巴伯会自己捕猎,这对它来说不是难事。

他们一起进了屋,庞特在客厅找了个位置。晚餐平时都是他来准备的,一般到家后就要着手开始,不过今天他想先和阿迪克谈谈。

阿迪克去了趟洗手间,庞特坐立不安地等待着,终于听到了卫生洁具冲水的声音。然后阿迪克出现了,他发现庞特还坐在沙发上,于是扬起眉毛看着庞特。

"你先坐。"庞特说。

阿迪克照做了,他跨坐在庞特对面的鞍形椅上。

"你可能会听到别人说起这件事,但在这之前,我想让你先听我说。"庞特说。

阿迪克本来可以催他开口,庞特想,但他只是期待地看着自己。

"我和达卡拉共度了合欢日。"

听了这句话,鞍形椅上的阿迪克身子明显一颓,分开的双腿也没了力气,耷拉在了两侧。"达卡拉?"接着他又重复了一遍,好像这世界上还有另一个人叫这个名字,"你是指达卡拉·波尔贝?"

庞特点点头。

"在她对我做了那些事之后,你还这样?"

"她希望得到谅解,"庞特解释道,"得到我,还有你的谅解。"

"可她想让我受阉割!"

"我知道,我知道,"庞特柔声安慰他,"但她不是没成功吗。"

"没挨刀就没受伤,你是这个意思吗?"阿迪克厉声反问。

庞特沉默许久,整理着自己的思绪。他坐悬浮巴士回家的这一路上都在想着自己应该怎么说,但在这种事上,理想和现实总是有很大差距。"听着,我还要考虑孩子的因素,如果她们的父亲和陪伴她们生活的女性不和,那肯定会出问题。"

"我也关心梅嘎梅格和婕斯梅尔,"阿迪克说,"但这场冲突不是我引起的。"

庞特缓缓点了点头:"当然,但是,她们在过去的这两个旬月里经历了那么多事……"

"我知道,"阿迪克说,"克拉斯特去世了,我很难过,但是我再说一遍,目前的冲突不是我引起的,这都是达卡拉·波尔贝的错。"

"我明白,但是……但是宽恕不但对被宽恕的人好,也对主动将宿怨勾销的人有好处。比起时刻记着曾经的仇恨和愤怒……"庞特说到这里,摇了摇头,"还是放手更好一些,要做得彻底,坚决。"

阿迪克似乎在考虑他说的话,过了会儿他说:"就在大约两百个月前,我也对你造成过伤害。"

庞特觉得自己抿紧了嘴。他们之间从来没谈过这件事，从来没有。他们之所以能一直相处到现在，部分原因就是这个。

"而且，"阿迪克继续说，"你原谅了我。"

庞特还是板着脸。

"你从来没和我要过任何回报，"阿迪克说，"我知道，你现在也不会通过让我答应你来作为交换，但是……"

巴伯对这种不符合日常规律的情况感到很不安，现在已经到了用餐时间！它冲进客厅，用鼻子蹭着庞特的双腿，他弯腰挠了挠它的脑袋。

"达卡拉也想得到原谅。"庞特说。

阿迪克望着长满青苔的地面。庞特知道他在想什么。阉刑是法律允许下的最高刑罚，阿迪克没有犯罪，达卡拉就想让他遭受此种刑罚。而她这么做的动机，或者说借口吧，完全只是因为她自己的不幸遭遇。

"你会和她缔约吗？"阿迪克问这个问题的时候并没有抬头。虽然庞特和自己的女伴，也就是化学家露特的关系不错，但没有法律规定自己必须和对方的女伴保持良好的关系。

"现在想这个还太早了，"庞特说，"但我这四天和她过得的确很愉快。"

"你们做过了？"

这个问题倒是没有惹恼庞特，两个结伴的男性讨论他们和女性的亲密行为很正常,每个男性都有自己的喜好,对于那些难以启齿的想法,这么做倒是很常见。

"没,"庞特耸耸肩,"如果时机合适,我们可能会做。但我们这次多数时间都和婕斯梅尔还有梅嘎梅格在一起。"

阿迪克点点头,好像庞特正在揭开一个巨大的阴谋:"想要赢得男人的心,就要先关心他的孩子。"

"她是她们的监护人,在某种程度上,她们也是她的孩子。"

阿迪克没有回答。

最后还是庞特先开口了:"所以,你会原谅她吗?"

阿迪克抬头看着房间的天顶画,过了会儿,他说:"你不觉得这很讽刺吗?我们间的问题之所以存在,完全是因为你在好几旬月前对我显出的善意。如果你在那件事后公开指控我,我那时候就会被阉割了。要真的是这样,达卡拉就不会在你失踪后还惦记我的两颗卵蛋了。"他耸了耸肩,"既然你是这么想的,那我也没有别的选择,只能原谅她。"

"你可以选择的。"庞特说。

"不,我会原谅她的,"阿迪克点了点头,"就像你之前那样。"

"你是个好人。"庞特说。

阿迪克皱起眉,像在思索刚刚听到的这句陈词滥调:"不,也就一般般吧,但是你,我的朋友……"

庞特微笑着站了起来:"我要去做晚饭了。"

虽然合欢日才刚结束,但庞特和阿迪克已经回到了议会大厅。最高银须长老会已经宣布,他们即将做出是否重开传送门的最终决定。

会议室里挤满了男男女女的听众,阿迪克看上去很不自在,庞特过了好一会儿才知道原因。阿迪克上次在这个房间的时候,这里也和现在一样挤满了人,那次是被用作审判他的"都斯拉姆–巴萨德拉姆"。但对于自己心中的不适,阿迪克什么都没说,毕竟提起这事就要重提他和达卡拉的那段不快的往事,但正因如此,庞特更爱他了。

听众里还有十一位曝录者,他们的特点就是那一身银色衣服。庞特一直对格里克辛人世界中的新闻很不习惯:他们的新闻总是播个不停,有些频道甚至会播上十个十分日,里面尽是全世界每天发生的糟糕事。这个世界的机侣已经确保了民众的安全数千月之久,盗窃、谋杀和袭击这些罪行几乎已经绝迹。但这里的人们对信息还是有着迫切的需求。庞特之前听到过一个说法,人们需要茶余饭后的谈资,这就像其他灵长类生物互相清理毛发中的虫子,正是这些行为将他们捆绑在一起。因此一些居民主动做出贡献,调整了自己体内的植入体,这样那些愿意接收的人就能接收到他们发出的信息,之后人们只要把自己的窥机接到任何他们喜欢的曝录者身上就能看了。

有两个曝录者专注于报道议会会议,但今天准备颁布的决定很受大家关注,所以有些平日只报道体育项目或者诗歌朗诵的曝录者也出席了。

最高议会的主席潘达罗用一根雕花木手杖帮助站立,向台下的人群致辞:"我们研究了学者胡德和学者博迪特之前给出的提案,也仔细研究了学者博迪特前往格里克辛世界后所做的陈述,还有从这段经历中得到的少量物证。"

庞特用手指摸了摸自己有时会挂在脖子上的金色小吊坠。之前把它送去接受分析的做法让他很反感,但现在被送回来让他很高兴。玛在他离开她的世界前夕把这个礼物送给了他,两根金色的条状物相互交叉,一根比另一根略长。

潘达罗接着说:"经过审议,我们相信,如果能和另一个地球、和另一种人类建立联系,并能和对方拥有的科学知识及商品进行交易,那么其潜在的巨大价值是不容忽视的。"

"这是错的!"主席台对面的走廊里传来一个男性的喊声,"不要这样!"

主席潘达罗边上的长老贝多斯盯着那个喊话的人:"如果您不厌其烦,为此提案投过票了,那我们已经注意到了你的意见。但无论如何,做出决定是议会的职责,请您少安毋躁,等我们宣读完毕再说。"

于是潘达罗继续说下去:"最高银须长老会以十四票赞成,六票反对的结果,同意学者胡德和学者博迪特尝试再次打开通往平行宇宙的传送门,二人每十天向议会提交一次相关报告,议会每隔三个月会复查一次,以决定是否继续进行这项工作。"

庞特站起来,微微鞠了一躬:"谢谢您,主席。"接着,阿迪克也站了起来,两人拥抱在一起。

"庆祝的事先放一放,"潘达罗说,"我们先讨论下安全和健康方面的要务……"

第八章

"沃恩教授,欢迎来到协力集团!"

玛利亚对乔克·克瑞格露出微笑,这里居然还有那么多值得期待的设备,她之前真没想到。协力集团所在的办公楼——好吧,这不算办公楼,它其实位于罗切斯特市海风区的一幢老式豪宅里,就在安大略湖岸边。玛利亚看到一只苍鹭沿着沙滩岸边漫步,鸭子、鹅和天鹅在海港里和游艇排成一排,庞特肯定会喜欢这个地方的。

"我先带你转转吧。"克瑞格带着玛利亚走进这幢老宅。

"谢谢。"玛利亚说。

"我们现在有二十四名工作人员,而且人数还在增加。"

玛利亚被震惊了:"这二十四个人都在研究尼安德特人的移民问题?"

"不不,协力集团手上的工作远不止这些。DNA项目非常重要,因为如果传送门再度打开,我们就要用到它。但我们在这里也会研究尼安德特人的方方面面。美国政府对植入体内的机侣很感兴趣，而且——"

"老大哥在看着你呢。"玛利亚说。

不过克瑞格摇了摇头："不，完全不是这样。如果我们相信庞特，那么照他的说法，机侣可以将某人周围所发生的一切事无巨细地记录下来。我们的团队里有四位社会学家正在评估此事，看看能不能把尼安德特人这种监测周围环境的技术用在我们的世界里。不过话又说回来，如果传送门重新打开，我们还是希望能和对方保持平等的关系，如果他们派来的特使能够轻易记录下自己一切所见所闻，那么我们也希望自己的特使能有同样的技术。说到底，这都是利益交换，公平交易。"

"噢。"玛利亚指出了他的漏洞，"但庞特说，他在这个世界的时候，机侣是没法向他的世界传输远程档案的，他看到的一切东西都没有被记录下来。"

"我知道，我知道，但我相信这就是个技术层面的小问题而已，他们可以在这里造一个接收站。"

他们沿着长长的走廊一路前行，快走到底的时候，克瑞格打开一扇门，里面有三个人——两位白人男女，还有一位黑人男性。黑人靠在椅背上，把一个个揉成球的纸团投向垃圾桶。白人男性盯着窗外的沙滩和远处的安大略湖，白人女性则在一块白板面前走来走去，手里拿着一支白板笔。

"弗兰克，凯文，莉莉，来，认识下玛利亚·沃恩。"克瑞格说。

"嗨。"玛利亚和他们打招呼。

"你是负责成像分析的吗？"这个提问的女人肯定是莉莉。

"什么？"

"成像分析。"弗兰克说，然后凯文又重复了一遍："对，成像分析"。不过玛利亚可能把他们两人弄反了。"就是照相那类的。"

克瑞格做了解释："这是我们把公司选在罗切斯特市的原因之一，因为柯达、施乐和博士伦的总部都在这儿。我之前也说过，仿制机侣的技术是目前的首要任务，全世界没有哪个城市能像这里一样，聚集那么多成像分析和光学方面的专家。"

"原来如此，"玛利亚看着房间里的三个人，"不过我是遗传学家。"

"噢，我知道你！"那个黑人站了起来，椅背回归原位的时候，如释重负地发出了一记声响，"你就是那个和大尼在一起的女人！"

"大尼？"

"就是尼安德特人。"克瑞格说。

"他叫庞特。"玛利亚有点被惹毛了。

"对不起，"黑人说着朝玛利亚伸出手，"我是凯文·比洛多，之前在柯达的臭鼬工厂①从事研发工作。我们很想从你的脑海里挖出机

---

① 臭鼬工厂这一概念最早诞生于美国著名军工企业洛克希德·马丁公司，臭鼬工厂是一个直属于公司高层的核心科研部门。由于该公司的臭鼬工厂取得了杰出效果，后被美国其他公司所效仿。

侣的相关信息,毕竟你近距离看过它。它的镜头是怎么排列的?"

"它只有一个镜头。"玛利亚说。

"看吧!"莉莉很得意,责备似的望向一个男人,通过排除法,他肯定就是弗兰克了。

"庞特说它是用传感场记录图像的。"

"他有没有说是哪种传感器?""他有没有提到过电荷耦合装置?""全息影像技术呢? 他有没有说到过什么全息影像技术?""传感器的分辨率是多少?""他有没有提到过像素是多少?""你能描述一下——"

"各位!"乔克大声替玛利亚解了围,"各位! 玛利亚会和我们在一起很长很长时间,你们和她聊天的机会还有很多,现在她还要继续熟悉工作环境。"

他们三个道了歉,又一起小声交谈了好一会儿,然后克瑞格才带着玛利亚离开房间。门刚关上她就说:"他们真的很热情。"

克瑞格点点头:"这里的人都这样。"

"但我不知道他们要怎么才能完成你的要求。我的意思是,我听说过逆向工程,但他们连机侣的样机都没有,这怎么能复制出来?"

"只要知道这是可能的,或许就能把这事引上正确的方向。"克瑞格打开大厅另一头的门,玛利亚不由得睁大了双眼。

"露易丝!"她惊呼道。

房间的工作台上放着一台打开的笔记本电脑,而坐在桌前的人就是露易丝·贝努特,她是萨德伯里中微子观测站的物理学博士后,庞特最初出现在核心区域的重水罐里时,正是她主动跳进水里,救了他的命。

"你好啊,玛利亚。"露易丝说话的时候还是带着玛利亚熟悉的法国口音。她站起来,一头浓密的棕发垂到腰际。玛利亚现在三十八岁,她知道露易丝现在只有二十八岁,不过她自己也知道,自己十八岁的时候也没她那么漂亮。露易丝不但身材好,腿也长,而且还有一张模特脸。玛利亚刚见到她时,就因为这张脸而本能地讨厌她。

"我忘记你认识贝努特博士了。"克瑞格说。

玛利亚惊讶地摇了摇头:"乔克,你真是个猎头大王啊。"她又看着露易丝,在想她怎么不化妆也能显得容光焕发,"露易丝,很高兴见到你。"但随后,她心里藏着的小心思又在作祟了,"鲁本怎么样?"

鲁本·蒙塔戈是克莱顿矿井的驻场医生。之前她、庞特、鲁本和露易丝在萨德伯里接受隔离的时候,他就和露易丝擦出了不少爱情的火花。"他还行,他帮我把东西搬到这里来了,我下周末打算去看他。"玛利亚本来还以为他们之间的关系只是打发时间的露水情缘,所以这个回答让她很吃惊。

"这样啊,"玛利亚意识到自己是在自讨没趣,于是换了个话题,"你在这里负责什么?"

"贝努特博士负责的是我们的传送门小组。"克瑞格说。

"对,我们正在试图研究出打开传送门的技术,好通向其他宇宙。"

玛利亚点点头。露易丝在隔离的时候也不是整天都在和鲁本滚床单,她也会和庞特·博迪特交谈到深夜。在这个世界里,没人比她更懂尼安德特人的物理知识了。玛利亚觉得很羞愧,露易丝明明什么都没做错,她错就错在生得太好看了。"真好,我们又能一起了。"玛利亚说。

"话说回来,我可以再多个室友,你是怎么打算的?我们在鲁本家隔离的时候相处得好像还不错。"

"唔,不用了,"玛利亚说,"谢谢,不过我……呃……我还是喜欢一个人待着。"

"好吧,那你在罗切斯特市找个房子也不难。"露易丝说。

克瑞格点点头:"施乐和柯达这几年裁了很多人,而它们则是这个市的主要雇主,所以你应该能在这里以很便宜的价格买到房子,还有好几百套可以让你挑呢。"

"多谢分享。"玛利亚说。

"你可以去看看布里斯托港的房子,那个镇子离这里大约一小时车程,但它就在五指湖边上。景色绝了,有很多鹿,晚上还能看到星星。"

"说到夜空,"玛利亚发现露易丝可能是解答这个问题的合适人选,"在萨德伯里的最后一天的晚上,我看到极光像疯了一样,这是怎么回事?"

露易丝盯着玛利亚看了好几秒,像是不能相信她居然会问出这个问题。"你没看报纸吗?"

玛利亚摇摇头:"我最近都在忙着搬家,没注意。"

"因为地球磁场行为出现了异常,"露易丝说,"全球各地的数据都证明,地球这台发电机的电强度正在大幅波动。"[①]

"原因是……?"

露易丝耸耸肩:"谁也不知道。"

"这种情况危险吗?"克瑞格问。

"可能不太危险吧。"

"可能?"

"主要是因为之前没有类似的记录。许多专家都觉得,这种情况说明地磁场正在崩溃,这是两极反转的前兆。"

玛利亚隐约记得之前听过这个说法,不过克瑞格替自己问出口让她很高兴。"意味着?"

"你也知道,地磁场会经常逆转,比如北极变成南极,南极变成北极。地质记录表明这种情况已经出现过三百多次了,但都不是在人类活动历史的这段时间里,所以我们对它的了解真的不多。不过

---

① 具有磁场的天体旋转时,由于单极感应作用,就会产生动势。地球可以被看作发电机的转子,两极为正极,赤道为负极,理论上可以获得十万伏左右的电压。这是一种把地球本身当作一个巨大的发电机的设想,这里指地磁场发生紊乱。

我们一直以为这种两极反转的事情只有在地磁场崩溃时才会发生，然后再慢慢回归正常。"

"不过你之前说这没什么好担心的?"克瑞格问,"这不会导致人类灭绝吗?"

露易丝摇摇头:"不会。恐龙灭绝的时候,地磁场就和现在相反,但是直到白垩纪结束前,它一直是那种状态,持续了一百多万年。"她露出了迷人的微笑,"最糟的情况不过是把我们现在的罗盘重新刷一遍嘛。"

"那我就放心了。"玛利亚说。

露易丝点点头:"甚至连重刷罗盘都不用。"她说,"按照我们现在的认知,地球两极的南北其实取决于量子力学,也就是说这完全是随机的,说明等地磁场重新建立后,两极反转的可能性只有百分之五十。"

克瑞格扬起眉毛:"但如果真是这样,假如恐龙灭绝的时候真的出现过磁场崩溃,而重新生成的磁极又恰好和现在一致,那我们也没法确定它曾经崩溃过啊。"

"乔克,这你就想多了,目前我们对磁场崩溃的认知说明,它和物种灭绝没关系。所以你之前的假设是没道理的。地磁场崩溃后又重新出现,然后磁极恰好又没变,这对生物有影响吗? 答案是没有。"她面带微笑,看着克瑞格,玛利亚发现他还陷在自己的思绪里。"别担心,"露易斯说,"我们肯定能平安度过这次变化的。"

第九章

"你之前和我说过,你想重新打开传送门的唯一原因,就是它能为我们世界的人民带来好处。"

庞特悠悠地点了点头:"对。"

"既然能否与另一个世界建立联系完全取决于你和阿迪克·胡德开发的量子计算机,那你自然也会留在这里,在这个地球上帮忙监督量子计算设备的运行。"

"这个嘛……"庞特刚说了几个字,声音又渐渐轻了下去。

"你也说了,你自己对这个项目没有私欲,对吗?"

"是的,但——"

"但你又和最高银须长老会发生了争执,对吗? 你坚决要求他们让你返回那个世界。"

"这才是唯一合理的做法,"庞特说,"只有我去过那儿,我也认识一些人,对他们的世界也有不少了解。"

"而且你也表示,如果你不在下一批前往平行宇宙的名单里,那你就拒绝将机侣收集到的格里克辛语料库转交给他人。"

"不,我只是向他们提议。如果我在,会对大家有帮助。"

塞尔根的语气很温和:"你做的可不单单是'提议',我和这世上的大多数人一样,从窥机里看到了那天发生的不少事。如果你对这些事的记忆模糊了,那我们可以帮你查到那天的远程档案,很容易的。我之所以把治疗中心选在离远程档案库这么近的地方,就是为了这个。我们要不去那边再——"

"不用了,"庞特说,"没那个必要。"

"所以你确实'胁迫'他们让你重返另一个世界了?不好意思,'胁迫'这个词会不会太重了。"

"我想尽可能多为社会做贡献,这是《文明法典》对我们每位公民的要求。"

"这倒没错,"塞尔根同意他的说法,"如果所谓的贡献,比如那种更崇高意义上的贡献,反而被用作犯罪的话,那就……"

"不,你错了,"庞特说,"我根本就没有犯罪的念头。我唯一的目标……"他停住话头,过了一会儿才开口,"我唯一的目标就是让两个世界重新建立起联系,当然了,还有见到我的朋友玛·沃恩。但是,如果我知道自己最后会做那件事,那我无论如何都不会再回去了……"

"这也不全是真心话吧?"塞尔根说,"你说过,如果你能重返犯罪现场,还是会做出同样的选择。"

"对,但是……"

"但是什么?"

庞特叹了口气:"没什么。"

最高银须长老会最后默许了庞特的要求,同意将量子计算机交给阿迪克监管,这样他就能重返格里克辛人的世界了。庞特之前就觉得,他们同意起来肯定是不情不愿地,结果还真是这样。不过他没想到,自己这次还多了个"特使"的头衔。

虽然他很想回到那个宇宙,想再见到玛,但他的情感很复杂。他上次的到访是个意外,而且那时候很怕自己再也回不来了。虽然他和阿迪克的确相信传送门是可以重开的,而且还能一直保持开放,但没人能百分百肯定。庞特曾经差点失去阿迪克、婕斯梅尔和梅嘎梅格,所以这次他也不确定,自己还能否承受再次失去他们的可能。

不对,他会去的。庞特虽然多有担忧,但还是想去。没错,他是想看看自己和达卡拉·波尔贝的关系会如何进展,但是下个合欢日要等到一个月后了,如果一切进展顺利,他那时候应该早就回来了。

另外,这次庞特可不是孤身前往那里。和他一起的还有个144代的女性,她叫图卡娜·普拉特,比庞特年长十岁。

传送门首次打开是意外,第二次是不计后果的救援,而第三次,则是周全有序的行动。

但就算是这样,事情也有可能会出错:传送门打开后会通向另一个世界,或者庞特误解了格里克辛人,他们其实在那个世界伺机而动,时刻准备蜂拥而来。为此,长老会的成员之一贝多斯将会手拿雷管,地下的量子计算实验室里也已摆满了炸药,如果事情的发展方向变糟了,贝多斯就会引爆炸药,让成千上万佩①岩石落下来,填满整个房间。虽然贝多斯的机侣没法联系地面,但能向炸药发送信号。如果格里克辛人或者其他生物带着武器,从传送门中蜂拥攻入,那么就算贝多斯牺牲了,他的机侣也会立刻引爆炸药。

与此同时,阿迪克也会负责一个按钮,主要应对没那么紧急的情况。如果事态失控,他就会切断量子计算机的全部电源,这样应该就能切断两个世界的联系。如果他死了,那他的机侣就会替他完成这件事。至于地面,也就是德博拉镍矿的入口处,也装好了炸药,执法者会站在附近监视动向,随时准备应对危险。

当然了,庞特和图卡娜也不会贸然闯入传送门。他们会先送去一个探测器,上面有摄像头、麦克风、空气采样装置,等等。探测器是亮橙色的,外头还有一圈灯条。他们希望格里克辛人不要把它误认为是某种窃听行为,因为庞特之前解释过,格里克辛人对自己的隐私有种奇怪的偏执。

探测器和之前被送去救回庞特的机器人一样,也会通过光纤

①尼安德特人的重量计量单位,不过作者并未给出与现实重量单位换算的数值。

将接收到的数据传送回来。但和那个倒霉的机器人不同,这次的探测器接在了一根牢固的人造纤维绳上。

虽然探测器是高科技,但是从机械工程的角度看,负责维持传送门开启状态的德克斯管也是相当复杂的技术,不过把管子伸进传送门里倒是没什么技术含量。

庞特和阿迪克的量子计算机制造之初就是为了分解那些极大数。它在运算时会与全部拥有量子计算机的世界相连,每个量子计算机都会负责处理一个可能的因数。通过将所有宇宙中的结果相加,就能同时检查上百万个可能的因数。

但如果被分解的数很大,可能的因数要比所有平行宇宙中存在的量子计算机还要多,那机器在运算时就会被迫访问那些不存在量子计算机的宇宙。可只要一打通连接,那因数分解的过程就会中断,从而打开传送门。

量子计算室最初只有四个房间:一间干式厕所,一间餐厅,一间控制室,还有一间巨大的量子计算室。后来又加了三个房间:一间很小的医务室,一间卧室,还有一间大型洁净室,人们进出都要从这个房间过,以减少将有害物质从这里带到另一个世界的机会,同时也能清除任何可能带回来的病原体。格里克辛人的去污技术有限,可能是因为他们几乎没有体毛,也可能方便清洁,也可能是因为他们的鼻子太小,以至于他们不知道自己有多脏。但在尼安德特人的世界里,他们很久以前就开始使用调谐激光全身洁净器了,这种技术可以识别特定的蛋白质结构,除开皮肤、肌肉、器官和毛发,专注杀灭细菌和病毒。

量子计算室里从来没挤过这么多人。除了庞特和阿迪克外,还有大使图卡娜、三名最高银须长老会的议员——其中包括两名地方代表。机器人学家德恩也在此待命,他负责操作探测器。两名携带记录设备的曝录者负责拍摄画面,等回到地面后就发送给众人。

现在,时间到了。

阿迪克站在房间一侧的控制台前,庞特则站在另一边,德恩也有个单独放在桌上的控制台。

"路上要用的东西都带齐了吗?"阿迪克问。

庞特最后检查了一遍。哈克自然是随时陪伴左右,它已经升级过了,配备了全套医疗和外科手术数据库,以防庞特或者图卡娜在格里克辛人的世界里出现意外。

庞特系着一根宽腰带,上面有一个袋子,他已经把要带的东西都装好了,包括抗生素和抗病毒药物、免疫系统增强剂、消毒绷带、激光烧灼手术刀、外科手术剪,还有一系列精神类药物,包括减充血剂、镇痛剂和安眠药。图卡娜也系着一根类似的腰带,而且两人都带着手提箱,里面是几套换洗的衣服。

"一切就绪。"庞特说。"一切就绪。"图卡娜也重复了一遍。

阿迪克看着德恩:"你准备好了吗?"

那个胖男人点了点头:"准备好了。"

"准备好了告诉我。"阿迪克对庞特说。

庞特向阿迪克张开五指："那就准备探望亲戚吧!"

"好,"阿迪克说,"十!"

一个曝录者站在了阿迪克边上,而另一个则站在庞特身边。

"九!"

三名最高银须长老会的议员互相看了看对方。其他几位议员也想来,但长老会最后决定,最多只能承担三位议员出事的风险。

"八!"

德恩从自己的控制台上拔出了一些控制钮。

"七!"

庞特望向大使图卡娜,如果她觉得有点紧张,那也隐藏得很好。

"六!"

他扭头看着阿迪克宽阔的背部,他们昨天晚上故意没有好好与对方道别。如果此行出了意外,那庞特很有可能再也回不来了,谁都不想承认这点。

"五!"

这次旅行,庞特害怕的不单是失去阿迪克,也怕失去自己的孩子,最让他焦虑的莫过于她们在年纪还小的时候就失去双亲。

"四!"

还有一件事,他没那么担心,但也很重要,那就是他有可能在格里克辛人的世界生病。虽然医生们已经加强了他的免疫系统,经过改装的哈克也能时刻监视他的血液系统里是否有异物,但……

"三!"

他也担心,自己或者图卡娜会对另一个宇宙里的东西过敏。

"二!"

通道能否长期保持稳定? 庞特自己也拿不准,毕竟它的出现是量子技术的结果,而这个技术本身就是无法预知的。不过……

"一!"

虽然有这么多潜在的问题,有这么多可能发生的不利因素,但重返格里克辛人的世界有一个好处,就是能……

"零!"

庞特和阿迪克同时拔出控制台上的控制钮,突然,计算室里传来一阵巨大的轰鸣,透过控制室的窗,可以清晰目睹里面发生的事。庞特知道里面发生了什么,但之前从来没有作为旁观者亲眼见证过。计算室里所有没有固定好的东西都被传送到了另一个宇宙里。玻璃和钢铁制成的寄存器罐还在原处,甚至连摇摇晃晃的第69号寄存器也还在,但是房间里的所有空气都被抽走了,换来的是另一个宇宙里等质量的一大堆东西。庞特上次被不小心传送过去的时候,那个宇宙中与之对应的地方是一个巨大的丙烯酸球体,里面灌满了重水,那是格里克辛中微子探测器的中心。

但这次没有涌入汹涌磅礴的水:因为在庞特回来之前,格里克辛人为了维修那个损坏的丙烯酸球体,已经把里面的水排空了。

这时候，那个大约一臂长、看起来花里胡哨的圆柱形探测器颤颤巍巍地穿过传送门特有的蓝色火焰。火焰发出的光亮勾勒出了探测器的轮廓，现在他们只能看到接在探测器后的两根线缆，一根用作固定，另一根则是通信用的光纤，它们都绷得紧紧的，消失在了齐腰高的半空中。庞特把注意力转移到了控制室墙面新装的显示器上，探测器看到的画面就是通过它来显示的。

它看到的是——

"格里克辛人！"图卡娜大使惊呼。

"我还是半信半疑。"贝多斯议员说。

阿迪克转头笑着望向庞特："有你认识的吗？"

庞特眯起眼看着屏幕：和之前一样，传送门出现在了离地几人高的地方，量子计算室的位置似乎比中微子探测室中心的位置要高，而且稍微偏北些。十几个格里克辛人正在里面工作，他们都穿着连体的工作服，头戴黄色的塑料龟壳。多数格里克辛人都和庞特他们一样，肤色偏白，但有两个人的皮肤是深棕色的。在庞特之前的印象里，差不多所有工人都是男性，但这种情况在格里克辛人那里很难说。当然了，他最希望看到的那张脸是个女性，但她不可能在矿井底部修理设备。

所有面孔都抬头看着探测器，有几个人还举着他们细弱的手臂指指点点。

"不，"庞特说，"我一个都不认识。"

探测器的麦克风接收着另一头的声音,他们说的话都在洞穴般的房间里带上了可怕的回声。庞特大多都听不懂,但还是在这些人的对话中捕捉到了自己的名字。"哈克,"庞特呼唤自己的机侣,"他们在说什么?"

哈克现在换了个新的声音。庞特拜托寇巴斯特·甘特升级机侣的时候,让他帮忙把哈克的声音换成了富有磁性的男声,而且声音的来源还是庞特不认识的人。

哈克通过他的外部扬声器说话,好让房间里的人们都能听见。"你们看屏幕右下方的那个男人,他刚刚提到的就是他们称之为上帝的存在,在这个语境下,他说的显然是表示吃惊的感叹词。而他边上的男性提到的人据称是上帝儿子,而他身边的女性说的则是'完整的排泄物'。"①

"太怪了。"图卡娜说。

哈克继续说:"右边的男人刚刚对着画面外的某个人喊话,让对方使用通信链接去联系马博士。"

几个人类在哈克说话的时候凑近了扬声器。三位最高银须长老会的成员和大使图卡娜第一次近距离观察这些格里克辛人奇特、瘦削的面容和小得可笑的鼻子,不由得倒吸一口凉气。庞特看到他们这样,觉得很是有趣。

"看来我们已经成功建立了联系,"机器人专家德恩说,"而且

---

① 此处指的是英文口语是常见的几个感叹词:God、Jesus 和 Holy shit。

另一边的状况似乎也正常。"

三位最高银须长老会的成员讨论了一小会儿,然后贝多斯点点头,做出了决定:"开始吧。"

庞特和德恩分别拿起尚未展开的德克斯管两端,阿迪克打开了通往计算室的门。两个世界的物质之前进行了相当程度的交换,按理说,现在计算室里的空气多数都是格里克辛世界的,但这次开门的时候既没有"嘶嘶"声,耳朵也没有鼓胀的不适感。格里克辛人仔细过滤了中微子探测机构内的空气,所以庞特现在呼吸的空气中没有任何气味。

消失在空中的线缆和洞口的蓝光清晰地标志了通向另一个宇宙的入口。上次拯救庞特的时候,德恩就在现场,这回他操作着折叠起来的德克斯管,让它的一头接上固定探测器的绳索。庞特则摇晃着管子,让它伸展开,它足有八个手臂那么长。然后庞特再把它和固定用的绳索并排放在一起。

"好了?"德恩扭头看着庞特。

庞特则点了点头:"好了。"

"好,"德恩说,"动作小心。"

德恩开始将折叠起来的管子送进传送门,它的宽度正好可以放进狭窄的通道。庞特小心扯了两下,阿迪克随身带了个便携式的监视器,也可以显示探测器传送回的画面。他调整好设备的角度,这样德恩和庞特就能在房间的另一边看到发生的情况。探测器已经降到了中微子探测器的底部，所以连在它身后的两根线刚穿过传送门就垂直下落，和它们平行的德克斯管也一起伸向地面，但格里克辛人还是够不到它，管子的末端高悬在他们的头顶。不过他们正对着它指指点点，还互相大声嚷嚷着什么。

"够了够了。"德恩注意到管子已经送进去大半了，于是在恰当的位置做了个小记号，庞特就不再往前送了。然后德恩再回到管子的末端，帮助庞特一起把它撑开。

庞特和德恩起初只能勉强向德克斯管狭窄的管口里塞一个拳头，但随着他们两个慢慢向相反的方向拉，管子的直径也越变越宽，与此同时，棘轮也在发出响亮的"咔嗒"声。

慢慢地，庞特把他的另一只手也放进了变宽的管道里，德恩也把左手放了进去。他们继续撑开管子，直径很快就有一臂长了，不过这才到它最大宽度的三分之一，于是他们继续扩大管径。

大使图卡娜和三位最高银须长老会成员现在也到了计算室，一名曝录者也跟了过来，另一个人则站在通向控制室的最高的台阶上。他显然是怕情况有变，而这个位置则能让他立刻开溜。

贝多斯看起来很想上前搭把手，毕竟这里正在创造历史。庞特点头示意他加入，很快就有六只手一起扩大管子的直径。从便携监视器上，庞特可以看见格里克辛人那奇怪的尖下巴都要惊掉了。

最后，管子达到了最大直径，底部则放在计算室的花岗岩地面上。终于完成了。

庞特看着图卡娜,示意她先请。"您是大使。"他说。

这位银发女性摇了摇头:"但他们认得你,对他们来说,你是一张熟悉、亲切的面孔。"

庞特点点头:"那我就如您所愿。"阿迪克给了庞特一个大大的拥抱。接着,庞特走回管口那里,深吸了一口气。他虽然已经透过探测器的摄像头见到了对面的情况,但还是忍不住想起自己上次穿越到格里克辛人世界的遭遇。他开始沿着德克斯管向前走,在管内,他能透过管壁上交叉的金属部件之间半透明的薄膜,看见一圈淡蓝色的光,这便是传送门存在的唯一迹象。看来撑开了传送门之后再穿过它,就不用忍受看到自己横截面的不安景象了。

庞特走向蓝色的光环,然后大步迈过传送门,进入了格里克辛人的世界。通过通道的开口,他能看到远处中微子观测室的墙壁离自己还有相当远的距离。他才用了几拍时间,就走到了隧道的尽头。德克斯管承受了庞特的重量后并没有下沉多少,多亏阿迪克和德恩在另一头稳住它。

庞特把头探出管子,低头看向下方的格里克辛人。他知道自己的脸上现在肯定带着灿烂的笑容。他说了几个词,然后哈克用最大音量将它们翻译成了格里克辛人的语言:"能帮忙搬个梯子来吗?"

第十章

其实庞特那边就有个合适的梯子,但要让它穿过狭窄的计算中心实在难办,所以他就等格里克辛人把中微子探测室远处的梯子搬过来。它看上去就是自己上次回来时用的那把。

他们试了好几次,最后梯子终于成功架在了德克斯管的末端,庞特知道,在格里克辛人的眼里,这根管子肯定看着就像是从空中无端伸出来的。

庞特还能看见身后的德恩和阿迪克在用电动工具把德克斯管的末端固定在量子计算室的花岗岩地面上。

梯子就位后,庞特就沿着德克斯管退了回来,让阿迪克和德恩走到自己之前站着的地方。他们在那里停留片刻,看了看中微子探测室的壮观景象,还有下方奇特的外星人种,然后回去继续行动,用绳子费力地将梯子的顶端固定在德克斯管的开口处。庞特可以听见阿迪克在工作的时候不断嘀咕着:"太神奇了,太神奇了。"

接着,阿迪克和德恩就回到自己世界的入口,由庞特带着大使图卡娜穿过通道。庞特转身,沿着梯子小心翼翼地向着中微子观测室的地面爬下去。等接近地面时,他感到格里克辛人的手搭在了他的胳膊上,帮他顺利落地。他的两只脚接连落地,然后转过身来。

"欢迎回来!"其中一名格里克辛人说。他的话被哈克翻译后,从庞特耳蜗中的植入体播放出来。

"谢谢你。"庞特说。他看着身边人们的面孔,但谁都不认识。这不奇怪,就算他们在发现探测器的时候就给他认识的人打了电话,身处地表的他们肯定也还在往这儿赶。

庞特从梯子边上走开,斜着脑袋看着管口,向大使图卡娜招招手,喊道:"可以下来了!"

大使也转过身,开始沿着梯子向下爬。

"嘿,看!"有个格里克辛人说,"是个女性尼安德特人。"

"她叫图卡娜·普拉特,"庞特说,"是我们派来这里的大使。"

图卡娜来到地面,转身拍了拍手,把从梯子上沾的灰拍掉。一名格里克辛人走上前,是两位深色皮肤的男子之一。他开始看起来有点不知所措,但过了会儿之后,他朝图卡娜鞠了个躬,然后说:"女士,欢迎来到加拿大。"

依赖哈克翻译有个问题,那就是一切都会带上它的幽默感,现在它通过自己的外部扬声器这么翻译道:"我们本来打算让你们带我们去见你们的首领,但我发现你们已经提前通知了。"

庞特掌握的格里克辛语刚好够让他明白这话的意思,于是他赶忙拍拍自己的左前臂。"噢!"哈克通过庞特的耳蜗植入体喊了声,然后它又通过扬声器说,"不好意思,我是想说,带我们去见你们的领导。"

这个主动上前来的深色皮肤男人说:"好的,我叫格斯·霍恩比,是这里的首席工程师。我们已经联系了渥太华的马博士,她是观测站的主管。如果有需要,她今天晚些时候就能过来。"

"玛·沃恩在吗?"庞特问。

"玛?噢,你是说玛利亚·沃恩教授。不在,她已经走了。"

"露·贝努特呢?"

"你是说露易丝吗?她也走了。"

"那么鲁本·蒙塔戈呢?"

"医生吗?他在的,我们可以让他下来。"

庞特让哈克帮他翻译:"其实我们更想上去见他。"

"呃,当然可以。"霍恩比说。他抬头看着从空中伸出的通道,"你们确定它能一直开着吗?"

庞特点了点头:"我们希望是这样。"

"所以,你现在是可以直接从这个通道——呃,走到你们的世界去?"其中一位格里克辛人问。

"是的。"

"我能过去看看吗?"刚才那位格里克辛人问,他的肤色很浅,留着一头橙发,眼睛则是天蓝色的。

庞特看着图卡娜,对方也看他。最后图卡娜说:"我们的政府希望能和你们人民的代表谈话。"

"噢,但,我不行,真的……"那个橙色头发的人说。

庞特和图卡娜穿过了巨大房间的底部,与之同行的还有一大群格里克辛人。这个空间的正中原来有个巨大的丙烯酸球体,但现在已经变成了一堆摞在弧形墙面前方的碎片,那里还堆着无数像向日葵一般的光电倍增管组件。

当他们来到房间的另一头,发现那里还有一架梯子,比通向德克斯管的那架还要高。它是用来通向中微子探测室入口处的活板门的,上次庞特和量子计算实验室里的空气一起被传送到这里来的时候,炸开的就是这扇门。霍恩比先爬上梯子,然后穿过了那个方形的口子,图卡娜紧随其后。

庞特回望着通向自己世界的通道,看见阿迪克站在出口处,低头看着他,心不由得怦怦直跳。庞特想和他招招手,但这样做就太像挥手告别了,所以他只是面露微笑,虽然他也知道,阿迪克在这么远的地方不可能看清他脸上的表情。不过这可能也是件好事,因为他也清楚,这个微笑是硬挤出来的。他抓住梯子的两边,开始向上爬,同时希望这不是他最后一次见到自己心爱的男伴。

庞特的肩膀费力地挤过开口,再努力撑起身子,站在地上。突然,五名穿着同样绿色衣服的格里克辛人向他走来,每人手里都拿着一把可以射出弹药的武器。

庞特之前读过一些推想文学,知道平行世界的故事。有些时候,一个宇宙虽然看起来很熟悉,但里面的人却变成了邪恶的样子。他最初的想法是,自己这次不知道是什么原因,被送到另一个宇宙里了。

"博迪特先生,"其中一名士兵说,呃,是用这个词称呼他们的吗?"我是加拿大军队的唐纳森中尉,请你离开活板门。"

庞特照做了,大使普拉特也从活板门里探出头来,爬上金属平台。平台周围的岩壁上都盖着一层深绿色的塑料网,头顶则是导线和塑料管。看来靠近墙边的地方之前摆着一排计算设备。

"这位女士?"唐纳森看向了图卡娜。

哈克替庞特翻译了他说的话:"她是图卡娜·普拉特,是我们世界派来这里的大使。"

"那么大使和博迪特先生,我需要请你们两位跟着我走。"

庞特没有动:"我们在这里不受欢迎吗?"

"并不是,"唐纳森说,"相反,我相信我们的政府见到大使后肯定会很高兴,并用最高的外交礼节接待你们。但现在,你们必须跟着我。"

庞特皱起眉:"你要把我们带去哪儿?"

唐纳森指了指甲板出口处的那扇门,它现在还关着。庞特只能无奈地耸耸肩，和图卡娜一起向门走去。走在前面的士兵把门打开，他们走入一间狭窄逼仄的控制室。

"请继续向前走，动作快点。"唐纳森说。

庞特和图卡娜照做了。"博迪特先生，你可能还记得，"走在他们身后的唐纳森说，"萨德伯里中微子观测站坐落于六千八百英尺①深的地下，为了让它正常运转，必须保证环境里没有任何灰尘，或者其他可能会影响观测设备的污染物。"

庞特扭头扫了眼唐纳森，但脚步没停。

唐纳森继续说："我们觉得你们还有可能回来，所以升级了这些设施。不过我恐怕得说，你们必须完成检疫程序，直到我们确保你们安全后才能前往地表。"

"不用再来一次了！"庞特说，"我们可以证明自己没有携带任何污染物。"

"先生，判定标准并不是由我说了算的，"唐纳森说，"但在我们交谈的时候，那位可以做出决定的人已经在过来的路上了。"

①1英尺约等于30.48厘米。

第十一章

玛利亚·沃恩正在低头看着显微镜，这时，协力集团实验室的门突然被猛地推开了。"玛利亚！"

她抬起头，发现露易丝·贝努特站在门口，"怎么了？"

"庞特回来了！"

玛利亚的心开始狂跳起来，"真的？"

"对！我刚刚在电台里听到的。两个宇宙之间的传送门又在观测站里出现了，庞特和另一位尼安德特人一起来了。"

玛利亚站起来，看着露易丝，"要不一起开车去萨德伯里吧？"

露易丝笑了起来，好像她早就料到玛利亚会这么说："还不行呢，尼安德特人正在观测站里接受隔离，我们现在还不能下去见他们。"

"噢。"玛利亚叹了口气，试着掩盖住声音里的失望之情。

"但等隔离结束后，他们就会去纽约，并在联合国演讲。"

"真的？那里离这里有多远？"

"我不知道，五六百公里吧。但比这里到萨德伯里近。"

"我本来想去纽约看音乐剧《制片人》的……"玛利亚笑着说，但笑容很快就不见了，"不过我就算去了也不一定能看到庞特，他肯定会被各种各样的外交活动缠住。"

露易丝的语调很乐观："玛利亚啊，你怎么忘了自己的老板是谁？我们的老板乔克门道可多了。你就和他说你也需要下矿井，收集那个和庞特一同前来的尼安德特人的DNA样本就行了。"

玛利亚的微笑又回来了。她这会儿真是爱死露易丝了。

"庞特·博迪特，我的好哥们！"

鲁本·蒙塔戈走进了两个房间组成的隔离室，伸出一只握紧的拳头，庞特和他碰了碰拳。"鲁本！"这个词是他靠自己说出来的，然后哈克接过他的话，代他继续说："我的朋友，能再见到你真是太好了。"

庞特转头对着图卡娜，用尼安德特语飞快地介绍对方。"鲁本是克莱顿矿井的驻场医生，我上次来这里差点淹死，是他最先救了我。我最初就是在他家和玛·沃恩还有露·贝努特一起接受隔离的。"接着他又转向鲁本，哈克再次承担起翻译的职责，"我的朋友鲁本，这位是大使图卡娜·普拉特。"

鲁本脸上带着个大大的微笑，当然这是以格里克辛人的标准而言的,然后动作夸张地鞠了一躬:"大使女士,欢迎到访!"

"谢谢。"图卡娜通过她的机侣说道。她的机侣也经过升级,功能和哈克一致。"我很高兴来到这个世界。"她环顾四周,看着自己所处的狭小陋室,"虽然我希望能看到更多东西。"

鲁本点点头:"我们在努力,渥太华疾控中心实验室和亚特兰大疾控中心的专家们都在往这里赶。我知道你们在用某种激光消杀装置,但这对我们来说还是新事物,如果真的有用,那我们的专家会很高兴的。"

"当然,"大使图卡娜说,"虽然我们想和你们建立起平等的贸易关系,但我们也知道,我们必须无偿提供这项技术。欢迎你们的专家穿过传送门,去我们的世界仔细查看消杀设备。它的设计者达普波·卡加克一直都在,而且乐于向你们解释它的原理,你们想要用任何对象进行测试都行。"

"太好了,"鲁本说,"两地应该很快就能畅通了。"

庞特等了会儿,直到他确定鲁本已经结束了这个话题,然后用自己的声音问:"玛在哪里?"

鲁本一听就露出了微笑,好像他早就料到会有这个问题。"她被一个美国智库请去了,现在在纽约州的罗切斯特市。"

庞特皱起眉。他本来希望玛会在萨德伯里的,不过自己回去后,她也没理由继续留在这里了,毕竟她家也不在这座城市。"鲁本,你自己最近过得怎么样?"庞特问他。格里克辛人就是喜欢不断关心别人的身体健康,不过庞特也知道,这就是常见的客气话。

"我吗？我最近还不错,自己出过十五分钟的名,所以这事真的告了一段落后,还是挺高兴的。"

"十五分钟?"图卡娜问。

鲁本笑了起来,"在我们的世界里,有个艺术家曾经说过:在未来,任何人都会出名十五分钟。"

"啊,他是哪种艺术家?"庞特问。

鲁本显然是在努力忍住笑意:"唔,这个嘛,他是以画汤罐头出名的。"

"在我看来,他还能出名十五分钟实在是太给他面子了。"

鲁本又笑了起来:"我的好哥们儿啊,我真是想死你了!"

疾控中心实验室的团队来了,疾控中心的人也紧随其后。这两个组织各派出了一位女性,她们作为首位智人代表,前往尼安德特人的宇宙。每隔一段时间,就会有个人把头伸出隧道,要求把一些设备送到另一边。

庞特试过耐心等待,但结果令人沮丧。整个外星世界可都在等着他去探索啊！他和图卡娜已经提交了几份血液和组织样本,而且也接受了鲁本的全套体检。

虽然庞特和图卡娜还在接受隔离,但来访者还是络绎不绝。第一个不是医生的来访者是个肤色白皙的格里克辛女人,留着一头短短的棕发，戴着圆形的眼镜，镜片很小巧。"你好。"她说，庞特一下子就听出了她的口音，露·贝努特说话时也是这样，这是法裔加拿大人的特点，"我是加拿大外交事务与国际贸易部的海伦·加涅。"

图卡娜向前迈了一步，"我是大使图卡娜·普拉特，是——呃，地球银须长老会的代表。"她对庞特点了点头，"这是我的同事，他既是学者，也是此行的特使庞特·博迪特。"

"你好，"海伦说，"很高兴认识你们。特使博迪特，我们保证，这次会比你上次到访更加顺利一点。"

庞特报以微笑："谢谢。"

"但在我们继续之前，大使女士，我想问你一个问题。我听说你们世界的地图是和我们一样的，对吗？"

图卡娜·普拉特点了点头。

"那好。"海伦说。她带了一个小巧的行李箱，然后从里面拿出了一份简略的世界地图，上面只显示了地形地貌，但没有画国境线。"你能指出自己的出生地吗？"

图卡娜·普拉特拿起地图，看了一眼，指着北美西海岸的某处。海伦递给她一支记号笔，笔帽已经拔掉了："能请你尽可能准确地标出那个地点吗？"

图卡娜听到这个要求，显然有点惊讶，但还是照做了。她在温哥华岛的北端画了个红点。

"谢谢你，"海伦说，"现在你能在那个点边上签名吗？"

"签名？"

"唔，就是写下你自己的名字。"

图卡娜·普拉特照做了，画下了一串有棱有角的符号。

海伦从公文包里取出公证人的印章，在地图上盖了个钢印，然后加上了自己的签名和日期。"好了，这就是我们希望的结果。你出生在加拿大。"

"我出生在庞德尼拉克。"图卡娜说。

"我知道，我知道，但你的出生地在这个地球上所对应的地方就是加拿大，加拿大的温哥华岛，更确切地说，是不列颠哥伦比亚省。所以根据现有法律，你就是加拿大人。我们知道特使博迪特就出生在安大略省的萨德伯里附近，所以如果您和特使博迪特对此没有异议，那等你们结束隔离后，我们要做的第一件事就是授予你们加拿大公民的身份。"

"为什么？"图卡娜·普拉特很疑惑。

还没等海伦回答，庞特就先开口了："我第一次来这里的时候就问过这个问题。在这个地球上，如果你想在国家间往来，就需要一些证件。最重要的——"他停了下来，原来是哈克在提醒他这个词的说法，"——就是护照。但如果没有公民身份，那就没法拥有护照。"

"没错，"海伦说，"你上次来这里的时候，因为一直都在加拿大活动，所以我们承受了其他政府的不少压力，主要是美国。不过现在，一旦你解除隔离，我们就会带你去渥太华，那是加拿大的首都。根据加拿大《公民法》第五条第四节的内容，总理有权在特殊情况下将公民身份授予任何人。所以你们过去之后，就将成为加拿大公民。别担心，这不会影响在你们的世界里那些涉及司法权的地区，加拿大一直都承认双重国籍。但当你在加拿大境外旅行的时候，你的身份就是加拿大外交官，可以享受全套的外交豁免权和外交礼节。这样，在我们每个国家都和你们的世界建交之前，你们可以免去所有繁文缛节。"

"每个国家？"图卡娜问，"我们的世界里有全球性的统一政府，你们是不是也有相同的东西？"

海伦摇了摇头："没有，但我们有类似的组织，叫作联合国。等你们和我们国家的总理在渥太华用完晚餐后，我们就会立刻带你去联合国总部。但联合国不是世界性的政府，更像是一个论坛，各个国家的政府在那里讨论所有人都关心的话题。过段时间，联合国的所有成员国都会正式承认你们的政府。"

"一共有多少成员国？"图卡娜问。

庞特微笑着说："这个数字说出来你肯定不信。"

"目前有一百九十一个成员国。"海伦说，"所以你看，如果让你们的政府和这些国家逐个商定协议，那就要花上好几年。但加拿大已经和他们都签署了协议，所以成为加拿大的外交官，至少是名义上的外交官，就能让你自由穿行于这些国家，并和他们的政府领导人进行对话。"

图卡娜看起来有点疑惑:"应该就这些事了吧?"

"是的。"

"太好了,"庞特说,"我们什么时候能离开?"

"我当然希望越快越好。"海伦说,"我现在也不能离开中微子探测室,要陪你们一起等到隔离结束。不过医生已经见识过了你们的消杀技术,似乎被惊艳到了。"

这个消息让庞特很高兴,看来他们有望解除隔离了。上次他来加拿大的时候,几乎所有时间都在隔离,他可不想再经历一次,尤其这次还是在那么深的地下。

图卡娜下午去隔离套房的另一个房间休息了,她和她们那代人一样,都喜欢在午后打个盹儿。庞特则在哈克的帮助下练习英语,后来,鲁本·蒙塔戈带着一个矮个子、体毛旺盛、肤色棕黄的格里克辛男性过来,他的外表和黑皮肤、留光头的鲁本形成了鲜明的对比。"你好,庞特。"鲁本说,"这位是阿诺德·摩尔,地质学家。"

"你好。"庞特说。

阿诺德伸出手,庞特欣然握住。"博迪特博士,"对方很激动,"很高兴见到你,真的很荣幸!"

庞特觉得这样很无聊,于是话里不由得带点讽刺:"你确定碰我安全吗?"

阿诺德没有回应他,只说,"噢,我一听说你来了,就想着下来见你！真是太好了！真的太好了！"

庞特无奈地笑了笑："谢谢。"

"请，"阿诺德示意庞特坐回他刚刚站起来的椅子上，"请坐。"

庞特照做了，阿诺德也转过另一把椅子反着坐，把双臂搁在身前的椅背上。庞特觉得自己的眉毛扬了起来：这么做看起来是更舒服些。于是他又站起来，也像阿诺德一样转过椅子，以相同的方式坐着。这么坐虽然比不上自己世界的鞍形椅，但肯定是更舒服了。

鲁本告辞离开，和研究所里到处都是的免疫学家商量事情去了。

"我有个问题想问你。"阿诺德说。

庞特点头示意他继续。

"我们注意到这个地球出现了一些异常情况，"地质学家说，"所以我想，如果你们的世界里也发生过类似的事，那么能不能向我透露一些信息。"

"发生什么了？"

"是北极和南极的极光，它们最近的表现很反常。"

庞特很惊讶："不，目前这类事情没发生过。其实我昨天晚上就看过夜空，但一切都很正常。"

阿诺德看着有些失望："我们希望你们能够谈谈想法。目前我们认为最合理的猜测是：地磁场正面临崩溃，磁极可能发生反转。"

庞特又挑起双眉，抬过眉脊："类似的事情最近一次发生是什么时候？"

"我记不太清了，大概是好几千年以前吧。"

"在那之后，磁场就再也没有崩溃过？"

"没有。"

"有意思，我们大概是在——哈克，帮个忙？"

"六年以前。"哈克通过外部扬声器说。

"你是说你们上次极光异常的现象是在六年前？"

"对。"

"但肯定是在好几个世纪前就开始了吧。"

庞特摇摇头："是二十五年前开始的。"

"让我理一下。"阿诺德说，一双眼睛瞪得老圆，"你们的整个地磁场崩溃只用了——什么？才十九年？"

"没错，"庞特说，"地磁场大约在二十五年前强度还正常，然后它就崩溃了，接下来的十九年，整个地球都没有观测到任何磁场。接着，也就是六年前，磁场又突然恢复正常了。"

"突然正常了？"阿诺德重复了一遍，一脸惊诧，"不可能，你肯定在和我开玩笑。"

"如果我在开玩笑，那肯定会努力做得比现在更有趣些。"

"但是……但是……我们一直都认为地磁场的崩溃要花上好几百，甚至是好几千年。"

"为什么？"

"这个,你也知道,毕竟地球的尺寸在那里。"

"太阳的磁场每一百四十月,也就是十一年就会反转一次,而它的尺寸却是地球的一百万倍。"

"话是这么说,但……"

"我说这些不是为了让自己听起来比你更加年长,"庞特说,"我们对地磁场崩溃本身也知之甚少,这点直到我们亲身经历后才有所改变,有些地质学家也被这种速度惊讶到了。"

"地磁场的崩溃和重建居然只用了不到二十年,"阿诺德不由得感叹,"真神奇!"

"那段时间里的物理研究很有意思,"庞特说,"我们充分了解了——呃,地磁场的运作方式……你们肯定有个专门的说法吧?"

阿诺德点点头:"地球发电机。"

庞特不免皱起眉,又是/-i/这个音。不过他还是让哈克在必要的时候把这个音补上,只有在自己没有读错的前提下,庞特才会让机侣复述他说的内容。"好的。我们对地球发电机也有不少研究成果。"

"我们很愿意听听你们掌握的知识。"阿诺德说。

图卡娜还没醒,庞特挺高兴的。他现在可能已经透露了过多的信息,但这种资料交易的概念让身为科学家的他很沮丧。所有资料都应该拥有自由交换的权利。不过他还是决定稍稍改变一下话题的方向,"英科公司是不是担心地磁场崩溃时,世界对镍矿的需求会有所降低?"镍在两个地球中都普遍用作指南针的材料,而萨德伯里的这个则是世上储量最大的镍矿之一。

"什么? 唔,我根本没想到这点。"阿诺德说。

庞特有点困惑:"鲁本不是说你是地质学家吗?"

"没错,我是,"阿诺德说,"但我不是为英科公司工作的,而是任职于加拿大环境部。我一听到我们两个世界之间又建立起了联系,就立刻从渥太华飞过来了。"

"啊。"庞特虽然应了一声,但他还是没明白。

"我的工作是保护环境。"阿诺德说。

"这不是大家的职责吗?"庞特问,他也知道,自己这么问有点刻意。

但这种微妙的情绪还是没有被阿诺德捕捉到。"是的,"他说,"是的,但我最开始以为你们的人可能会知道一些地磁场崩溃对环境造成的影响,猜测你们可能会有从化石里得到的数据,但你们现在居然有最近这次地磁场崩溃的完整研究! 太好了!"

"这事对环境没有什么明显影响,"庞特说,"就是有些迁徙的候鸟搞不太清方向,但也就仅此而已。"

"我也这么认为,"阿诺德说,"它们是怎么适应的?"

"受影响的鸟类大脑中有非常强的磁性物质[1]……"

"磁铁矿,"阿诺德补充道,"一种天然的磁石,有三个铁原子和

---

[1] 最新研究表明鸟类脑中并没有磁性物质帮助导航,本书第一次发表于2003年,而对于鸟类磁场感应研究的突破性成果于2021年才发表。

四个氧原子。"

"是的，"庞特说，"其他鸟类是靠星星确定方位，有些用大脑中的磁铁矿来指引方向的鸟类也会用星星。自然界一直都是这样：当环境发生改变后，种群中的变异就会为其提供活力，而且动物最重要的生存能力其实都有一套备用的系统。"

"真有意思，"阿诺德说，"真有意思。你们最初是怎么确定地磁场会周期性出现反转的？能和我说说吗？这对我们来说是个很新的观点。"

"陨石冲击点的数据记录了地磁场的极性变化。"

"真的?"阿诺德抬起了头，他的眉毛也很长——能看到一个正常相貌的人真是新鲜，至少以庞特的标准来看是正常的！

"真的，"庞特说，"当铁-镍陨石坠落地球，它的冲击点与陨石和地球磁场间的磁力线平行。"

阿诺德皱起眉："我猜也是。好比用锤子敲打铁条，那么铁条就会带上磁性。"

"没错，但如果你们的人不是从陨石知道这个知识的，那又是怎么知道地磁场会出现周期性反转的?"

"因为有海底扩张学说。"

"什么?"

"你了解板块构造吗?"阿诺德问，"就是大陆漂移学说。"

"大陆漂移学说?"庞特重复这句话的时候好像急着想知道什

么,但随后他举起一只手,"不不,那是开玩笑。我们知道这个,毕竟拉尼拉斯大陆和伯德拉的海岸线之前明显是相连的。"

"你指的肯定是南美洲和非洲。"阿诺德点了点头,苦笑了一下,"虽然你觉得这事再明显不过,但我们的人却花了好几十年才让大家接受这个观点。"

"为什么?"

阿诺德张开双臂:"你是科学家,肯定能理解。老一派的人总以为自己知道世界的运行方式,所以不会放弃自己的那套理论。这会牵扯到非常多思考模式上的转变,所以根本不能靠说服他们改变想法,而是要等那代人都去世后才有可能。"

庞特试着掩盖自己的震惊,这些格里克辛人的科学之路真是够艰难的!

"不管怎么样,"阿诺德继续说,"我们最终发现了证明大陆漂移学说的证据。地幔中的岩浆从海洋中间的一处地方涌出来,形成了新的岩石。"

"我们推测自然界中肯定会有这种情况,因为在有些地方,旧的岩石被挤压到了——"

"挤压到了俯冲带里。"阿诺德替他说出了这个词。

"嗯,就用你这个说法吧。如果有些地方旧的岩石沉下去了,那我们就知道其他地方肯定有岩石冲了上来,但这些情况从来没有被观测到。"

"我们从那些岩石中提取出了岩芯标本。"阿诺德说。

庞特的脸上再次带上了震惊的表情:"从海洋的正中?"

"是的,"人类世界终于占了一次上风,阿诺德显然很高兴,"如果观察岩浆涌出的地方,就能发现它两侧的岩石磁性是对称的。裂缝两侧的极性是正常的,在左右两侧更远些的地方,极性又相反了。但要是再远一些,极性又正常了,以此类推。"

"了不起。"庞特说。

"算是我们的创'矩'了。"阿诺德说完就笑了起来,而且显然想让庞特也领会到这当中有趣的地方。

"什么?"庞特不理解。

"这是个双关语,一种文字游戏。'举'和'矩'听着很像,'矩'嘛,就是'磁矩',也就是磁铁上两个磁极之间的距离与某个磁极磁场强度的乘积。"

"呃。"格里克辛人对这种文字游戏实在是有种迷恋……庞特觉得自己永远都搞不懂。

阿诺德看着挺失望的,但还是继续说了下去:"不管怎样,你们的地磁场居然先于我们崩溃了,这还挺让我惊讶的。我的意思是,我理解贝努特提出的模型:我们的宇宙和你们的宇宙大约在四十万年前发生分裂,那是人类产生意识的黎明。好吧,但我不明白的是,我们或者你们在过去四百个世纪里,到底做了什么会对地球发电机产生影响的事。"

"这是挺伤脑筋的。"庞特也同意。

阿诺德费力地从椅子上站起来:"不过也正因为这件事,你才能解答我关心的问题,而且答案还远超我的意料。"

庞特点了点头:"我也很高兴能帮到你们,你们应该会——这话是怎么说的? 你们会风平浪静地度过这段地磁场崩溃的时期。"他眨了眨眼,"毕竟,我们肯定是成功了。"

第十二章

　　玛利亚试着把注意力集中在手头的工作上，却一直在想庞特。不过她觉得这倒不奇怪，因为自己在研究的就是庞特的DNA。

　　玛利亚每次读到那种想要解释清楚为什么线粒体DNA只能从母亲那里遗传的论文的时候，心里都不免一怵。一般的解释是，只有精子的头部可以穿过卵子，而线粒体只存在于精子的中部和尾部。虽然线粒体在精子中的确是如此分布，但进入卵子的并不只有精子的头部。显微镜和DNA分析都证实，来自精子中部的线粒体DNA也进入了哺乳动物的受精卵。但谁也不知道为什么父亲的线粒体DNA没有像母亲的那样成为受精卵的一部分。不知出于什么原因，它就这么消失了，而把这种现象解释为"它从来没有进入过卵子"看起来很完美、很贴切，但绝对是错的。

　　不过，每个细胞里有好几千个线粒体，但只有一个细胞核，所以从古代生物标本中恢复线粒体DNA要比恢复细胞核DNA简单。

在玛利亚的世界里，所有尼安德特人的化石都没能提取到后者。玛利亚一直集中精力研究庞特的线粒体DNA，并将它与格里克辛人的线粒体DNA相比较。但她在那些从庞特和现有的尼安德特人化石里提取的线粒体DNA样本中，并没有发现哪段基因序列是尼安德特人独有的；反之也是如此。

所以玛利亚最后还是把重点转回庞特的细胞核DNA上。她一开始就觉得，要是顺着这个思路去找差异会更困难。事实也的确如此，经过了大量的搜索后，她没有发现任何足以证明在尼安德特人和智人之间存在差异的基因序列，她的所有引物都能和两种人类的DNA中的碱基串相匹配。

玛利亚等着庞特解除隔离，等着庞特和她重新开始他们之间的友谊，这些等待让她既厌烦又沮丧。最后，她决定试一试，给尼安德特人的DNA做个染色体组型分析。这也就意味着要将一些庞特的细胞培养至准备分裂的状态（只有这时候才能观察到染色体），然后将它们放入秋水仙碱中，让染色体暂停活动。完成后，玛利亚就会给细胞染色，毕竟"染色体"这个词从字面意思来看，就是"可以染色的物体"，说明它很容易附上颜料。然后她根据尺寸从大到小排列好这些染色体，这是计算它们数量时的常用方法。庞特是男性，所以他有X和Y两种染色体，而且Y染色体的大小也只有X的三分之一，这和玛利亚这个种族的男性一样。

玛利亚重新排列好这些染色体对，用喷墨打印机打出它们的照片,然后开始给它们编号,从最长开始降序排列:一、二、三……

这个工作很简单,她每年都会把这种事交给自己学细胞遗传学的学生们去做。做这事的时候,她的思绪游移了一阵,发现自己在想庞特、阿迪克、猛犸象、一个没有农业的世界,还有……

靠!

庞特的X/Y染色体是第二十四对,但正常人都是第二十三对,她肯定是有什么地方搞错了。

除非……

我的天,除非他有三个二十一号染色体,那么他、甚至他的所有同胞也都会是这样,而在玛利亚的世界里,这种情况会导致唐氏综合征。这就说得通了,唐氏综合征的患者面部特征和别人不同,而且——

我的天,玛利亚想,事情真就这么简单?唐氏综合征的患者罹患白血病的概率的确更高……庞特不是说过,就是这个病害死了他的妻子吗?而且这个病症也会导致甲状腺激素水平异常,众所周知,这也会影响到面部特征。如果庞特和他的族人都有三个二十一号染色体,而正是这个细微的变化导致了他们和智人之间的区别,这样是否能解释这两类人种的差异?

不对,这说不通啊。至少在智人身上,唐氏综合征的主要症状表现为肌肉张力发育迟缓,但庞特和他的同胞在这点上正相反。

而且玛利亚面前的染色体数量是偶数,唐氏综合征患者的染色体是奇数。除非她不小心混进了其他细胞的染色体,但现在看来,庞特的确是有二十四对,而且……

我去,我的天,玛利亚突然想通了。我的天!

答案甚至比她想的还要简单。

没错! 没错! 没错!

她知道了!

她知道答案了。

现代智人有二十三对染色体,但与他们亲缘关系最近的动物——在这个地球上的动物,两种黑猩猩,则都有二十四对染色体。

黑猩猩属(所有黑猩猩)和人属(所有人类,不管是过去还是现在的都算)有共同的祖先。虽然现在流行的观点认为人类是从猿类进化而来,但它们两者其实算是表亲。不过确实存在这么一个共同的祖先,虽然这个缺失的环节在化石中还没有决定性的证据,但根据研究,大约在五百万年前的非洲大陆,人类和猿类共同的祖先开始分化出不同的基因。

黑猩猩有二十四对染色体,人类有二十三对,但是谁都不知道他们共有的祖先到底有多少对,如果它有二十三对,那么在猿类和人类出现分化之后的某个时间里,黑猩猩的某条染色体肯定分裂成了两条。但还有一种情况,如果他有二十四对染色体,那么智人的祖先肯定有两对染色体融合成了一对。

直到今天,直到现在,直到这一秒前,在玛利亚的世界里,没人可以肯定到底哪种情况是对的。但现在,真相大白了,普通的黑猩猩有二十四对染色体,另一种黑猩猩,也就是倭黑猩猩,也有二十四对染色体。既然尼安德特人恰好也有二十四对染色体,那么玛利亚可以断定,真相是在人类和猿类分化很久后,其中的两对染色体融合成了一对,正是在她正在研究的两个分支出现之后不久发生的事,大约也就距今几十万年前吧。

这就解释了为什么庞特的族人依然保留了猿类的力气而不像人类那样瘦弱,也解释了他们的脸型为什么和猿类一样,有眉脊,但是没有下巴。总的来说,他们和猿类更像,至少从染色体的数量上说是这样。至于染色体融合的情况,玛利亚在很多年前读过灵长类动物的遗传学研究报告,所以知道融合的是二号和三号染色体,这一现象导致了形态上的差异,并最终造就了如今成年人类的外观。

这种差异的原因其实很容易确定——幼态持续的结果,也就是在成年后依然保有幼儿期的外貌特征。猿类、尼安德特人和格里克辛人在幼儿期的头骨形状差异不大,前额几乎是平的,没有眉脊,面部下方也没有明显的凸起。随着年龄渐渐长大,其他两类物种头骨的形状也会随之改变,但玛利亚所属的人种在成年后仍会保持幼年时的头骨形状。

但庞特的同胞们的确又有着成年尼安德特人头盖骨的样子,这种差异可能是染色体数量不同导致的。

玛利亚双手合十,举到面前,她成功了!她找到了乔克·克瑞格想要的东西，而且——

而且……天啊。

如果染色体的数目不同，那么尼安德特人和她常说的智人就不单是两个种族了，甚至都不是同一个物种下的两个亚种，而是两个完全不同的物种。所以他们根本不用想什么"妙招"去把人属下玛利亚所属的智人种和庞特所属的物种区分开，因为庞特他们根本就不可能是人属尼安德特人；相反，他们自成一类，应该把他们单独称作尼安德特人属。玛利亚可以想象，有些古人类学家看到这个消息肯定会欣喜若狂，有些人则肯定对此不屑一顾。

但是……

但是……

但是庞特属于另一类物种！《画舫璇宫》在多伦多上演的时候，玛利亚去看了，克萝丽丝·利奇曼饰演帕西。她知道异族通婚曾是众人争论的焦点，但是……

但是异族通婚用来描述人类和其他物种之间的通婚并不恰当，当然了，玛利亚和庞特也没到这个地步。

不，是有个合适的说法，但……玛利亚想到这个，不由得打了个冷战。

那可是人兽恋啊……

但是……

不对，不对。

庞特不是兽。那个强奸她的男人才是！他虽然和玛丽同属一个物种，虽然是智人种的一员，但他才是兽！而庞特不是。

他是绅士。

一个温和、文雅的男人。

不管他的染色体数量有多少，都能算作人类，也是玛利亚渴望能再见到的人。

第十三章

三天后，渥太华疾病控制中心实验室和美国同行——也就是亚特兰大疾病预防与控制中心的专家们终于认定大使图卡娜·普拉特和特使庞特·博迪特没有传染性疾病，可以结束隔离了。

庞特和图卡娜在五名士兵和蒙塔戈博士的陪同下，沿着矿道艰难跋涉，一路走到矿井电梯处，又过了很久才到地面。他们还没上去，但消息早就已经传开了。许多矿工和英科公司的其他职员都聚在电梯上头的大房间里。

"停车场里聚了一大堆记者，"海伦·加涅说，"普拉特大使，在这样的场合下，你需要简单说几句。"

图卡娜扬起眉毛，"什么类型的发言？"

"说些问候语就好，你知道的，就是那些外交辞令之类的。"

庞特不知道这是什么意思，但当然了，这也不是他的活。海伦带着他和图卡娜走出那个大房间,穿过门,就步入了萨德伯里的秋天。这里的气温比庞特刚离开的那个世界至少高两度,或许还要更热些。不过他们在地下待了三天,有点温差其实也不能说明什么。

但庞特还是惊讶地摇了摇头。他还没在意识清醒的状态下离开过这个地方,唯一一次,也就是上次离开的时候,他因为头部受伤昏了过去。但现在,他终于有机会亲眼看看这口巨大的矿井,看看人们在地上撕裂开的巨大伤口。大片的土地上一棵树都没有,他们把这样巨大的地方称为"停车场",里面停了几百辆私家车。

还有那个气味!这个世界里散出的恶臭真是令他头昏脑涨。阿迪克的女伴露特根据庞特的描述,解释了这种怪味的来源:那些都是二氧化氮、二氧化硫,还有石油化工产品燃烧后释放的其他有毒物质。

庞特之前就提醒过图卡娜这个情况,现在她正小心翼翼地用手掩着鼻子。虽然庞特回想起这个世界的人们时总会产生美好的情愫,但这也是因为自己忘了或者刻意不去想他们对这个地球做的坏事。

乔克·克瑞格坐在桌前,用两个不同的网络浏览信息,一个是公网,另一个就是通过一根细细的光纤连接到的政府机密网站,这些网站只有获得相应的安全许可后才能访问。

乔克不喜欢世上发生自己不知道的事,对他来说,失控感的唯一源头就是无知。所以他正在试着通过搜索地磁场崩溃相关的信息来弥补自己知识的空白,尤其是萨德伯里那边还传来消息,说这事很快就会发生了。

乔克本来以为提到这事的网站少说也有成千上万个,但谁料那些新闻网站只是把上周发生的事胡乱拼凑起来,多数都在翻来覆去地引用那三四位"专家"的话,没什么有用的信息。事实上,他点开的网页多半都引用了那些所谓的神创论科学家的观点,都在试着把这些史前出现的地磁场反转现象糊弄过去,原因也很明显:如果世界只有几千年的历史,那可没那么多时间出现这么多次反转。

但有篇正儿八经的论文引用的文献引起了乔克的注意,那是一篇1989年刊于《地球和行星科学通信》的论文,题为《地磁场反转时磁场发生快速变化的证据》。作者是罗伯特·S.科和米切尔·普雷沃特,前者来自加利福尼亚大学圣克鲁兹分校,后者来自蒙彼利埃科技大学,乔克感觉它应该是在法国,而不是佛蒙特州的首府。加州大学圣克鲁兹分校肯定是一家正统的研究机构,至于另外一个……他点了几下鼠标就找到了答案,的确,那所学校也差不多。但倒霉的是,这篇文章还不能在线浏览,它遭遇了1990年以前的那些人类智慧结晶都会遭遇的事:没人愿意费事儿把这些东西电子化。乔克叹了口气。唉,他得亲自跑趟图书馆,找份纸质版来看了。

玛利亚走过走廊,然后走下楼梯,前往一楼乔克·克瑞格的办公室。她敲了敲门,等到他说"请进",然后进门。

"我找到方法了。"玛利亚说。

"好,那你先等着。"乔克说着,关上了网页。

玛利亚太激动了,甚至都没听出来这是在开玩笑,晚些时候她才明白。"我知道怎么区分格里克辛人和尼安德特人了。"

乔克听了,忙从艾龙办公椅上站起来:"你确定?"

"是的,"玛利亚说,"这很简单,尼安德特人有二十四对染色体,而我们有二十三对,这个区别一眼就能看出来,就和男女在基因层面上的差异一样明显。"

乔克灰色的眉毛都快扬到他的大背头上去了,"要是真的那么明显,你怎么还花了那么久?"

玛利亚解释说,她被误导了,之前一直想从线粒体DNA上寻找突破口。

"啊,"乔克听了后点了点头,"做得好,真是太好了。"

玛利亚微笑起来,但她的笑容很快就消失了:"古人类学会几周后就要召开年会,我想在那里公开我分析出的尼安德特人染色体组型。其他人早晚会研究出来,但我想做第一个。"

乔克皱起眉:"玛利亚,不好意思,你必须遵守这里的保密协议。"

玛利亚准备据理力争:"是的,但——"

乔克抬起一只手:"不不,你是对的。对不起,我现在还很难跳出兰德公司的模式。你当然可以公布你的发现,世界有权知道一切。"

海伦·加涅看着聚在克莱顿矿井停车场上的数百名记者。"女士们，先生们，"她对着伸缩架上的麦克风说道，"感谢各位前来。我代表安大略省的全体居民，代表加拿大的全体公民，还有全球人类，欢迎两位从平行世界中的地球到访此地的使节。我知道你们中的有些人已经通过媒体的报道认识了庞特·博迪特博士，他现在的头衔是'特使'。"然后她向庞特做了个手势，将他介绍给众人，过了会儿庞特才意识到自己可能要做点表示。于是他举起右手，热情地挥动起来。不知什么原因，下面的格里克辛记者都好像觉得这样很有趣。

"而这位，"海伦继续说，"是他们的大使，图卡娜·普拉特女士。我相信她肯定想对大家说几句话。"海伦期待地看着图卡娜，后者在海伦的指引下，走向话筒。

"我们很高兴能来这里。"图卡娜说完就礼貌地后退，远离话筒。

海伦看着有点尴尬，只得快速走上去，顶上图卡娜的位置，"大使普拉特的意思是，她谨代表自己的人民表达能与我们建交的喜悦，并希望我们能尽快就双方共同关心的问题建立起平等、互惠的对话。"她转向图卡娜，希望她对自己说的内容表示肯定。图卡娜点点头，然后海伦继续说："她也希望两个世界的人民可以发现许多商业和文化交流的机会。"她又看向图卡娜，这位尼安德特女性看起来至少没有反对的意思。"而且她还想感谢英科公司、萨德伯里中微子观测站、萨德伯里的市长和议会、加拿大政府,还有联合国的热情欢迎。她明天就会去联合国发言。"她又看了看图卡娜,朝麦克风比了个手势,"我说得对吗?"

图卡娜犹豫片刻,然后回到麦克风前:"唔,对,她说得没错。"

记者们欢呼起来。

海伦凑向图卡娜,并用一只手遮住麦克风,但庞特还是能听见她说的话:"明天前,我们还有很多事要做。"

玛利亚离开办公室后,乔克·克瑞格望向了他的窗外。这个办公室的位置是他亲自选的(这是当然)。多数人都会选择能看到湖景的房间,但这样的话房间就会朝北,背对美国。乔克的窗户朝南,但因为协力集团的这座老宅坐落在一处深入湖中的土地上,所以还能在窗外看到一处美丽的港口。他把十指指尖相对,放在面前,盯着窗外,陷入沉思。

图卡娜和庞特乘坐加拿大空军的喷气式飞机前往渥太华,虽然尼安德特人发明了直升机,但对喷气式飞机是闻所未闻,他们都被震撼到了。

图卡娜从飞行带给她的震撼中回过神来后就转向海伦。"对不起,"大使说,"我感觉自己今早没有达到你的要求。"

海伦皱起眉："没事，只能说这里的人们更想看隆重点的场面和热闹的氛围吧。"

图卡娜的翻译器响了两声。

"你知道吧，营造一些仪式感，再加点花言巧语。"

"但你也没说什么实质性的东西。"图卡娜说。

海伦微笑起来："确实是这样。另外说一下今晚的总理晚宴，他的性格很随和，所以你们今晚和他相处的时候应该不会有问题。但明天你要在联合国大会上发言，他们希望你们能多说一点。"然后她顿了顿，"不好意思，但你应该是专业的外交人员吧？"

"我是，"图卡娜很坚定，"我作为萨尔达克的利益代表，在伊维索伊、拉尼拉斯和纳卡努都待过很长时间。但在这样的讨论中，我们总是想着尽快进入主题。"

"你们这样不怕冒犯到别人吗？"

"所以我们这些大使才会亲自前往这些地方，而不是用远程通信手段来进行谈判。面谈可以让我们闻到对方的信息素，而他们也能闻到我们的。"

"你们面对一大群人时也能闻到吗？"

"对，我曾经同时和十个、也可能是十一个人谈判过。"

海伦惊得下巴都掉了："你明天可是要在一千八百人面前发言。面对那么多人，你也可以察觉到谁觉得自己被冒犯了？"

"那不行，除非那个被冒犯的人正好是离我最近的那个。"

"那么,如果你不介意的话,我想给你一些建议。"

图卡娜点点头:"我相信你给的建议,准备洗耳恭听。"

第十四章

　　玛利亚回到了二楼的实验室,坐在一张黑色的皮革转椅上,大学教授的办公室里永远都见不到这种豪华家具。她在椅子上转来转去,然后离开桌边,透过朝南的巨型落地窗看着安大略湖。她知道多伦多就在罗切斯特市对面,但湖岸远在天边,就算在今天这样的大晴天也看不到。号称全世界最高的独立式结构建筑的加拿大电视塔就坐落在安大略湖边上。她本来还抱着一线希望,想着塔尖至少还能顶出地平线,但……

　　她记得庞特之前和她说过,他把自己体内的机侣换成了亡妻的声音,这反而是个错误。这样非但不能让他感到宽慰,反倒在提醒他失去挚爱的痛苦。那她没法从窗外看见多伦多,或许也是件好事。

　　她听说夏天的海风区尤为宜居,但现在已是初秋,周围变得相当萧索。玛利亚逐渐对WROC电视台的新闻心生偏爱,这是CBS电视台在当地的分公司,每次收听天气预报的时候,她都能听见"大湖效应"这个说法。她之前生活在湖的北边,就从来没遇到过这个概念。多伦多的冬天基本不下雪,但在罗切斯特,这种白茫茫的东西不少,其实就是因为从加拿大下行的冷空气在吹过安大略湖的时候挟带了大量湿气。

玛利亚拿来一只咖啡杯,倒入她最爱的麦斯威尔咖啡和巧克力牛奶特调,然后啜了一口。她很快就成了北方乳业特浓巧克力牛奶的粉丝,它就像露华好公司出的那款法式洋葱蘸酱一样绝,这两种东西都没法在多伦多买到,所以她权当这是离开家乡后得到的一点补偿……

桌上电话的铃声打断了玛利亚的遐想,她放下咖啡杯。这里知道她号码的人不多,这也不是协力集团的内部电话,那条线是另一种铃声。

她拿起黑色的听筒:"你好?"

"是沃恩教授吗?"一个女人的声音问。

"嗯哼?"

"我是达利娅。"

玛利亚觉得自己的精神为之一振。达利娅·克莱因是她在约克大学带的博士,玛利亚当然把自己的新号码留给她原来的院系了。自己在开课前抛下了他们,让他们一时间陷入困境,唯一能做的就是留下自己的联系方式了。

"达利娅！"玛利亚很惊喜，"能听到你的消息真是太好了！"她的脑海中浮现出了这位苗条的棕发女孩那张瘦削的笑脸。

"能听到你的声音我也很开心，请不要介意我打电话给你。我要说的这件事，可不想只发个邮件就完了。"玛利亚能听出来，达利娅现在激动得不行。

"关于什么的？"

"关于拉美西斯的！"

玛利亚开始想和她开个玩笑，想和她说：这牌子的避孕套可靠度也只有百分之九十七。不过她没有开口。达利娅显然是在说她这段时间负责的古埃及人类样本。"我猜是结果出来了？"玛利亚问。

"是的！是的！他真的是拉美西斯家族的一员！或许还是拉美西斯一世！沃恩技术再创辉煌！"

玛利亚觉得自己可能脸红了。"太好了！"她说，但这其实都是达利娅的功劳，"恭喜你！"

"谢谢，埃默里大学的小组成员也很高兴。"

"太好了，做得很好，你真是我的骄傲。"

"谢谢。"达利娅再次说道。

"约克大学那边怎么样了？"

"还是老样子，助教们还在商议准备罢工的事，约曼队①惨败，省政府又宣布削减经费了。"

---

① 约克大学的校运动队，已于2003年改名为约克狮子会（York Lions）。

玛利亚苦笑了一下:"真不是什么好消息。"

"是啊。另外,你知道吗,学校里还出了一件很吓人的新闻。这周早些时候,有个女性在校园里被强奸了,校报《圣剑报》上都登了。"

玛利亚听完,心跳好像停了一下。"上帝保佑。"她说,然后把椅子转到对着窗的方向,想象着约克大学。

"是啊,而且这事就发生在我们楼附近,离法夸哈森生命科学学院不远。"

"他们说谁是受害者了吗?"

"没有,什么细节都没公布。"

"那强奸犯抓到了吗?"

"还没。"

玛利亚深吸一口气:"达利娅,你要小心啊!一定要小心。"

"我会注意的,"达利娅说,"每天工作结束后,乔什都会来接我。"乔什是达利娅的男朋友,是奥斯古德厅法学院的学生,但玛利亚总是不记得他姓什么。

"好啊,"玛利亚说,"这就好。"

"不管怎么样。"玛利亚听得出,达利娅的语气里有种让对话恢复轻松愉快的决心,"我只是想和你说说拉美西斯的事,肯定会有好几家媒体报道,CBC明天要来一趟实验室。"

"太好了。"玛利亚回答,但她的思绪早就不在这件事上了。

"我真的很兴奋，"达利娅也说，"真的太酷了。"

玛利亚也微笑起来。确实如此。

"好了，那我挂啦，"达利娅说，"我就是想让你知道事情的进展，之后再联系你！"

"拜拜。"玛利亚说。

"拜拜。"达利娅说完，话筒中的声音就消失了。

玛利亚试着放下听筒，但她的手抖个不停，连位置都没对准。

又一起强奸案。

但这是不是说明还有另一个强奸犯呢？

或者……或者……或者……

或者说那个禽兽，那个畜生，那个她没有报告给警察的人，又犯下了第二起案子？

玛利亚觉得胃里翻江倒海，好像自己坐在一架俯冲的飞机上。

该死，真该死！

如果她上报了自己这起强奸案，如果她引起了警察和校报的警惕……

没错，她是几周前被性侵的，再去怀疑是同一个强奸犯的确没什么道理。但话又说回来，侵犯别人后的快感、刺激和兴奋到底能持续多久？为了再次犯下这样的罪行而怀揣足以毁灭灵魂的可怕勇气又需要多久？

玛利亚警告过达利娅了。不单是刚才，自己之前也发了邮件提醒过她,那时的她还在安大略省的萨德伯里。但约克大学里还有好几千个像达利娅这样的女性,而其中一个……

玛利亚之前和女性研究学院有过合作教学活动。她知道,按照女权主义者的正确说法,所有的成年女性都是女人。玛利亚已经三十九岁了,生日来了又走,无人注意。约克大学的那些新生们却只有十八岁,她们的确是女人……但她们也是女孩,至少和玛利亚相比是这样。她们中的许多人都是第一次离开家,刚刚开始寻找自己的人生道路。

可有个禽兽却在捕猎她们,而那个禽兽也许就是被她放走的那个。

玛利亚望向窗外。这次,她庆幸自己看不见多伦多。

过了一会儿,不对,玛利亚自己也说不清到底过了多久,实验室的门开了,露易丝·贝努特把头探了进来:"嘿,玛利亚,去吃晚饭吗?"

玛利亚转过皮座椅,看向露易丝。

"天啊,你怎么了?"露易丝惊讶地说了法语。

玛利亚的法语水平刚够听得懂她的问题:"我没事,为什么这么问?"

"你哭了啊。"露易丝换成了英语,但听起来,她不太相信玛利亚的回答。

玛利亚漫不经心地抬手擦去脸上的泪痕,感到自己因为惊讶而扬起了眉毛。"噢。"她轻声应了一句，但不知道该说些什么来填补两人之间的沉默。

"怎么了？"露易丝又问。

玛利亚深吸一口气，再缓缓吐出。她现在身处美国，露易丝是她在这里唯一算得上朋友的人。而和她在萨德伯里的强奸救助中心交谈过的凯莎，似乎在几光年外那么远。但是……

不，她不想说这个，她不想提及自己的痛苦。

或者她的罪过。

不过她还是得说些什么。"没事，"玛利亚终于说出了几句话，"就是……"她发现桌上有盒韦格曼超市的纸巾，于是用它擦了擦脸，"就是些男人的问题。"

露易丝像是懂了什么，点了点头，好像玛利亚谈论的是……怎么说的来着，某件变了质的风流韵事。玛利亚觉得露易丝这些年肯定谈过很多男朋友。"男人嘛，"露易丝转了转自己棕色的眼珠子，"不能指望他们，也不能没有他们。"

玛利亚正准备点头同意，但她又听说在庞特的世界里，事情并不像露易丝说的那样。另外，天啊，玛利亚已经不是什么女学生了，露易丝也不是。"他们要为这世上的很多事情负责。"玛利亚说。

露易丝听罢点点头，接着像是在循着这个话题的重点，继续说下去："至少策划恐怖袭击的肯定不是女人。"

玛利亚同意露易丝的观点，但……"但有问题的不单是外国的男人，这里的也是，比如美国和加拿大的。"

露易丝皱起眉，关切地问："发生什么了？"

玛利亚终于说出了实情，至少说了一部分："约克大学有个人给我打了电话，她说校园里发生了一起强奸案。"

"我的天，你认识受害者吗？"

玛利亚摇摇头，她意识到自己不知道这个问题的答案。上帝啊，她想，如果那是她认识的人呢，如果那是她教过的学生呢？

"不认识，"玛利亚补了一句，好像摇头还不足以表达她的情绪，"但这让我很难过。"她看着露易丝——她那么年轻，那么漂亮，然后低下了头，"这种犯罪太可怕了。"

露易丝点点头，还是之前那种世故圆滑、故作聪明的样子，玛利亚觉得自己胃里一阵翻腾。她这样子好像知道了玛利亚所说的事，若是玛利亚要想继续追问，免不了透露自己的事，而她还没准备好，至少现在不行。"男人可以变得很可怕。"最后玛利亚只能这么说。这话听着有点蠢，像是《BJ单身日记》里的女主角说的台词，但这事是真的。

真他妈的，这事是真的啊！

第十五章

庞特·博迪特和图卡娜·普拉特下午晚些时候在加拿大议会大楼宣誓(或者根据一些法律界人士的其他观点,应该说是再次确认)成了加拿大公民。仪式是由加拿大联邦政府的公民与移民部部长主持的,全球各地的记者都出席了。

宣誓的时候,庞特真是尽力了,他把海伦·加涅教给他的话都背了下来,只拼错了几个词:"我宣誓:我将忠实地效钟加拿大侣王义丽莎白二世比下、她的后嗣和继任者;我将切实遵守加拿大的法律,履行作为加捺大公民的责任。"海伦·加涅对庞特的表现很满意,刚听他把誓词说完就忍不住鼓起掌来,惹得部长狠狠瞪了她一眼。

图卡娜说这些话的时候要更费劲些,不过还是说完了。

仪式结束后就是一场葡萄酒和奶酪的欢迎会,海伦注意到庞特和图卡娜既没有喝牛奶,也没有吃任何乳制品,对谷物制品也丝毫不感兴趣。还好海伦明智,仪式开始前就让他们吃了点东西,以免他们扫荡每碟水果和冷盘。庞特似乎对蒙特利尔的熏肉青睐有加。

两个尼安德特人不但获得了加拿大公民卡,还有安大略省的医疗计划卡和护照。他们明天就要飞去美国了,但今天在加拿大,他们还有一桩公务要办。

"你和加拿大总理共进晚餐的感觉如何?"塞尔根坐在圆形办公室里的鞍形椅上问道。

庞特点点头,"感觉很好,许多人都很有趣。我们吃了阿伯塔省产的牛排,那是加拿大的一个地方,牛排的肉又大又厚。还吃了蔬菜,有些菜我认识,有些就不知道了。"

"我应该也会想试试这种牛肉。"塞尔根说。

"味道很好,"庞特说,"不过他们似乎只吃这种哺乳动物,此外就是一种选育后的野猪。"

"啊,"塞尔根叹了一声,"我之后也想试试看。"然后他顿了顿,"所以我们先看看目前的情况。你安全地去到了另一个世界,但所处的环境阻碍了你与玛相见。不过你还是见到了你所在国家的最高官员们,别人用好吃好住招待了你,那你的感觉是……是什么呢?满足?"

"对,我猜是这样,但是……"

"但是什么?"塞尔根问。

"但这种感觉并没有持续很久。"

　　在苏塞克斯路24号①用完晚餐后,庞特乘车来到了洛里耶堡酒店,回到他那间巨大的套房里。这些房间要怎么说呢,对,豪华! 这个词用来形容它们正合适。

　　图卡娜和海伦·加涅一起离开了,她们想把明天在联合国上的讲话改得更恰当一些。庞特不用在那里发言,但他还是花了一个晚上来读这个机构的相关信息。

　　其实"读"这个词不太对,他和哈克还不能阅读英语文章,但加拿大政府给了他一台像蚌壳一样开合的电脑,里面存了某种百科全书,有文本朗读功能,可以用一种刺耳、机械的声音读出里面的内容,看来庞特的同胞在语音合成技术上肯定可以教给格里克辛人很多。总之,哈克先听电脑读出的英语,然后再翻译成尼安德特语说给庞特听。

　　这篇关于联合国的文章开头就提到了这个组织的"宪章",显然是这个组织的纲领性文件。但刚开头,庞特就被里面的内容吓到了:

　　我联合国人民同兹决心,欲免后世再遭今代人类两度身历惨不堪言之战祸……

　　两度战祸! 而且还是在一代人的时间里发生的! 在庞特的世界里也发生过战争,但最近的一次距今也有两万多个月了。虽然那

----

① 加拿大总理的官邸。

次战争是毁灭性的,造成的伤痛也难以言表(哈克将其翻译成"不计其数")。当然,每个年轻人都学过那段可怕的真相,因为那场战争中,足有七百一十九人去世。

这个损失真是惨重!而这战争格里克辛人在短短一千个月里打了不止一场,而是两场!

但谁知道这个联合国成立了多久呢?或许这个他还不太清楚的"一生"是很久之前的事,庞特让哈克继续听文章,看看是否能找到联合国成立的时期。他找到了:1-9-4-5。

格里克辛人之前和他说过今年的年份,是2开头的,是吗?"那一年距离今年有多久?"

哈克把数字告诉他,庞特觉得自己倒在了椅子上。他感到疑惑的一生,发生了两场在人类世界里造成了严重伤害战争的一生,原来只是普通人的一生。

庞特想要知道更多关于格里克辛人战争的事。海伦在和图卡娜一起离开前,为庞特打开了百科全书中联合国的条目,庞特之后才慢慢把这个不直观的操作界面搞清楚。"他们是用哪个词来表示'战争'的?"他问。

哈克分析了他听到的内容和屏幕上的文本,给出了答案:"是文章第九行从右数第九个字符串。"

庞特用指尖帮忙指着,在平展的屏幕上指出了那个词。"这不可能,"他说,"这个词居然只有三个字母。"在尼安德特人的语言中,表示"战争"的词读作"玛帕塔尔塔帕"。庞特来这里之后,总是感叹要是自己能多学点语言学就好了,这会有很大帮助! 不过他还是知道一个原则:概念越常见,词语就越短。

"我相信自己是对的,"哈克说,"这个词是'战争'。"

"但是——哦。"

庞特低头看着——键盘,是这么说的吧? 他试着找到与第一个字符所对应的按键,是"w",但是他找不到任何看着像"a"或者"r"的字符。"你先选一个字符,我相信应该会有联想提示的。"庞特在键盘前面的触控区域摸索了半天,移动着屏幕上那个小松树形状的东西,把顶端移到那个词上面,又试了一会儿,让这个词高亮后,在屏幕的左侧出现了一系列条目,然后——

哈克把这些条目的名字读出来时,庞特感觉自己惊掉了下巴:

海湾战争。

朝鲜战争。

西班牙内战。

美西战争。

越南战争。

南北战争。

俄法1812年战争。

玫瑰战争。

条目连绵不断。

越来越多。

而且……

而且……

庞特的心剧烈跳了起来。

第一次世界大战、第二次世界大战。

庞特想骂人，但他只知道尼安德特人用的那些脏话：都是一些描述肉类腐烂的，还有些人体排泄物的词。现在看来，这些词都不合适。直到现在，他还是没有理解，为什么格里克辛人诅咒的方式是召唤一位假象中的更高力量，让这位更高的存在来让人类的愚蠢行径变得合理。但话说回来，他们的世界的确需要这种表述。整个世界都在发生战争！庞特简直不敢细看那些文章，怕听见死亡的人数。为什么……死亡人数肯定成千上万了……

他的手指在触控板上移动，让百科全书把页面上的内容读给哈克听。

在第一次世界大战中，有一千多万人丧生。

而在第二次世界大战中，有五千五百万人丧生，既有士兵，也有平民，死因有很多，比如"战争""饥饿""轰炸""瘟疫""屠杀"，还有"辐射"，虽然庞特根本想不明白最后这个词怎么会和战争扯上关系。

庞特觉得有些不适。他从椅子上站起来，走向酒店房间的窗户，俯瞰窗外渥太华的夜间全景。海伦之前和他说过，他在酒店所在的国会山所见到的那座高大的建筑就是和平塔。

他尽量把窗开到最大，好让窗外美妙的冷空气吹进来。说是最大，其实也就是道不大的缝。吹来的风虽然有异味，但也能平复胃里的翻腾，不过他还是发现自己在来回摇着头。

他想起了自己第一次从这个世界回去后，亲爱的阿迪克问他的问题："庞特，他们是好人吗？我们应该和他们接触吗？"

庞特当时的答案是肯定的。这个种族里虽然有杀人犯，但也有勇士，不过最初那次接触只和他自己有关，而他那时对他们的世界还了解得很少，而且……

不，他其实见过了很多事，见过他们对环境做的事，也见过他们如何毁坏大片大片的土地，以及毫无节制地生育。他知道他们是什么人，就算在那时候也不例外，但是……

庞特又深吸了一口寒冷的空气，这对抚慰他胃中的翻腾很有用。

他想再次与玛相见，之前这种渴望蒙蔽了他的双眼，让他看不清自己认识的格里克辛人。他之所以感到恶心，并不是因为他刚刚看了那些东西产生了心灵震撼。相反，那是因为他意识到自己正在故意不去想那个最正确的判断。

他又看了看那座和平塔，高耸的塔身带着棕色，靠近顶端的地方装了个计时器，它就坐落在这个国家政府所在地的中心。或许……或许格里克辛人改变了吧。他们创造了这个明天他们将要到访的组织,也就是联合国。按照联合国宪章的说法,它的成立就是为了让人类的后世免遭战祸。

庞特让窗户继续开着,然后走向他的床,格里克辛人喜欢睡这种高于地面的软床,自己要什么时候才能睡习惯?他躺在床上,双臂枕在脑后,盯着天花板上的石膏涡纹。

庞特、图卡娜在海伦·加涅和两位充当保镖的骑警队警官的陪伴下搭乘豪华轿车前往渥太华国际机场。这两位尼安德特人之前坐飞机从萨德伯里到渥太华的时候就激动得很,他们从来没有从这么一个绝妙的角度观察过北安大略省的地貌。这里看着和他们的世界一样,混杂着松树、湖泊和地盾。

庞特起初听到飞机甚至是宇宙飞船这些格里克辛人的高科技成果时,心里还有点自卑。但他昨晚在百科全书上查了很多文章,这些研究终于让他明白,为什么人类在这些领域取得了那么大的成就。

这些进步背后都有一个核心概念,而一核心概念也配得上它简短的名称。

战争……

就连用来描述这些突破的短语,也和战争有千丝万缕的联系。

战争让他们占领了天空,也占领了宇宙。

他们到达了终点,哈克注意到了这个词双重含义背后的讽刺意味。庞特原以为那幢给矿工换衣服的建筑已经够大了,但他面前这幢楼则是他见过的最大的封闭室内空间,而且里面到处都是人,也到处都是信息素。庞特觉得头昏眼花,也相当尴尬:因为许多人都在盯着他和图卡娜。

他们办理了一些文件,庞特不是很懂这些细节,然后又被领到了一扇外形奇怪而且尺寸巨大的门前。海伦让他和图卡娜摘下他们的医护皮带,把它们放在传送带上,再掏空衣服上的储物袋。他们听后照做了。之后在海伦的指引下,庞特穿过了那扇奇怪的门。

警报声立刻响起,庞特吓了一跳。

突然,有个穿制服的男人在庞特身边挥舞着某种探测器一样的东西,当它扫过庞特的左前臂时,发出了尖利的报警声。

"卷起袖子。"那人说。

庞特从来没有听说过这个说法,但他猜到了对方的意思。于是他解开袖子上的纽扣,把腕口的布料向后卷,露出金属和塑料组成的长方形机侣。

这个男人盯着它看了一会儿,然后像是自言自语般地说道:"我们可以改造他,我们有这个技术。"

"什么?"庞特问。

"没什么,"那人说,"你可以走了。"

飞往纽约市的航程很短,甚至连半个十分日都不用。

昨天以及飞行的时候海伦都警告过庞特,在飞机下降的时候可能会有一些不适感,因为大气压力会发生剧烈的变化,但庞特自己没有什么感觉。或许只有格里克辛人才有这个情况,可能是他们鼻窦较小的缘故。

根据机上的广播,这架飞机为了让渡航线,需要转向南方,直接飞过一座叫作曼哈顿的岛。拥挤的天空,庞特想,真是令人震惊!不过庞特还是很高兴。他昨天晚上看了战争的条目后,又看了一下纽约城的条目,发现那里有许多伟大的人造地标,如果能从天上看一看就太好了。他从空中看见了一个巨大的绿色女性,神色严峻,高举火炬。但他不管如何努力,都看不到两座高塔,据说它们看着比周围的建筑要高很多,每座都有惊人的一百一十层高。

当他们降落时,庞特问起海伦这件事,同时他发现高塔有一个富有诗意的说法——"摩天大楼"。

海伦看着有些不自在。"啊,"她说,"你是说世贸中心大楼。它们一度是全球最高的两幢建筑,但是……"她有些破音,让庞特感到很意外,"我——对不起,我得告诉你真正发生的事……"她又迟疑了一下,"它们被恐怖分子摧毁了。"

庞特的机侣响了起来,而图卡娜显然也做了些研究,她把头凑了过来告诉庞特:"他们是格里克辛人的亡命徒,试着用暴力颠覆政权,或者实现社会革命。"

庞特摇摇头,再次被他前往的世界惊呆了,"这些建筑是怎么被摧毁的?"

海伦在回答前又迟疑了一番，"他们劫持了两架油箱里装满燃油的飞机，然后故意撞向了这两幢楼。"

庞特一时不知如何回应，但他庆幸自己是在安全降落地面后才得知这件事。

第十六章

玛利亚十八岁那年，她当时的男朋友唐尼和家人一起去洛杉矶度夏。电子邮件那时候尚未普及，长途电话也不便宜，不过他们通过互相写信保持着联系。唐尼最初写来的信很长，写满了新鲜事，以及对她的思念和爱。

但宜人的六月结束后，迎来炎热的七月和又热又潮的八月，来信越来越少，也越来越薄。玛利亚清楚地记得那天来的信里，末尾只有唐尼孤零零的名字，前面没了"亲爱的"这个词。

他们说，小别胜新婚。有时候或许确实如此，可能现在的情况也正是这样。玛利亚已经有几周没见到庞特·博迪特了，她觉得自己对他的喜爱程度如果没有增加，至少也和刚分开时一样。

但这次不一样。庞特离开后，玛利亚回归了原来独居的生活。甚至她还有束缚，她和科尔姆只是分居，离婚就意味着将他们两人开除教籍，而努力求得教会宣告婚姻无效的过程又会显得她很虚伪。

但庞特只有在这里才显得孤独。没错，他是鳏夫，虽然他描述自己的时候用的并不是这个词，但当他回到自己的宇宙，周围就有家人做伴，包括他的男伴阿迪克·胡德（玛利亚记住了这个名字），还有两个女儿，十八岁的婕斯梅尔·凯特，以及八岁的梅嘎梅格·贝克。

玛利亚在联合国秘书处大楼的一间接待室里，等着庞特开完会后出来，这样至少能和他相会片刻。她坐在椅子上，紧张得连书都读不进去，胃里也在翻腾，脑海中冒出了各种思绪。庞特还能认出她吗？他在纽约肯定见了许多快到四十岁的金发女人，在他看来，那些发色和肤色相似的格里克辛人看起来是不是都差不多？另外，她从萨德伯里回来后就剪了头发，如果还有什么变化，那就是胖了一两磅[1]吧，真要命。

而且自己上次还拒绝了他。或许庞特这次回到地球，最不想见的就是自己了。

不对，不会的。他理解自己，知道自己还没有从被性侵这件事里走出来，没法对他的进一步行为做出回应，这事与他无关。当然了，他肯定理解。

还有一件事——

玛利亚的心怦怦直跳。门开了，门外含糊的说话声突然变得清

---

① 1磅约等于453.59克。

晰可辨。玛利亚突然站了起来,双手紧张地握在面前。

"——我会把这些数据整理给你。"一位来自亚洲的外交官正回头对一位满头银发的尼安德特女性说话,她肯定就是大使图卡娜·普拉特了。

又有两位智人外交官挤过门,然后——

然后庞特·博迪特出来了,他那头暗金色的头发从正中分梳两侧,引人注目的金棕色双眼就连隔了些距离也能一眼瞧见。玛利亚扬起眉毛,但庞特没有看到或者闻到她。他正在和另一位外交官说话,说的是一些地质勘测方面的事,然后——

然后他的目光就落在了玛利亚的身上,她紧张地微笑着,而他干净利落地向边上挪了一步,绕过面前的人,脸上挂着灿烂的笑容,两个嘴角之间至少有一个脚掌那么宽吧——玛利亚对这个笑容很熟悉。他向她走来,距离越来越近,然后他张开双臂,一把将她搂进宽阔的胸膛里。

"玛!"庞特用自己的声音喊着她的名字,接着再由哈克负责翻译,"见到你真是太好了!"

"欢迎回来!"玛利亚说,他们的脸紧紧地贴在一起,"欢迎回来!"

"你怎么来纽约了?"庞特问。

玛利亚本来可以说她想从图卡娜身上收集DNA样本——她本来也有这个目的,而且这么说还能给自己一个台阶下,也算是个可以保全脸面的解释,但……

"我来是为了见你。"她的答案很简单。

庞特又紧紧地抱住她,然后松开双臂,向后退了一步,把手搭在她的双肩上,看着她的脸。"我太高兴了!"他说。

玛利亚逐渐发觉周围的人都在看着她和庞特,这让她很不自在,而且过了会儿,图卡娜也清了清嗓子——格里克辛人在这时候可能也会这么做。

庞特转头看着大使:"哦,不好意思,这位是玛·沃恩,就是我之前和你提到过的遗传学家。"

玛利亚向前走了一步,伸出手:"你好,大使女士。"

图卡娜握住玛利亚的手,用惊人的力气摇了摇。玛利亚反应过来,如果自己动作够隐秘,在握手的时候就能收集到一些图卡娜的细胞。"很高兴认识你,"这位更加年长的尼安德特人说,"我叫图卡娜·普拉特。"

"是的,我知道,"玛利亚微笑着,"我在报纸上读到过你的新闻。"

"我觉得,"图卡娜宽阔的脸上露出一抹狡黠的微笑,"或许你和特使博迪特想独处一会儿。"还没等她回应,就转身对一位格里克辛外交官说,"我们要不要去你的办公室,看看那些人口扩散图?"

外交官点点头,剩下的人也离开了房间,只留下了玛利亚和庞特。

"你还好吗?"庞特说着,又将玛利亚拥入怀中。

玛利亚只感到他们两人之间有颗心在怦怦狂跳,不知这究竟是她的心,还是庞特的心。"你在这儿,我就很好。"

联合国大会堂的中心是个演讲台,周围的桌子以演讲台为中心,围成了一圈半圆。眼前的各色面孔让庞特感到困惑。他在加拿大就已经注意到,人们有着各种肤色和脸型,而且就他目前在美国的经历来看,情况也大致相似。不过在这间大厅里,他居然见到了同样多的肤色。露特告诉他,如果他们就像玛说的那样可以互相通婚,那几乎就能肯定,这种差异就是不同肤色的人种在经历了长期的地理隔离后产生的结果。

但在这里,不同国家的代表团里的人肤色都相同,就连加拿大和美国在联合国的代表团里都只有浅肤色的人。

在庞特的世界里,他们的议会成员的性别要么相同,要么男女各半,他已经习惯了这幅场景。但在这里,男性约占百分之九十五,只有零星几位女性散布其中。庞特在想,这里难道真的如玛所言,存在种族霸权,肤色较浅的人掌握着最高权力? 那是否可以同理推断,格里克辛女性的社会地位较低,只有少数人才能获准进入最高圈层?

还有一点让庞特很吃惊,多数外交官看起来都很年轻,甚至有些人的年纪看着比自己都要小! 为什么? 玛之前提到过,她会给自己的头发染色来遮掩白发。这个想法在庞特看来简直难以置信,遮盖白发就是遮盖智慧啊。他注意到,男性格里克辛人对染发没有特别的偏好,或许是因为他们的智慧较之女性可能没那么容易辨别。不过在他见过的人中,满头银发的还真没几个。

最高官员出来的时候,庞特的注意力就被吸引过去了。他的头衔很奇怪,从字面意思去理解,意思是"抄写员-高级-勇士"[①],不过他的肤色是深色的,而且至少持续了好几个月。海伦·加涅悄声对庞特说,这个人[②]最近刚刚得了诺贝尔和平奖,也不知道这个奖是干吗用的。

庞特和加拿大代表团坐在一起,让人难过的是,玛不能和他一样坐在一楼,不过她应该正坐在高处的观众席上看着下面。他看到在演讲台上方是一个浅蓝色的联合国徽章,虽然从理智上出发,庞特接受了自己身处地球的现实,但从情感上来看,他又觉得这个奇怪的世界和他所熟知的地球没有什么关系。那个徽章正中是一幅以北极为中心的平面投影世界地图,和他在尼安德特地球见过的世界地图极为相似。它的四周围了一圈植物,庞特问过海伦这个植物的象征意义,她说这些是橄榄枝,象征和平。

和平塔,和平奖,象征和平的枝叶。这些格里克辛人虽然好

---

① 原文这里是 amanuensis-high-warrior,其实是在对秘书长的英文"Secretary-General"玩文字游戏。

② 这里指的是时任联合国秘书长安南。科菲·安南(Kofi Atta Annan,1938—2018),于1997年至2006年期间担任联合国秘书长。

战,但看来和平在他们心里占有很重要的地位。庞特注意到,和平这个词的音节数和战争一样,于是他对这点更确信了。

在这位"抄写员-高级-勇士"的冗长开场白结束后,就轮到图卡娜上台发言了。她站起来,走向演讲台,此时下方的格里克辛人采取了一种叫作"鼓掌"的做法。图卡娜把随身携带的一个抛光木制小盒放在了演讲台上。

秘书长和她握了握手,离开了演讲台。

"这个地球上的人们,你们好。"图卡娜的机侣为她翻译。海伦费了不少功夫才让机侣明白了"人们"这个概念,也就是让一个已经是表示某个种群的词再带上表示复数的修饰词,"我谨代表我们世界的最高银须长老会向你们以及这个世界上的所有人们问好。"

图卡娜朝着庞特就座的方向颔首示意:"我们首次来到这里是个意外,但这次,我们做好了充足的准备,代表我们的人民再次到访。我们希望能与各位所代表的每个国家都建立起长久且和平的关系……"

她顺着这个思路又说了会儿,没有什么实质性的内容。但庞特注意到,格里克辛人对她说的每个字都听得很认真,只有一些坐得离他很近的人悄悄打量着庞特,显然是对他的外表感到好奇。

"现在,"图卡娜话锋一转,显然是准备深入到此次发言的骨髓了,"很荣幸,将由我来进行两个世界人们的首次交换仪式。"她转身面对那位深色皮肤的男性,此刻他正站在讲台的边上,"可否劳烦您帮忙……?"

这位"抄写员－高级－勇士"重返讲台，手里也拿着一个小木盒。图卡娜打开了自己的盒子，这是最近才从他们的世界送来的。

"在这个盒子里，是一个我们世界的古人类头骨标本的精确复制品，在你们的世界里也有对应的化石标本，编号是AL 288-1，你们把它称为南方古猿阿法种，也就是露'西'。"图卡娜让机侣补上了"西"这个音节。

大厅里传来阵阵低语，别人之前和庞特解释过这件复制品的重要性。这个化石在两个地球里都有出现，在格里克辛人的地球上，这个成年女性的骨骼化石是在河流侵蚀作用下露出地表的，他们把发现她的地点称作埃塞俄比亚的哈达尔，同样的地方在庞特的世界里被称作卡卡拉纳，但两者的气候状况不同。1974年，唐纳德·约翰逊在这个有着纽约、多伦多和萨德伯里的世界中发现了这个化石，那时它已经被严重侵蚀了。但在图娜和庞特的世界里，这个化石得以逃过一劫。庞特知道这是个聪明的礼物，它能说明这两个世界的矿藏和化石分布是一致的，交换地理位置无疑是个双赢的做法。

"我谨代表这个地球的所有人类感谢您赠送的礼物，"那位黑皮肤的人说，"那么作为交换，请接受我们的礼物。"他把手里的盒子递给图卡娜。她打开后，从里面拿出一个东西，看起来像是一块被封入透明塑料中的岩石。"这是由詹姆斯·艾尔文从哈德利溪带回来的角砾岩标本，而这条哈德利溪——"他戏剧性地停下话头，显然是在享受图卡娜疑惑的瞬间,"——则位于月球。""抄写员-高级-勇士"
解释道。

图卡娜立刻睁大了双眼,庞特也和她一样震惊。一块月球的
碎片!和这些人类建立联系真是一件正确的事,自己以前怎么还抱
有疑虑呢!

第十七章

玛利亚跑下环形楼梯，来到了联合国总部的大厅。庞特和图卡娜正在从大厅向外走，身边围了一圈身穿制服的警察，显然是他们的保镖。玛利亚匆忙向这两位尼安德特人走去，但其中一位警察上前把她挡开，"这位女士，对不起。"

玛利亚喊着庞特的名字，庞特抬头看见了她。"玛！"他用自己的声音做出回应，然后通过机侣翻译道，"警官，你们可以让她进来，她是我的朋友。"

警察点点头，往边上退了一步。玛利亚走上前，来到庞特身边。"你觉得事情进展得怎么样？"庞特问。

"棒极了！"玛利亚说，"把你们的露西头骨带来是谁想的主意？"

"英科公司的一位地质学家。"

玛利亚赞叹地摇摇头："真是完美的选择！"

大使普拉特转头问玛利亚："我们准备出去吃点东西,一起吗?"

玛利亚莞尔一笑。这位年长的尼安德特人做外交官的经验或许不是最丰富的,但她的确和蔼可亲。"好啊。"玛利亚说。

"那一起来吧,"图卡娜说,"离这里不远的地方有个小餐厅,座位已经——你们是怎么说的来着?预订?已经预订好了。"

出了室内,玛利亚不由得庆幸自己带了一件外套。庞特和图卡娜只穿了之前在室内穿的那套衣服,不过他们好像觉得挺舒服的。玛利亚之前看庞特穿过他们身上的那种裤子,裤脚的地方是个袋子,可以盖住脚。庞特的裤子是深绿色,而图卡娜的裤子是红褐色,两人都穿着那种肩膀上有一排暗扣的衬衫。

玛利亚又望了一眼联合国大楼,背后的落日勾勒出这幢建筑的轮廓,它就像出现在库布里克的《2001:太空漫游》中的石板。两个尼安德特人身边除了玛利亚,还有两名美国外交官和两名加拿大外交官。这小队人穿过街道时,有四位警察围在他们外面。

图卡娜在和外交官们交谈,庞特和玛利亚则跟在他们身后不远处,边走边聊。

"你的家人怎么样?"玛利亚问。

"他们还挺好的,"庞特说,"但你要是听了我不在时发生的事,肯定会震惊的。我的男伴,也就是阿迪克,被指控谋杀了我。"

"真的?为什么?"

"用你们的话来说，应该叫'一言难尽'，好在我回去得还算及时，才让他免于受罚。"

"他现在还好吗？"

"还好，真希望你什么时候能和他见一面，他是——"

三声枪声几乎同时响起，庞特呻吟了一声，一名警官喊了起来，接着是一声炸响，如同滚雷。

等庞特倒向地面的时候，玛利亚才意识到发生了什么。她跪在他身边，胡乱摸着他被血浸透的衬衫，寻找射入他体内造成的伤口，这样才能止住向外涌的血流。

雷声？图卡娜想，不是，不可能。天空虽然飘着难闻的气味，可仍然晴朗无云。

她转头看向庞特，他趴在人行道上，血液从他体内涌出，场面触目惊心！这个声音，原来是某种射击武器开火的声音，如果用格里克辛人的语言来说，就是枪，然后——

图卡娜突然也向前摔去，脸狠狠地砸到地上，她那只大鼻子也磕到了人行道上。

其中一名格里克辛人保镖朝图卡娜的后背扑过去，把她按倒在地，用自己的身体保护她。没错，这种行为很高尚，不过她宁可那人不要这样。她把手向后伸，抓住保镖的前臂，猛地把他甩到身前，让他背部着地，整个人晕头转向。图卡娜火速站起来，虽然鼻子还在流血，但她还是能轻易闻出枪械中化学物质爆炸后的气味。她左右查看，然后——

在那儿！有个人在逃跑，而他的手里……

是那件发出化学品臭味的武器。

图卡娜拔腿追赶，那双大脚每次落地都重重地锤着地面。

"庞特右肩中枪了，"哈克用扬声器告诉玛利亚，"他的脉搏很快，却很弱，血压也在降低，体温也是。"

"他休克了。"玛利亚一边说，一边用手在庞特的肩部摸索，终于发现了弹孔。她把手指伸进伤口里，伸进了两个指节，"子弹是否还在他体内？"

一位警官在玛利亚身边徘徊，另一位在用别在胸口的无线电对讲机联系救护车。第三位警察则忙着将美国和加拿大的外交官们推进室内。

"我不太确定，"哈克说，"我没监测到它离开的迹象。"沉默了一会儿，"他失血过多。医疗工具箱里有个可以止血的激光手术刀，右手边第三个袋子。"

玛利亚拿出一个设备，看着像是一支圆滚滚的绿色钢笔："这个？"

"对。转动手术刀的下半部分，直到两点和一横组成的标志与指示用的三角形对齐。"

玛利亚盯着那个东西看了会儿，然后听从哈克的指示。"是这样吗？"她把手术刀举到机侣的摄像头前面。

"对，"哈克说，"现在你要严格遵照我的指示行动。先解开庞特的衬衫。"

"怎么解？"玛利亚问。

"肩膀的位置有暗扣，同时按压两侧的暗扣就能解开了。"

玛利亚试了一次，暗扣如哈克所说顺利打开。她继续操作，直到庞特的左肩和左臂全都暴露在外。子弹射入的伤口周围是一层层鲜红的血液，盈满了向内凹陷的肌肉组织。

"按蓝色的方块键就能启动手术刀，你看到按键了吗？"

玛利亚点点头："看到了。"

"半按方块就会出现激光，这样功率比较低，你就能看到激光射出的位置；把方块按到底，激光会以最大功率工作，这样应该就能通过灼烧来融合庞特的动脉。"

"明白了。"玛利亚说，然后用手指扒开伤口，这样能够看到里面的情况。

"看到动脉了吗？"哈克问。

但伤口里的血太多了。"没有。"

"把方块按到一半。"

伤口处的血液中出现了一个亮蓝色的点。

"好，现在动脉的伤口离你指着的地方大约有十一毫米，朝着庞特左侧乳头的方向移动。"

玛利亚调整了激光的位置,哈克的感应场所拥有的透视功能让她惊叹不已。

"再过去点,对了!停。现在换成最大功率。"

那个小圆点亮了起来,玛利亚看见伤口处飘出了一缕烟。

"再来!"哈克说。

她又按下了方块键。

"再移动两毫米,不对,另一个方向。对!再来!"

她又射出了激光。

"现在再往那个方向移动相同的距离。对,再来!"

她又按下了蓝色的方块,更多组织汽化后的怪味攻击着玛利亚的鼻腔。

"这样应该够了,"哈克说,"可以交给医生治疗了。"庞特金色的眼睛挣扎着张开了。"坚持一下,"玛利亚盯着他,握住了他的手,"救援马上就到。"她脱下外套,盖在他身上。

图卡娜·普拉特继续追着那个人。其中一名格里克辛执法人员喊着:"站住!"图卡娜过了会儿才意识到,这是对她说的,而不是对那个逃跑的人说的。但没一个执法人员追得上她,如果她放弃追赶,那个持枪的人可能就会逃走了。

图卡娜试着分析当前的情况。她明白了,枪是一种可以致命的东西,不过她已经从最初的震惊中慢慢平复。袭击者,没错,就是这个词,他似乎不太可能再转身朝她开枪了,而是只想着逃跑。这个格里克辛人可能想不到,只要他还拿着那支最近才开过火的枪,图卡娜就能毫不费力地跟踪他。

街上挤满了人,但图卡娜穿过人群的时候并不困难,这些人类还挺乐意为这位竭力狂奔的尼安德特人尽快让出一条路。

她正在追赶的是一位男性,格里克辛男性,似乎比他们的平均身高要矮一些。图卡娜和他之间的距离正在迅速拉近,她很快就能抓住他了。

那个人肯定听见了身后雷鸣般的脚步声,他瞅准机会扭头扫了一眼,然后把拿枪的手甩向身后。"他瞄准了我们。"图卡娜的机侣通过耳蜗植入体对她说。

图卡娜压根儿就没意识到鼻腔里有血,她的气道充分扩张,足以支撑她跑步时巨大的吸气量。她的肌肉供氧量并没有减少,而是更足了,这也能让她觉得自己体内的力量暴增。随后她的双脚同时蹬向地面,然后猛地收起,向前跳去,跃过她和格里克辛人之间的距离。那人开枪了,人群中响起阵阵尖叫,但他射偏了。图卡娜无比希望大家只是出于恐惧而尖叫,希望那颗本准备射向她的子弹没有击中无辜的群众。

图卡娜狠狠地朝那人撞去,将他撞倒在人行道上,两人向前滑了几步。图卡娜可以听见身后传来执法人员匆匆跑来的声音。身下的男人试着扭转脊柱,再对她开一枪。图卡娜用自己的大手从后头一把抓住那人形状奇怪的瘦长脑袋,然后——

她没有别的选择。当然,只能……

她把那人的脑袋向前猛地一推,朝铺在地面的人造石上撞去,头颅应声而碎,那个脑袋就像一只熟透的西瓜那样从前面裂开了。

图卡娜能感到自己的心在怦怦狂跳,有那么一会儿她什么都没做,只是在原地喘着气。

突然她才意识到,有三四个执法人员赶了上来,这会儿正站在她面前,每人都掏出了配枪,双手握住,瞄准着地上的人。

但图卡娜站起来时,她见到了其中一位格里克辛人脸上露出的惊惧神色。

中间的执法人员弯腰呕吐起来。

另外三名则睁大眼睛,喃喃道:"上帝啊……"

图卡娜低头看着那个死透了的人,就是他朝庞特开的枪。

而她就站在那里,听着警笛声离她越来越近。

第十八章

"紧急状态!"乔克·克瑞格匆匆走向协力集团在罗切斯特市的总部大厅,向众人喊道,"全体成员,会议室集合!"

露易丝·贝努特从实验室里探出头来:"怎么了?"

"会议室集合!"乔克扭头喊道,"马上!"

众人不到五分钟就在会议室里集合完毕。这幢大宅之前还住人时,会议室原本是个金碧辉煌的客厅。"好了,各位,现在是我们大展身手的时候了。"

"发生什么了?"成像部门的莉莉问。

"大尼刚在纽约中枪了。"乔克说。

"庞特中枪了?"露易丝惊得双眼圆睁。

"没错。"

"他还——"

"他还活着,我目前只知道这些。"

"大使怎么样了?"莉莉问。

"她还好,"乔克答道,"不过她把枪击庞特的人杀了。"

"我的天!"成像部门的凯文惊呼。

"我想你们都清楚我的背景,"乔克说,"我是研究博弈论的,目前危机爆发的风险非常非常高。很快就会有新的情况发生,我们需要找到可能的结果,这样才能为总统建言献策,而且——"

"总统……"露易丝那双棕色的眸子也睁大了。

"没错。欢乐的时光结束了。他需要知道尼安德特人会怎么应对,并对任何可能性做出回应。好了,女士们,先生们,我们需要头脑风暴,开始吧!"

图卡娜·普拉特低头看着被她杀死的男人,海伦·加涅也赶了上来,托着图卡娜的手肘,将她架起来,带着她离开地上男人的尸体。

"我没想杀他。"图卡娜的声音很轻,头昏脑涨。

"我知道,"海伦安慰道,"我知道。"

"他……他想杀了庞特,还想杀了我。"

"大家都看到了,"海伦说,"这是自我防卫。"

"是的,但是……"

"你没别的选择,你必须阻止他。"

"对,阻止他,但现在……现在……"

海伦转过图卡娜,抓住她的上臂:"你这是自我防卫,听到了吗？不要暗示自己还有别的可能性。"

"但是……"

"听我说！这事现在已经够糟了。"

"我……我需要和我的上级谈谈。"图卡娜说。

"我也是，"海伦说，"而且——"海伦的电话响了。她掏出手机，打开翻盖，用法语接了电话："喂？对，对，我也不知道，我——不好意思，请等我下。"她用手盖住听筒，然后对图卡娜说："是总理。"

"什么？"

"总理办公室的电话。"然后又把手机凑到耳边，用法语继续说："没。不，但是……对，流了很多血……不，她很安全。好。不，没问题。好的。不，今天不行。是的，现在……皮尔逊机场，好的。好，行。再见。"海伦合上手机，把它放好，"警察问话结束后，我就送你回加拿大。"

"问话？"

"就是走个形式。然后我们送你去萨德伯里，让你向你们的人汇报。"海伦看着这位尼安德特女性，她脸上到处都是血，"你……你觉得你们的上级会怎么处理？"

图卡娜·普拉特扭头看了眼那具尸体，又看向远处，医护人员正弯腰为仰面躺在地上的庞特治疗。"我不知道。"她说。

"好了，"乔克·克瑞格在这幢海风区大宅的豪华起居室里来回踱步，"他们只有采取两种立场。其一，吃亏的是尼安德特人。毕竟在没有受到挑衅的情况下，我们的一员将一发子弹射入了他们的体内。其二，吃亏的是我们，因为我们的人虽然对他们开了枪，但他们的人活着，而我们的人却死了。"

露易丝·贝努特摇了摇头："这个恐怖分子，或者说刺客，随便怎么说吧，反正我不承认他是我们的一员。"

"我同意，"乔克说，"但事情就是这样，现在是格里克辛人和尼安德特人之间的对峙，我们与他们的对峙。必须有人率先采取行动。"

"我们可以道歉，"靠在椅背上的凯文·比洛多说，"向他们鞠躬道歉，让他们知道我们的歉意。"

"我建议我们先不动，看看他们的反应。"莉莉说。

"如果他们把传送门关了呢？"乔克转过椅子看向她，"如果他们把那台量子计算机的插头给拔了呢？"然后他又看向露易丝，"你要花多久才能复现他们的技术？"

露易丝无奈地叹了一声："你在开玩笑吗？我才开始。"

"我们不能让他们关闭传送门。"凯文说。

"那你的建议是？"一位社会学家讥讽道，他是全场最胖的白人，大约五十岁，"要让我们派支军队过去阻止他们关闭传送门吗？"

"我们可能真的要这么做。"乔克说。

"你认真的？"露易丝问。

"那你有什么更好的方案？"乔克反将一军。

"你也清楚，他们不是傻子，"露易丝说，"那边肯定有什么专门应对这种情况的保险措施。"

"或许有，"乔克说，"但万一没呢。"

"如果控制传送门，那就会把这事变成外交噩梦。"这个看着不修边幅的男人叫作拉斯姆森，研究的领域是地缘政治学。他考虑到尼安德特人世界的地理情况和这个世界相同，因此一直在试着弄明白尼安德特人可能拥有的核心政治单元。"苏伊士运河危机①重演了。"

"妈的！"克瑞格狠狠地把垃圾桶踹翻，"真他妈的！"他摇了摇头，"博弈论的核心就是让冲突的双方实现利益最大化。但不像核冒进政策，反而更像是校园里的篮球赛。我们如果不能采取措施，那么尼安德特人完全能拿球回家，给这一切画上句号。"

图卡娜·普拉特全程由海伦·加涅陪同，先坐加拿大航空的班机从肯尼迪国际机场飞到多伦多的皮尔逊机场，再从那里坐安大略航空的班机飞到萨德伯里。一辆车在萨德伯里机场等他们，然后飞快将他们送至克莱顿矿井。大使坐电梯下去，沿着观测站的巷道来到了中微子观测室，穿过德克斯管，回到了传送门的另一边，也就是她自己的世界。

---

① 即第二次中东战争，英法为夺得苏伊士运河的控制权与以色列联合，于1956年10月29日，对埃及发动的军事行动。

现在她到了远程档案室里，与最高银须长老会的贝多斯议员见面，由于传送门在他的辖区，所以一切与格里克辛人接触的事务都交由他来负责。

图卡娜体内那台经过容量强化的机侣所记录的影像已经传到了她的远程档案里，她和贝多斯通过漂浮在面前的全息泡，看完了这件让人扼腕的事。

"我们要做的事已经很明显了。"贝多斯说，"只要庞特·博迪特的身体有所好转，能够离开格里克辛人的医院，我们就必须召他回来，然后切断与格里克辛世界的联系。"

"我——我不知道这种反应是否合适，"图卡娜说，"庞特会康复的，这没问题。但有个格里克辛人死了。"

"那是因为他打偏了。"贝多斯说。

"的确，但是——"

"大使，没有什么'但是'。我会向长老会提出建议，等我们能把学者博迪特接回来之后，就永久关闭传送门。"

"求你了，"图卡娜恳求道，"这是个无比珍贵的机会，不能就这么算了。"

"他们从来没有净化过基因库，"贝多斯厉声驳斥，"最邪恶、最危险的基因依然在他们之中肆意妄为。"

"我理解，但是……"

"而且他们随身携带武器！不是为了打猎，而是为了互相残杀！而且他们把枪头对准我们才用了多久？"贝多斯摇摇头，"庞特·博迪特上次去那里的时候知道了那个世界中尼安德特人的遭遇，他都和我们说了，你这就忘了吗？他们，那些格里克辛人，把我们灭绝了！普拉特大使，现在你再好好想想。再好好考虑考虑！这些格里克辛人从体型上看是比我们弱小，瘦得像根树枝一样，我们的力气和脑容量都比他们大，但他们还是想办法在那个世界成功消灭了我们，这怎么可能？"

"我不知道。而且庞特也说了，那只是我们在那个世界中的遭遇的某种猜测。"

"他们通过背叛、诡计，还有无法想象的暴力消灭了我们。"贝多斯继续说，好像没听到图卡娜说的话，"他们成群结队，装备着石头与长矛，蜂拥进入我们所生活的山谷，用绝对的数量优势压过我们，直到我们同胞流出的鲜血渗透了大地，直到最后一个同胞死去。这就是他们的历史，这就是他们的手段。如果我们还让联通两个世界的传送门继续开着，那就是疯了。"

"传送门在岩层深处，而且每次只能容纳一至两个人通过。我真的不觉得我们应该担心这件事——"

"我能听见自己的祖先在五十万个月前也是这么说的：'快看！那是另一种人类！但这肯定没什么好担心的，毕竟通往我们这个山谷的入口很窄。'"

"我们也没法确定之前到底发生了什么。"图卡娜说。

"那为什么要冒这个险?"贝多斯问,"你说说,为什么要多冒一天的风险?"

图卡娜·普拉特关掉了全息投影泡,慢慢地来回踱步。"在另一个世界,我发现有些事情做起来很困难,"她柔声说,"比如按照他们的标准,我不是一个合格的外交官。我说话太简洁也太直接了。没错,如果让我说实话,那他们的确有很多不受待见的地方。你说他们生性暴力,这点没错,他们对环境造成的伤害也难以估量。不过他们也有伟大的地方。庞特说过他们能够飞向天上的星星,这事是真的。"

"这样倒是能摆脱他们了。"贝多斯说。

"别这么说。我在他们的世界里见过他们创造的艺术品,美得让人叹为观止。他们和我们不一样,两个种族的性格和禀性不同,所以有些了不起的事只有他们能做到,我们却不行。"

"但他们中有个人试图谋杀你!"

"没错,是有一个人,却是六十亿分之一。"图卡娜沉默片刻,"你知道我们和他们之间的最大区别是什么吗?"

贝多斯似乎准备挖苦她,但稍做考虑后说:"说说看?"

"他们相信万物的存在都是有目的的,"图卡娜展开双臂,将周围的一切都囊括在内,"他们相信生命是有意义的。"

"因为他们自我欺骗,相信宇宙中有个智者在引导他们?"

"部分原因是这样,但还有更深层的因素。就连他们的无神论者,也就是他们之中不相信上帝的人,也在寻找生命的意义和解释。我们只是活着,但他们存在、他们追寻。"

"我们也有自己的追求,我们相信科学。"

"但我们是出于实用。我们追求更好的工具,所以我们不断研究,直到我们能够创造出来为止。但他们满脑子想的都是那些所谓的'宏大问题':为什么我们在这里,这一切又是为了什么?"

"这些都是没有意义的问题。"

"是吗?"

"当然!"

"你或许是对的,"图卡娜·普拉特说,"或许又是错的。或许他们就要能够回答这个问题了,或许他们就快获得最新的启示了。"

"然后呢?他们就会停止自相残杀?他们就会不再糟蹋环境?"

"我不知道,大概吧。他们还是有闪光点的。"

"他们还是有杀心的。和他们接触后,唯一能够活下来的方法就是先下手为强。"

图卡娜闭上了眼,说:"贝多斯议员,我知道你是为了我们好,而且——"

"别用这种态度和我说话。"

"我没有。我知道你把我们的利益放在首位,我也一样,只是我是从外交官的角度出发。"

"那你也是一名不称职的外交官!"贝多斯怒呛道,"就连格里克辛人也这么想!"

"我——"

"还是说你每次碰到这种情况都要出手杀人?"

"不是,贝多斯议员,这事我和你一样难过,但——"

"够了!"贝多斯喝止了她,"够了! 我们一开始就不应该让博迪特怂恿我们这么做。现在该由更加年长和明智的头脑做主了。"

第十九章

玛利亚蹑手蹑脚地走进庞特的病房。移除子弹的手术进行得很顺利，尼安德特人除了颅骨，其他的骨骼和智人很接近，而且在整个手术过程中，哈克肯定也没少和他们沟通。庞特流了很多血，正常情况下应该是需要输血的，不过在对尼安德特人的血液有更多了解之前，还是尽量不要这样做。庞特的手臂上吊着一袋生理盐水，哈克也不时和医生交流他的情况。

庞特术后的大部分时间都昏迷不醒。其实是因为医生在手术时给他注射了一针让他保持昏睡，这是根据哈克的指示，用了一种从庞特身上的医疗皮带上找到的化学药品。

玛利亚看着庞特宽阔的胸膛一起一伏，回想起自己第一次见到他的情形，那次也是在医院里。那时候，她惊讶地看着他。因为她不相信现代真的有尼安德特人。

但现在，庞特在她眼里不再是个奇怪的标本，也不再是个怪人，某种不可能存在的生物。她现在的眼神里盈满爱意，心如刀割。

突然，庞特睁开了双眼。"玛。"他轻声说。

"我没想到会吵到你。"玛利亚说着，走到病床边上。

"我已经醒了，"庞特说，"哈克一直在给我放音乐，然后我就闻到了你。"

"你怎么样了？"玛利亚拖过来一张金属框架的椅子，坐在他的病床边。

庞特翻开被单，露出毛茸茸的胸膛，肩上有一大块用白色医用胶带固定着的纱布，被已经干掉的血渍染成了黄褐色。

"我能活下去。"他说。

"你居然会碰到这件事，我很难过。"玛利亚说。

"图卡娜呢？"庞特问。

玛利亚扬起眉毛，居然没有人告知他："她去追那个朝你开枪的人了。"

庞特的大嘴上泛起一个虚弱的微笑："我觉得那人的情况肯定比她还糟。"

"我同意。"玛利亚轻声说，"庞特，她把那人杀了。"

庞特一时语塞："我们很少用双手执行正义。"

"在你做手术的时候，我在听电视节目讨论这件事，"玛利亚说，"但大多数人都觉得这是自我防卫。"

"她是怎么杀他的？"

玛利亚耸耸肩，此事没有遮掩的余地："她把那人的头砸向人行道，然后……碎了一地。"

庞特沉默了好一会儿，最后问道："那她会怎么样？"

玛利亚皱起眉。她之前在《环球邮报》上读到过一部大肆宣扬的法庭剧，剧中的外星人因为被控谋杀一名人类而在洛杉矶受审，但这当中有个关键的区别……

"按照我们大多数国家的法律，外交大使可以免遭大多数违法行为的制裁，这被称作'外交豁免权'，图卡娜符合这个条件，因为她在联合国现身的时候带的是加拿大大使的头衔。"

"什么意思？"

玛利亚皱起眉，想给庞特找个例子："在2001年，俄罗斯外交官安德烈·克内亚泽夫醉酒后开车撞到了两名行人，且其中有一位不治身亡，但他也没有在加拿大受到指控，因为他代表了受认可的外国政府。这就是外交豁免权。"

庞特不由得睁大了深陷的双眼。

"而且不管怎么说，肯定有好几百个人目睹了他朝着你和图卡娜开枪的行为，之后才是她……唔，以她的方式……对此做出回应。照我说，这件事很有可能会被定性为自我防卫。"

"不管怎样，"庞特柔声说，"图卡娜是个品行端正的人，这件事可能会对她造成很深的影响。"他顿了顿，"你确定她现在没有危险吗？"然后他歪过脑袋，"我不在的时候，阿迪克出了这么多事，我觉得自己对法律体系的信任已经有点动摇了。"

"庞特,她已经回家了,回到了你的世界。她说她需要和……你们叫它什么? 银须长老会?"

"如果你指的是我们那个世界的政府,那是最高银须长老会。"庞特说,"那个死掉的人是什么情况?"

玛利亚皱起眉:"他叫科尔,鲁弗斯·科尔,不过我们还在调查他的身份,以及他为什么要反对你和图卡娜。"

"都有哪些可能?"

玛利亚有点蒙:"什么?"

"就是可能性,"庞特重复道,"为什么他们想要杀死我们?"

玛利亚耸耸肩:"他可能是一名宗教狂热分子,反对你们的无神论立场,或者只是单纯反对你们的存在,因为这些和《圣经》中的创世论相悖。"

庞特不由得睁大了双眼:"可杀了我也不能抹去我存在过的事实啊。"

"同意。但怎么说呢……以下只是我的猜测,科尔可能觉得你们是撒旦的傀儡。"

哈克突然响起的"哔哔"声,把玛利亚吓了一跳。

"撒旦就是恶魔,邪恶的象征。上帝的敌人。"

庞特听了倒是很兴奋:"上帝还有敌人?"

"对——呃,我的意思是,《圣经》里是这么说的,但除了原教旨主义者，也就是那些对《圣经》中的每个词都笃信不疑的人之外，多数人其实不相信撒旦。"

"为什么？"庞特问。

"我猜是因为这个想法很荒诞吧，只有傻瓜才会把这些虚无缥缈的概念当真。"

庞特张嘴想说些什么，之后显然考虑了一会儿，又把嘴闭上了。

"不管怎么样，"玛利亚这次说得很快，她实在不想在这个问题上继续纠缠了，"他也有可能是外国政府的一名特工，或者是恐怖组织的成员，再或者……"

庞特扬起眉毛，示意她继续说下去。

玛利亚又耸了耸肩："或者他就是个疯子。"

"你们居然允许疯子持有武器？"庞特问。

作为加拿大人，玛利亚内心的想法是——只有疯子才会想要武器，但她没把这话说出口。"这倒是最理想的情况，"她说，"如果他是个疯子，这一切都是他单独行动的结果，那就不用担心这样的事还会重演。"

庞特低下头，视线自然落在了自己被纱布包着的胸口上："我本来希望这个世界是安全的，这样我的两个女儿也能过来看看。"

"我也很想见见她们。"玛利亚说。

"这个人，这个鲁弗斯·科尔……"说到这儿，庞特皱起眉，"你想想看！我好不容易能说出一个格里克辛人的名字，但这个名字的主人却想要我的命！好了，不管怎样，如果这位鲁弗斯·科尔还活着，那他会面临什么处罚？"

"先是审判，"玛利亚说，"如果他被判有罪，可能会进监狱。"

哈克又发出了"哔哔"声。

"唔，监狱是一处被人严密看守的机构，罪犯们被关在里面，从而和大众相隔开来。"

"但你刚才说，'如果他被判有罪'，可他真的开枪击中我了啊。"

"是的，但……是这样，如果他是疯子，那就能用来当作辩护的借口。他可能会因为精神失常而被判无罪。"

庞特又扬起眉毛，"那你们为什么不先确定持枪者的精神是否正常，然后再决定能否允许他持枪呢？这个顺序是不是更合理些？"

玛利亚点点头："我非常同意你的观点，但，哎，事实就是这样。"

"那如果……如果我被杀了呢？或者图卡娜被杀了，这事又会怎么办？他会怎么样？"

"在哪里？在美国吗？他可能会被处以极刑。"

果然又响起了"哔哔"声。

"极刑就是死刑，通过杀死他来当作对他所犯下罪行的惩罚，这对于那些想要犯同样罪行的人来说也是一种威慑。"

庞特左右晃动着他的脑袋，暗金色的头发在枕头上发出窸窸窸窸的声音。"我不希望这样，"他说，"没有谁应该接受提前结束生命的惩罚，就算他想提前结束别人的生命也不行。"

"庞特，认真点。"玛利亚说话的声音突然变尖，连她也吓了一跳，"你能不能不要变得像……基督那样？这个残忍的人想要杀了你，你还真的担心他的遭遇吗？"

庞特沉默了一会儿，什么都没说，玛利亚知道他本可以谈谈这件事，之前就有个人想要杀了他。他上次来访的时候就告诉过玛利亚，自己的下巴在年轻时被人在愤怒中挥出的拳头打碎了。不过现在他只是扬起眉毛，然后说："不管怎么样，再讨论这事也没意义了，鲁弗斯·科尔已经死了。"

但玛利亚还没准备翻篇："你在很多个月之前被人打了，袭击你的人没有预谋，事后也立刻道歉了，这些是你和我说的。但这个鲁弗斯·科尔显然早就计划了这场刺杀行动。这当然有区别。"

庞特在病床上稍稍挪了挪。"我会活下去，"他说，"此外，什么都不能抹去我身上的伤疤，直到我垂死之际，它都会留在我身上。"

玛利亚听了直摇头，但还是努力用幽默的语调说："庞特啊，有些时候你真的好得不真实。"

"我对此不做评论哦。"庞特说。

玛利亚微笑起来："那就正好证明了我的观点。"

"但我的确有个问题。"

"嗯？"

"之后会是什么情况?"

"我不知道。"玛利亚说,"医生告诉我,你有个从萨德伯里寄来的外交邮包,我猜就是那边的那只,桌上那个。"

庞特转头看着它:"呃,你能帮忙递给我吗?"

玛利亚把东西递给他。庞特打卡包裹,取出了一个大东西,看着像是个信封,不过是尼安德特人的款式,看着方方正正的。他把那个东西打开,整个过程就像花朵绽放般优美,然后从里面拿出一个红宝石色的小圆球。

"这是什么?"玛利亚问。

"一枚记忆珠。"庞特回答,然后他碰了碰机侣,玛利亚惊讶地发现它居然打开了,露出了内部空间,里面还有一小堆控制按钮和一处凹陷,直径约合一支铅笔粗细。"它是放在这里的,"他说,然后把珠子放了进去,"你得……"

"我会回避的,"玛利亚说,"我知道你需要一些私人空间。"

"不,不。不用走,但你得等我一会儿,哈克要用我耳蜗里的植入体播放声音。"

玛利亚点点头,然后就看见庞特歪着头,这和他平时听哈克说话的习惯如出一辙。听着听着,他眉头紧锁,又过了片刻,庞特再次把机侣打开,取出了那枚珠子。

"都说了什么?"玛利亚问。

"最高银须长老会希望我立刻返回。"

玛利亚不由得心头一沉，"噢……"

"但我不会回去。"庞特的回答倒很简单。

"什么？为什么？"

"如果我回去了，那他们就会关闭两个世界间的传送门。"

"他们是这么说的?"

"没有明说，但我知道长老会的行事方式。我们相信生命不是永恒的，玛，我们知道没有来世。所以我们不会冒不必要的风险。议会成员认为，发生了这样的事情之后，就没有必要再和你们接触了。之前就有许多人反对再次开启传送门，这件事会为他们增加新的筹码。"

"你就这么决定留下来了？这样行得通吗?"

"我会留下来的。可能会有后果，但我会承担一切。"

"哦。"玛利亚柔声叹了一句。

"只要我还在这里，我们的人就会让传送门开着。这会为那些像我一样的人，也就是相信应该让两个世界保持联系的人，争取更多的时间去和长老会争辩。如果传送门关了，那紧接着就是拆除量子计算机，确保之后再也不会有任何联系。"

"好吧，这样的话，你出院后想做些什么?"

庞特盯着玛利亚："多花点时间和你在一起。"

玛利亚的心再度怦怦直跳，但这次是因为心动，她微笑着说："那就太好了。"随后她突然又想到了什么，"我下周会去华盛顿，要在古人类学会上做关于尼安德特人DNA的报告,你不如和我一起去?沃尔波夫和塔特索尔上次差点在堪萨斯城的会上打起来,成了学会的红人,而你的出现将会取代这件事,成为会议史上最大的新闻。"

"这是古代人类专家们的聚会吗?"庞特问。

"没错,"玛利亚说,"全球绝大多数该领域的研究者都会出席。相信我,他们都很乐意见你。"

庞特皱起眉,有那么一会儿,玛利亚担心自己说的话冒犯到他了,但他最后问:"我要怎么过去?"

"我带你去,"玛利亚说,"你什么时候能出院?"

"我觉得他们想让我再多待一天。"

"那也行。"

"我们这样不会遇到什么阻碍吗?"

"噢,是会有,"玛利亚说,但她又微笑起来,"但我正好认识一个人,可以消除这些阻碍……"

第二十章

　　大使图卡娜·普拉特知道,对自己即将拜访的人来说,不想被打扰本就是一件讽刺的事。但谁又能因为他的独居而责备他?他的名声响彻寰宇,不论去哪里都备受尊敬。更何况,全世界很快就要为他的伟大发明问世一千个月举办一场盛大的纪念。到那时候,他应该会在公众面前出现成百上千次,到了他这个年纪还健在的人总会面临这样的情况。他是138代的人,如今那代人只有不足一千个,而他就是其中之一,更前几代人已经全都去世了。

　　图卡娜之前见过138代的人,但不是最近。上次她和138代的人相处至少也在五十个月之前。而此前,她还从来没见到过那么年长的人。

　　人们都说银发是智慧的象征,但这个伟大的男人已经是一根头发都不剩了,至少那颗著名的、修长得不可思议的脑袋上是这样。不过他的胳膊上还有一层纤细、几近透明的汗毛。一个老人,浑身皱纹,皮肤布满灰色和褐色的斑块,但却有着一双敏锐的蓝色义眼——它们是由抛过光的金属球体和分段式虹膜组成的,由内向外熠熠生辉——这一切构成了一幅奇怪的景象。他原本可以装上一双和他原先的眼睛一样的义眼,但在所有人里,最没有理由隐藏人造植入物的就是他了。图卡娜知道,他的身体里还有其他东西负责他的心脏和肾脏运转,他那身老骨头的大部分都被换成了人工骨骼。另外,她上次还听他和一名曝录者交谈时打趣说,当人们的年纪和他一样大的时候,最好还是让其他人看到自己换过眼睛了,这样那些人就不会觉得你老得什么都看不见。

图卡娜步入宽敞的客厅。主人的年纪很大,组成他家的那棵树现在也已经粗得惊人,每个月他都得多掏出一点树的内芯来。

这棵树要过多少个月才能长成这样啊!138代的人到现在已经见过了一千三百多轮月亮,活了整整一百零八个年头!

"日康。"图卡娜找了个位置坐了下来。

"到了这个岁数,不管健不健康,都已经是活一天算一天了。"他深沉的嗓音中气十足,真是令人意外。

图卡娜不确定这句话到底是幽默还是难过,所以她只是笑着点点头,过了会儿她说:"很荣幸见到您,我的激动一时难以言表。"

"试试看呗。"那位老人说

图卡娜紧张了,"呃,您为我们做了那么多,我们无以回报,而且——"

老人举起手："这位年轻的女士，我是开玩笑呢。"图卡娜·普拉特听了不由得露出微笑，像她这个年纪，已经有好久没人叫她"年轻的女士"了。"对我来说，你没详细列举我的那些荣誉就已经谢天谢地了，相信我，这些头衔我之前全都听过。我的时间不多了，如果你不把时间浪费在这些东西上，我会非常感谢你。请快点告诉我，你找我是有什么事。"

图卡娜又微笑起来。作为外交官，她见过许多重要的世界领袖，但她从来都没想过自己有朝一日能见到他们之中最伟大的那位——名满天下的朗维斯·特洛波。虽然如此，但图卡娜看着他那双机械眼，心里多少还是有点畏惧，于是她把视线移到了他的左前臂，也就是机侣的位置。当然，这不是朗维斯很久之前发明的那台，而是最新型号，不过图卡娜很惊讶地发现，这台机侣的金属部分居然是用黄金打造的。

"我不知道您对平行宇宙中的地球了解多少，但——"

"尽在眼底，"朗维斯说，"那个世界很有意思。"

"好吧，那您肯定也知道，我被最高银须长老会选为大使了。"

"这群只会吵来吵去的小屁孩！"朗维斯说，"蠢到家了，全都蠢到家了！"

"我能理解——"

"你知道吗，我之前听说他们有人会把自己的头发染灰，好让自己看起来更聪明些。"

图卡娜注意到，朗维斯对这些浪费自己时间的行为好像并不在意，但她觉得，他为这个世界做出的贡献让他本有资格享受特权。"他们无论如何都计划关闭通向格里克辛世界的传送门。"

"为什么？"

"他们害怕格里克辛人。"

"你和他们接触过，长老会没有，我更想听听你的观点。"

"唔，您肯定听说了，有个格里克辛人试图刺杀特使博迪特，而且还把武器对准了我。"

"是的，我听说了，但你们两个都活了下来。"

"是的。"

"你知道吗，我的朋友古萨——"

图卡娜忍不住打断了他："古萨？古萨·库斯卡？"

朗维斯点点头。

"哇。"图卡娜轻叹了一声。

"我相信古萨可以想出一个方法来防御那些格里克辛的弹药武器。据我理解，这种武器是靠一种化学物质爆炸后发射的，也就是说，虽然它的攻击速度很快，但也快不过光速，所以激光完全可以瞄准并气化这些武器。而且我发明的所有机侣扫描半径都超过了二个半臂展，就算这些射出的武器速度比音速更快，那么——"他说到一半，突然停了下来，图卡娜猜他可能在心算，或者在听机侣说话，不过她觉得前者更有可能，"——激光也只用千分之五拍就能完成瞄准并开火。你只要配备一个球形的发射器就行，这样就不必花时间去转动机械部分，或许可以把它装在帽子上？小问题。"他看着她，"你要解决的就是这个问题吗？是的话我就代你联系古萨，我呢就去继续过我的日子了。"

"呃，不是，"图卡娜说，"我的意思是，是的，这样的东西实在太好了，不过我来找你的目的不是这个。"

"这位年轻的女士，说吧，你到底想要什么？"

图卡娜咽了口唾沫："这不但需要您的帮忙，也需要让您那些德高望重的朋友们伸出援手。"

"做什么？"

图卡娜将目的一五一十告诉了他，她很高兴能在那位老人的脸上看到满意的笑容。

第二十一章

露易丝·贝努特说得没错：凡是他们能想到的关系，乔克·克瑞格都能搭上线。协力集团的一位研究员可以花上一周多的时间来研究尼安德特人的大脑，这个想法对乔克很有吸引力。于是玛利亚发现，这趟旅程中，自己和庞特可能遇到的所有问题全都迎刃而解了。乔克同意庞特的观点：他在这个世界停留的时间越长，他们就越是能说服尼安德特人不要关闭传送门。

玛利亚决定和庞特开车去华盛顿特区，这样就不会打扰到机场和那些安保人员，而且还能带他看看沿途的景观。

玛利亚租了一辆银色的福特风之星厢式货车，车窗贴了膜，这样经过他们的车辆就看不到车里的人。他们先驱车前往费城，一辆没有任何标记的车小心地守护在他们身后。玛利亚和庞特先参观了美国独立纪念馆和自由钟，在帕特牛排吃了原味费城牛肉三明治，虽然里面有奶酪，庞特还是连吃了三个。玛利亚本想说他在"一坐之间"便吃了三个，但帕特牛排店里只有站位，而且他们还是在店外吃的。玛利亚觉得由她向庞特介绍美国历史有点怪怪的，不过她还是觉得自己做得要比美国人介绍加拿大历史要好些。

庞特似乎完全从中枪的创伤中恢复过来了，他不但看着和牛一样强壮，体质也和牛一样健硕。这还不错，玛利亚笑着想，毕竟他们接下来要去的地方，有着世界上最强壮的宪法①。

大使图卡娜·普拉特大步走上大会堂前方的半圆形演讲台，身后跟着一个又一个尼安德特人。上台的人越来越多，直到她的十位同胞排成一排，站在她身后。她走到演讲台上，俯身对着麦克风。

"各位联合国的女士们、先生们，"图卡娜说，"我很荣幸，能向你们介绍我们这些被派往地球的新代表。虽然我上次来访之际出现了一些不幸的事，但我们此次是带着和平与友谊，带着开放与包容的姿态前来。这次来的不单是我这位政府工作人员，还有我们的世界里十位最优秀、最聪明的杰出人才。他们本不用亲自前来，但每个人却都愿意实地到访。他们之所以来这里，是因为他们相信文化交流应当是自由的。我们知道，你们之前觉得这种交流应该是一种——我猜你们的说法是'礼尚外来'吧——的行为：你们先给我们一些好处，我们再给你们一些作为回报。但两个世界之间的开放交流不应该是由经济学家或者商人负责的，当然更不该由士兵负责。这

---

① 宪法和体质在英文中都可以用 constitution 一词。

样的交流应该由理想主义者和梦想家们来进行,让那些拥有最崇高的目标的人、那些拥有人道主义目标的人出面。"图卡娜对着众人微笑着,继续说道,"这已经是我整个职业生涯中最长的一次发言了,那就不再废话了,这就介绍一下我们的代表。"

她转过身,指向身后十位尼安德特人的第一个。他的岁数之大,难有匹敌,眉脊下一双蓝色的机械义眼炯炯有神。

"这位,是朗维斯·特洛波,我们最伟大的发明家。他发明了植入式机侣和远程档案技术,让我们世界里的人们得以时刻享受安全的生活。他也拥有这两样技术的——你们称之为'专利',也就是知识产权,而现在他特地到访,并将这些技术全都无偿分享给你们。"

这让台下的人们惊讶万分,纷纷窃窃私语。大会堂的扬声器开始播放音乐,这是让人难忘的音乐,激动人心的音乐,尼安德特人的音乐。

"而这位,"图卡娜引导大家看向下一位,她是按照尼安德特人的方式从右向左数的,"这位是波尔·卡达斯,我们的首席遗传学家。"这位138代的年长女性向前迈了一步,然后图卡娜继续说道,"我听说了人类基因组专利的事,在我们的世界,学者卡达斯之前也做过类似的事,大约是在五十年前吧。她来这里是为了无偿分享她的研究成果和我们从中获得的益处。"

图卡娜看见许多与会代表惊讶得下巴都要掉了。

"而这位,"她说着,指向一个胖胖的男性,"是道尔·法热,邦塔省的桂冠诗人，被公认为目前在世的最伟大的作家。他带着我们的人民创作的所有伟大的戏剧、诗歌、虚构与非虚构作品、概括叙述以及充满想象力的文本前来，所有都是数字版。他还会帮助你们将这些作品翻译成你们的多种语言。"

法热对下方的代表热情地挥了挥手，音乐的层次变得更加丰富，更多乐器加入了演奏。

"在他身边的是德巴·琼克，她是干细胞器官克隆领域的首席专家。我们得知，你们刚开始进行该领域的研究，不过我们已经从事了四代人之久，也就是四十多年。学者琼克很高兴能帮助你们的医生实现技术上的飞跃。"

许多代表都发出了惊讶的欢呼声。

"在她身边的，"图卡娜继续介绍，"是寇巴斯特·甘特，人工智能领域的首席专家，和我或者庞特·博迪特交谈过的各位应该已经体验过学者甘特的杰作，我们的智能机侣正是由他负责编程的。他来这里，同样也准备将自己的知识无偿分享给这个世界。"

就连那位"抄写员-高级-勇士"也在喃喃地说一些称赞话。方鼓[1]加入了演奏，鼓声就像心跳那样，充满着骄傲与自豪。

"学者甘特身边的是加尔斯克·拉尔普伦，他是我们世界里跑得最快的人，由此声名鹊起，我相信他在你们的世界里也能创下纪录。我们昨天给他做了个测试，他能在三分十一秒内跑完你们世界

---

[1] 此处的方鼓与后文的冰号都是作者原创的尼安德特人世界的乐器。

中的一英里。加尔克斯将和你们分享他的运动训练经验。"

加尔斯克微笑起来,嘴角都咧到了耳朵根,音乐的节奏也快了起来。

"在加尔斯克边上的是拉巴·哈伯伦,她是我们最顶尖的法律专家,当代《文明法典》最重要的阐释者。你们很多人都在想,为什么我们不去仰赖神灵,却仍然能够保有道德与伦理?审判长哈伯伦很乐意为你们解答该领域的所有问题。"此刻,冰号三重奏也加入了管乐的演奏。

哈伯伦十分威严地颔首示意。虽然大会堂里规定不能使用手机,但还是有几位代表拿出手机打电话,或许是在和他们的国家元首交谈。

图卡娜继续说:"站在她身边的是德拉德·克里米尔克,哲学院的院长。不要被他那头棕色的头发骗了,他是我们世界里公认最聪明也是最有洞见的思想者之一。通过他和审判长哈伯伦,你们就能了解到我们的全套思维模式。"

克里米尔克说话的声音很深沉,中气很足:"我期待与你们的交流。"交响乐重复了之前的旋律,但音量变得更大,也更热情。

"在学者克里米尔克边上的,是克里克·唐奥特,我们最伟大的作曲家之一。你们现在聆听的就是她创作的曲目,名为《合欢》。"

唐奥特鞠了一躬。

"最后那位是达普波·卡加克,你们中的有些人可能已经和她比较熟悉了。她发明了可调谐激光过程，可以为穿行于我们两个世界的旅行者消毒杀菌。学者卡加克也会愿意和你们分享她在人体消毒和量子级联激光物理学方面所掌握的所有知识。"

音乐渐强，方鼓、冰号、打击乐器等全都齐声演奏，一切完美和谐。

图卡娜继续说："这十位科学家、工程师、哲学家、艺术家、运动员和学者来到这里，自由分享他们在各自专业领域掌握的一切知识。"她看着大会堂，"朋友们，让我们共同开创新的局面，让我们在两个世界之间建立起新的联系，它将造福所有人，这种关系将建立在和平之上。过去的已经过去，我们应该放眼未来，共同创造合作共赢的世界。"

她听到了掌声，图卡娜·普拉特觉得最先鼓掌的应该是一名奥地利代表，不过很快就有十几个人加入进来，然后是几百个……很快，所有的代表都站了起来，用他们的手掌和嘴发出了热情的噪声。

不称职？图卡娜一边暗想，一边对众人微笑示意。下面的人们正为她今天的讲话激动不已。说我不称职？这群毛屁股……

第二十二章

"我们在华盛顿只有一天时间，然后就要去开会了，"玛利亚说，"我想带你看的东西有很多，不过我打算从这里开始。我还想不到有什么东西能比它更能说明这个国家的情况以及它对人类的意义和对我们的意义。"

庞特看着面前奇怪的景象，不是很能理解玛利亚的意思。这片被青草覆盖的地面上有一道伤疤，如同一道深深的鞭痕，大约八十步长，然后和另一道相似的疤痕形成钝角。

这道黑色的疤能够反光，实在是有点——那个词是怎么说的来着？牦……呃……顿？对，就是用来形容那些相反的情况。黑色，说明它吸收了所有的光线，反光，又说明它能把光线折回去。

但这确实是对这个物体的准确描述，它像一面黑色的镜子，反射着庞特和玛利亚的脸。两种人类，不单性别存在差异，还是两个不同的物种，同以人类为题的两部作品。她的倒影代表智人，用他的语言说，就是格里克辛人：她有个奇怪且扁平的前额，小小的鼻子，以及一个不存在于庞特语言中的东西——下巴。

庞特的倒影所代表的生物在玛利亚的语言里被称作尼安德特人，而他则称之为巴拉斯特人，这个词在他的语言中意为"人类"：他长着尼安德特人标志性的大宽脸，以及两道弓起的眉脊，鼻子占了面部的三分之一，这个大小才合适嘛。

"这是什么？"庞特盯着面前这个黑色的长方形和他们的倒影问。

"这是一座纪念碑。"玛利亚说。她把视线从这面黑色的墙上移开，朝着远处的建筑挥了挥手。"整条林荫道上都是纪念碑，而这两面墙则对着最重要的两座。尖顶的是华盛顿纪念碑，用来纪念美国的首任总统。那边是林肯纪念堂，用来纪念那个解放奴隶的总统。"

庞特的机侣发出了"哔哔"声。

玛利亚不免叹了口气。显然还有更复杂，更——她以前是怎么说的来着？更多家丑等着外扬。

"我们之后再去参观这两座纪念碑。"玛利亚说，"但首先，我想从这里开始。这是越南战争纪念碑。"

"越南是你们的一个国家，对吧？"庞特问。

玛利亚点点头："对，它地处亚洲东南部，就是你们的加拉索伊东南部，离赤道稍北，国土呈S形。"她用手指在空中画了个"S"，好让庞特明白，"位于太平洋沿岸。"

"这个地方在我们那儿叫作霍尔塔纳坦。但在我们的地球上，那里非常炎热，非常潮湿，经常下雨，到处都是沼泽，到处都是虫子，没人住在那儿。"

玛利亚扬起眉毛："但在这个世界，那里生活着八千多万人。"

庞特摇摇头。这个世界的人类实在是……实在是太没有节制了。

"而且那里还发生了一场战争。"玛利亚继续说。

"为什么？因为沼泽？"

玛利亚闭上双眼："因为意识形态。记得我和你说过的冷战吗？这场战争就是冷战的一部分，但却是一场热战。"

"热战？"庞特摇摇头，"你指的应该不是气温吧？"

"对。热战就是有武器开火的战争，有人死亡的战争。"

庞特皱起眉："死了多少人？"

"参战各方的总数吗？谁也不知道真正的数字。南越死了一百多万人，北越死了五十万至一百万，还有……"她指了指那堵墙。

"还有什么？"庞特追问，他还是没明白这块反光的黑色物体是干什么的。

"还有五万八千两百零九位美国人，这两堵墙就是为了纪念他们而建的。"

"怎么纪念？"

"看见这块黑色花岗岩上刻着的字了吗？"

庞特点点头。

"这些都是人名,都是被确认阵亡的人员,以及在那场战争中失踪后没能回家的人。"玛利亚顿了顿,"这场战争结束于1975年。"

"但根据你们的计算方法,今年是……"庞特说出了这个年份。

玛利亚点点头。

庞特低下头,"我觉得那些失踪的人都回不来了。"他靠近那堵墙,"这些名字是怎么排列的?"

"按照死亡日期的先后顺序。"

庞特看着那些名字,他只能看出来这些字都是用大写字母写的,名字和名字之间有一个小小的标点隔开。他们是怎么称呼这些标点的? 子弹? 项目符号? 在格里克辛人的语言中,有些词会有好几个不同的含义。

庞特还不能读英文字母,他才刚刚开始明白国际音标这个奇怪的概念。玛利亚走到他身边,轻声为他念出这些名字:"迈克·A.马克辛、布鲁斯·J.莫兰、波比·乔·芒茨、雷蒙德·D.迈克格罗辛。"然后她又指着另一行,显然是随机选的,"塞缪尔·F.霍利菲尔德、小鲁弗斯·胡德、詹姆斯·M.茵曼、大卫·L.约翰逊、阿诺尔多·L.卡里罗。"

她又选了更下面的一行:"唐尼·L.杰克逊、鲍比·W.乔比、鲍比·雷·琼斯、小哈尔考特·P.琼斯。"

"一共有五万八千人。"庞特说,他的声音和玛利亚的一样轻。

"是的。"

"但——但你前面说的这些都是死去的美国人？"

玛利亚点点头。

"为什么他们要去半个世界之远的地方打仗？"

"为了帮助南越政府。在1954年，越南被分成了北越与南越两部分，这本是和平协议的一部分，两边都有各自的政府。两年后，也就是1956年，在一个国际委员会的监督下，南北越共同举行自由选举，决定是否让越南归由某个统一的民选政府进行管理。但1956年年末，南越领导人拒绝按照原定计划开展选举。"

"我们参观费城时，你和我说了很多关于这个国家，也就是美国的故事，"庞特说，"我知道美国人高度重视民主。让我来猜猜之后的事：美国出兵迫使南越政府遵守诺言，实施民选。"

但玛利亚摇了摇头："不，不，美国反而对南越政府不开展选举的做法表示支持。"

"为什么？因为北越政府很腐败？"

"不是，"玛利亚说，"相反，北越政府通情达理，而且待人和善，至少在他们希望的选举被取消前都是这样。真正腐败的是南越。"

庞特困惑地摇摇头："但你不是说美国人支持南越吗？"

"没错，你看，南越政府很腐败，但却奉行资本主义，经济体制与美国相同；北部的政府则奉行共产主义，经济体制与苏联和中国相同，北越政府的支持率远比腐败的南越政府要高。美国担心，如果举行自由选举，那么共产党会获得胜利，进而控制越南全境，从而导致加拉索伊东南部的其他国家加入共产主义阵营。"

"所以美国就派兵过去了？"

"是的。"

"他们就因为这个死了？"

"没错，许多人死了，"玛利亚顿了顿，"我想让你知道，所谓原则对我们来说有多重要。为了捍卫某个意识形态，为了支持某项事业，我们愿意为之付出生命。"她指着那堵墙继续说，"上面的人，这五万八千个人，就是为了他们的信念而战。他们听命上了战场，誓要将弱小的民众从他们以为的共产主义巨大威胁中解救出来，而且也真的这么做了。大多数人都很年轻，不过是十八九，或者二十一二的年纪。对很多人来说，这是他们第一次离开家乡。"

"现在他们都死了。"

玛利亚点点头："但别忘了，我们在这里纪念他们。"庞特的保镖现在是乔克·克瑞格安排的FBI职员，他们负责让其他人和庞特保持距离，不过这面墙很长，长得难以置信。在很远的地方，有个人贴着黑色的墙面，玛利亚偷偷指了指他："看见那个人了吗？他正在用铅笔和纸将他认识的名字拓印下来。他看上去，唔，五十五岁左右吧？很可能他自己就参加过越战，他拓印的那个名字或许是他在那里阵亡的朋友。"

庞特和玛利亚安静地看着那个人做完手里的工作，然后把纸叠起来，放在胸前的口袋里，开始说些什么。

庞特困惑地摇摇头，指了指自己左前臂的机侣："我还以为你们的人没有植入体内的通信装置呢。"

"我们的确没有。"玛利亚说。

"但我没有看到任何外部接收器，还有——你们是怎么叫它的？也没有看到手机。"

"没错。"玛利亚温柔地说。

"那他在和谁说话？"

玛利亚耸了耸肩："和曾经的战友说话。"

"但那个战友已经死了。"

"对。"

"人不能和死者说话。"庞特说。

玛利亚挥手指向那面墙，黑曜石的墙面映出了她的动作："他们觉得可以。他们说这样是和死者最亲近的方式。"

"死者的遗体安葬在这里吗？"

"什么？不不不。"

"那我——"

"是通过名字，"玛利亚听起来有点不耐烦了，"通过他们的名字，他们的名字被刻在这里，我们通过这些名字和逝去的人建立联系。"

庞特皱起眉："我——对不起，我不是想要犯蠢，但这样肯定没道理啊。我们，应该是我们尼安德特人，是通过面部来辨认他人的。我认识的面孔多得数不清,但他们的名字我却不知道。比如我和你之间,虽然我知道你的名字,但不能把你的名字清楚地念出来,甚至在脑海里念出来都做不到。你的名字叫玛,我最多只能读成这样。"

"我们觉得名字是……"玛利亚又不免耸了耸肩,显然是在表示,自己接下来说的那些话听起来肯定很荒诞,"……具有魔力的。"

"但你也不能和死者对话啊。"庞特又发问了。他真的不是故意抬杠,真的不是。

玛利亚闭眼沉默了一会儿,像是在唤醒内心的力量,不过庞特猜,她可能在和另一个人沟通。"我知道你们不相信来世。"玛利亚终于说道。

"来世……"庞特说这个词的时候,好像它是一小块精心挑选出的肉,"……是一种矛盾的说法。"

"对我们来说不是,"玛利亚说,然后她又断然重复了一遍,"对我不是。"她环顾四周,起初,庞特觉得这只是她内心想法的外露,她只是想找个方法来表达自己的感受,但随后她看到了什么,眼前一亮,开始向着那东西走去。庞特跟在她身后。

"你看到那些花了吗?"玛利亚问。

他点点头:"当然。"

"有人把它们留在这里,活着的人留给死去的人,而死者的名字就刻在这块石板上。"她指着面前的这块光滑的花岗岩石板。

玛利亚弯下腰，这些花是红色的玫瑰，还留着长长的茎秆，用线捆成一束。花束上用一根丝带系着一张小卡片。"致威利，"玛利亚显然是在读卡上的字，"深爱你的妹妹。"

"啊。"庞特应道，但一时不知该说些什么。

玛利亚继续向前走，来到一张靠在墙上的褐色纸张面前，将纸张捡了起来。"亲爱的卡尔。"她读道。然后她停下来，在面前的石板上搜索着什么。"卡尔·鲍文，"她看着刻在上头的名字，"卡尔，这是写给你的。"她说，这显然是她心里的话，因为她没有低头看那张纸。然后玛利亚垂下目光，从头大声念了起来：

亲爱的卡尔——

我知道自己应该早点过来。我也想。真的，我早就动了这个念头。但我不知道你听到这个消息后会怎么样。我知道，我是你的初恋，你也是我的初恋。对我来说，没有哪个夏天能比得上1966年。你离开后，我每天都在想你。你阵亡的消息传来后，我就一直在哭，当我提笔写下这封信的时候，又忍不住落泪了。

我不希望你觉得我有停止悼念过你，因为我对你的思念从来就没有停止过。但我的生活仍在继续。我和巴克利·塞缪尔结婚了，你还记得他吗？就是曼哈顿东区的那个男孩。我们有了两个孩子，现在他们的年龄都比你离开时要大了。

我觉得你应该认不出我了，我的头发现在已经掺了一点灰色，已经到了要遮遮掩掩的年纪，雀斑也早就没了，但我还是很想你。

我很爱巴克,但我也很爱你……我知道,我们总有一天会再相见。

永远爱你的

简

"会再相见?"庞特又重复了一遍,"但他已经死了啊。"

玛利亚点点头,"她的意思是,等她也去世后,他们就能相见了。"

庞特皱起眉,玛利亚则又向前走了几步,有一封靠在墙边的信,这封信还是塑封过的。她拿起来,念着信的开头:"亲爱的富兰基①",然后在面前的墙上扫视这个名字。"找到了,"她说。"富兰克林·T.穆伦斯三世。"然后玛利亚大声地读出了那封信:

亲爱的富兰基:

人们总说,不应让白发人送黑发人,但谁能料到我们的孩子离开时只有十九岁!我每天都想你,你爸爸也是。你知道他的,在我面前总是装得很坚强,但他每次以为我已经睡着后就轻声落泪。

母亲的职责就是照顾她的孩子,我尽力了。现在换作上帝亲自照料你,我知道你在他慈爱的臂弯里会安全无虞。

亲爱的儿子,我们很快就会再相聚的。

爱你的

妈妈

庞特不知道该说什么。信里的情感显然很真挚,但是……但

---

①富兰基(Frankie)是富兰克林(Franklin)的昵称。

211

是这不合理啊。玛利亚难道看不出来吗？写这些信的人也看不出来吗？

玛利亚继续为他朗读靠在墙边的信件、卡片、铭牌、纸卷……她念出的字字句句都在敲打着庞特的神经。

"我们知道上帝正在悉心照料着你……"

"我期盼着与你们重逢的那天……"

"很多事我都还记得／还有很多话没来得及和你说／但我保证全都会告诉你／当我们在另一个世界相遇的时候。"

"亲爱的，现在安睡吧……"

"我期待着我们团聚的那天……"

"……等到美好的时刻来临，上帝会让我们在天堂重逢……"

"再见——上帝与你同在！——直到我们再次相聚……"

"兄弟，好好保重，等我下次回华盛顿的时候再来看你……"

"安息吧，我的朋友，安息吧……"

玛利亚好几次不得不停下来擦眼泪。庞特听了也觉得难过，眼睛也湿了，但他怀疑自己落泪的原因和她并不相同，"所爱之人死去了总是让人难过。"

玛利亚微微地点了点头。

"但……"他想继续说些什么，但很快没了声音。

"怎么了？"玛利亚问他。

"这个纪念碑，"庞特大臂一挥，把两面宏伟的石墙都囊括其中，

"你们造它的目的是?"

玛利亚的眉毛又扬了起来,"为了纪念死者。"

"但不是所有的死者,"庞特轻声说,"它只是用来纪念美国人的……"

"呃,对,"玛利亚说,"这是美国阵亡将士的纪念碑,美国人民可以通过这个方式来向死者表示感谢。"

"表示感谢?"庞特说。

玛利亚看起来很迷惑。

"是不是翻译错了?"庞特问,"你们只能对还活在世上的人表示感谢,对于那些已经去世的人,他们又怎么知道呢。"

玛利亚叹了口气,显然不想讨论这个。

"但你还没有回答我的问题,"庞特温柔地说,"你们造这个纪念碑的目的是什么?"

"我和你说了,就是为了纪念死者。"

"不不,"庞特说,"就算是你说的那样,那也是额外的收获。我肯定,设计者……"

"林璎①。"玛利亚说。

"什么?"

"林璎,这是设计它的那位女性的名字。"

"呃,那她的目的,或者说任何人设计纪念碑的目的,都是确保

———————————
① 林璎(Maya Ying Lin),1959年10月5日生于美国,是著名的美籍华裔建筑师。

人们永远不会忘记所纪念的东西。"

"然后呢?"玛利亚有点恼火,她觉得庞特有点吹毛求疵了。

"既然是为了牢记历史,那就能避免同样的错误再次发生。"

"呃,是的,当然。"玛利亚说。

"那么这座纪念碑达到其目的了吗? 同样的错误——导致了这些年轻人死亡的错误,你们之后还有再犯吗?"

玛利亚想了一会儿,然后摇摇头:"我觉得没有,战争仍在继续,而且——"

"是美国发动的吗? 是这些建立起纪念碑的人?"

"是的。"玛利亚说。

"为什么?"

"经济,意识形态,还有……"

"嗯?"

玛利亚耸耸肩:"复仇,让双方的损失持平。"

"这个国家是在哪里宣布开战决定的?"

"呃,在国会。过会儿我带你去看看那幢建筑。"

"那里能看到这座纪念碑吗?"

"这座吗? 我觉得看不见。"

"他们应该搬到这里来,"庞特直截了当地说,"他们的首领,你们是叫他总统吗? 他应该在这里宣布开战的决定,就站在这五万八千两百零九个名字前。这才是这座纪念碑的作用。之前的总统宣布开战，让这面墙刻上了那场战争中阵亡将士的名字，而如果一位首领站在这里，看着这些名字，依然可以号召年轻人离开国家，并在另一场战争中死去，这场战斗可能才是值得的。"

玛利亚歪着脑袋，但什么话都没说。

"毕竟你说过，你们是为了维护最重要的基本原则而战。"

"理想情况下是这样。"玛利亚说。

"但你说过，这场战争，这场在越南的战争，这是为了支持腐败的政府，为了阻止选举。"

"呃，对，从某种程度上看是这样。"

"我们在费城的时候，你给我看过这个国家的发源地，看过这个国家是如何诞生的。美国最重视的信念不就是民主吗？不就是聆听人民的呼声并实现他们的愿望吗？"

玛利亚点点头。

"那么他们应该为了维护这个理想而战斗，美国的理想就是去越南，保证那里的人们有机会参加选举。如果越南的人……"

"是越南人。"

"好，那就用这个词。如果他们通过投票，选择了共产主义体制，那就等于实现了美国的民主理想。你们不能只有在投票结果符合你们的想法时，才高举民主的大旗。"

"你也许是对的，"玛利亚说，"很多人觉得美国卷入越南这件事是错误的。他们称其为亵渎之战。"

"亵渎?"

"唔,就是侮辱上帝。"

庞特的眉毛又挑到了眉脊上:"在我看来,你们的这个上帝肯定皮糙肉厚。"

玛利亚歪着脑袋,勉为其难地承认。

"你之前和我说过,这个国家的大部分人都是像你一样的基督徒,对吗?"

"是的。"

"这个大部分大概有多少?"

"很多,"玛利亚说,"我搬来美国的时候就读过相关的文章。美国大约有二点七亿人。"庞特之前听过这个数字,所以这次并没有被这个数字吓住,"其中约有一百万无神论者,他们不相信上帝的存在。还有两千五百万人不信教,他们没有任何特定的信仰。还有人有其他信仰,比如犹太教、佛教、伊斯兰教和印度教,所有这些加起来大概有一千五百万人。剩下所有人全都声称他们信仰基督教,人数大约是二点四亿。"

"所以这是一个基督教国家。"庞特说。

"这个嘛——就像我的祖国加拿大一样,"玛利亚说,"美国以对不同信仰的包容与接纳为傲。"

庞特不屑地摆了摆手:"这个国家有二点七亿人,二点四亿人几乎占了九成,这就是个基督教国家。你和其他人都对我说过基督教信仰的核心。你还记得基督对那些攻击你的人都说了什么吗?"

"《登山宝训》①,"玛利亚说完,闭上双眼,应该是在帮助回忆,"你们听见有话说,'以眼还眼,以牙还牙';只是我告诉你们,不要与恶人作对。有人打你的右脸,连左脸也转过来由他打。"

"所以在一个基督教国家中,是不应该有复仇这个概念的,"庞特说,"而你却说,这是发动战争的原因之一。同样,一个民主国家不应该动手阻挠另一个国家的自主选择,但你们却在越南发动了这场战争。"

玛利亚沉默了。

"你还没意识到吗?"庞特继续说,"这就是这座纪念碑、这座越南战争纪念碑该有的作用:它该用来警醒世人,这场战争带来了无意义的死亡。这场战争是个错误,是个致命的错误。这场战争的错误就在于,它和你们所信奉的原则背道而驰。"

玛利亚还是没说话。

"这就是为什么我认为美国之后应该在这里宣布开战,只有当发动战争的理由经受住了基本原则的考验,那么这场战争或许才值得打。"庞特的视线再次扫过这面墙,还有浮在表面的黑色倒影。

玛利亚依然一声不吭。

"另外,我还有个更简单的建议。我先问问你,你之前读的那些信应该能代表大部分的情况吧?"

---

① 指的是《圣经·新约·马太福音》第五章到第七章里,由耶稣基督在山上所说的话。

玛利亚点点头，"这样的信每天都有。"

"不过你没有发现问题所在吗？在这些信件背后都有一个基础的信念，那就是死者并不是真的死了。你看他们怎么写的，'上帝正在悉心照料着你''我们很快就会再相聚的''我知道你正在天上看着我''总有一天，我会与你们再见面的'。"

"我们之前讨论过这个问题，"玛利亚说，"我们这类人——不单基督徒，还有全世界的大部分智人，不管是什么国籍，都相信肉体死后灵魂并不会随之终结，而是仍然存在于这个世界上。"

"这就是问题所在，"庞特坚定地说，"你第一次和我说起后，我就一直在想这个问题，但你之前在这个纪念碑前，这个刻满名字的墙面前说的那句话，怎么说的来着？让我恍然大悟。"

"说了什么？"玛利亚问。

"他们死了。他们被消灭了。他们不存在了。"他向前伸出手，碰到了一个他不会读的名字，"这个名字所代表的人。"然后他又指向另一个，"还有这个所代表的人。"他又指着第三个人，"还有这位，他们都不在了。这些事实才是这堵墙想要传递的信息，想要让人们吸取的教训。人们不能来这里与死者交谈，因为死者已死。人们不能来这里乞求死者的原谅，因为死者已死。人们不能来这里因死者而感动，因为死者已死。这些名字，这些刻在石头上的字母，就是他们留下的全部。这肯定是这面墙想要传递的信息，也是想让我们吸取的教训。如果你们还是将活着的日子当作序幕，想着死后还有更多事情发生,那么这些悲剧仍会重演,你们仍会轻视生命,仍会让年轻人送死。"

玛利亚深吸一口气,再缓缓呼出,显然是在努力保持镇定,然后她朝一侧努努嘴,庞特转头望去。又有一个人,一个满头灰发的人,将他带来的一封信放在墙的面前。

"你不如把这套话和他说?"玛利亚尖刻地说,"你去和他说啊,说你这是在浪费时间。还有那个女的,就是跪在地上祈祷的那个,你要不也去和她说说看?去消除她的幻想?这种相信他们所爱的人依然存在于某处的信念给了他们安慰。"

庞特摇摇头:"就是这个信念才导致了这场悲剧的发生。唯一纪念死者的方法就是确保不会有人提前步入死亡。"

玛利亚听着很生气:"好啊,那你去和他们说啊。"

庞特转身看着这几位格里克辛人和他们在墙上映出的黑色倒影。尼安德特人几乎从来不会取人性命,而玛利亚的同胞却在如此大量、频繁地杀人。这种信仰上帝和相信来世的想法,肯定和他们屠戮成性相关。

他向前走了一步,但是……

现在的这些人看着并不邪恶,也不嗜血,更不像随时准备大开杀戒。相反,他们现在看起来只是悲伤,非常悲伤。

玛利亚对他还是有点不满。"去啊,"她用手比着,"你犹豫什么?去和他们说啊。"

庞特回想着克莱斯特去世时自己的感受,然而……

然而这些人,这些奇怪而又陌生的格里克辛人,却在从他们的信仰中寻求安慰。他盯着这些墙边的人,这些被荷枪实弹的警卫们要求远离他的人。不,不,他不会告诉这些哀悼的人,你们所爱之人已经真正离开了。毕竟让那些将士们踏上战场并死亡的并不是这些悲伤的人。

庞特转头看着玛利亚:"我知道信仰能够给人带来安慰,但是……"他摇了摇头,"但你们要怎样才能打破这个循环? 上帝让杀人变得容易接受,上帝在杀戮后给人们提供慰藉。你们要怎么才能避免事情反复发生?"

"我也不知道。"玛利亚说。

"你们肯定要有所行动。"庞特说。

"我有,"玛利亚说,"我会祈祷。"

庞特看着她,又望向那些哀悼的人,接着又看向玛利亚,然后垂下头,盯着面前的地面,无法面对她或者面前成千上万个名字。"如果我觉得这样做有那么点用的话,我也会和你一起祈祷的。"

第二十三章

"有趣,"朱拉德·塞尔根说,"真有趣。"

"怎么?"庞特的声音里满是不耐烦。

"你在那座纪念墙面前缅怀在加拉索伊东南部死去的格里克辛人,这之中的行为很有趣。"

"那又怎么了?"庞特反问道。他的语气很尖锐,就像被人揭开了伤疤。

"这也不是你的信仰,或者说我们巴拉斯特人的信仰第一次与格里克辛人的信仰产生冲突了吧?"

"当然不是。"

"其实这样的冲突在你第一次去那里的时候就已经出现了,对吧?"

"我猜是的。"

"你能给我举个例子吗?"塞尔根问。

庞特双手抱胸。"行吧。"他说话的语气有点自鸣得意,带着点"让我来告诉你"的调调,"我刚开始的时候就和你说过,格里克辛人有个观念很可笑,他们说宇宙是有起源的。他们对红移现象的理解完全错了,还认为这是宇宙扩张的证据。他们不知道的是,星体的质量会随着时间变化。另外,他们还觉得宇宙微波背景辐射其实是所谓宇宙大爆炸后的回音,而这个大爆炸就是宇宙的起源。"

"看来他们很喜欢爆炸。"塞尔根说。

"当然。不过,均匀的背景辐射背后的真正原因,其实是箍缩等离子体的磁涡流丝困住的电子在不断吸收和发射微波。"

"我相信你是对的。"塞尔根对不是他知识领域的话题举手投降。

"我是对的,但我没有和他们争论这个话题,我第一次去那里的时候,玛和我说,她觉得她想让我们相信宇宙大爆炸不存在是不可能的。但我告诉她这没事。我说:'我觉得,这种想要说服别人相信你的念头其实也是宗教带来的。不管别人知不知道,我只要清楚自己知道就够了。'"

"啊,"塞尔根叹了一句,"你真这么觉得?"

"是的。对格里克辛人来说,知识其实是一场战斗!一场领域争夺战!为什么,如果你要拥有他们世界中与'学者'对等的头衔,那就要捍卫一篇论文的观点。他们用的就是这个词——捍卫!但是科学并不是死守自己的阵地,然后击退所有来访者,科学是灵活的,是开放的,是尊重事实的。至于是谁发现的,并不重要。"

"我同意。"塞尔根说,然后他沉默片刻,又说,"但你并没有花很多时间,去寻找'格里克辛人是否拥有对来世的信仰'这个问题的证据。"

"你这么说不对,我给了自由举证的机会,好让她证实这个说法的正确性。"

"你是说,让她举证这件事是在纪念墙的矛盾发生之前?"

"是的,但她什么证据都拿不出来!"

"所以你就像听到他们的'有限宇宙论'时那样放任不管,觉得自己是对的就心满意足了?"

"对,呃,我的意思是……"

塞尔根扬起眉毛:"嗯?"

"我的意思是,好吧,我当然和她就来世的信仰争论过,但这事不一样。"

"和宇宙学的问题不一样? 为什么?"

"因为这件事的风险更大。"

"但宇宙学的问题不是决定了整个宇宙的最终命运吗?"

"我的意思是,这不单是一件抽象的事。信仰是……是一切的核心。"

"为什么?"

"因为……因为——软骨头的家伙,我也不知道为什么。这件事似乎非常非常重要,毕竟这就是他们发动那么多战争的原因。"

"我明白了。我也知道这是他们信仰的基石,你肯定也意识到了,他们不会轻易放弃这个东西。"

"我想也是。"

"但你还是在不断强调自己的观点。"

"唔,是的。"

"为什么?"

庞特耸耸肩,没有回答。

"你想听听我的猜测吗?"塞尔根问。

庞特只耸肩,不说话。

"你之所以不断强调这件事,是因为你想看看有没有任何关于来世的证据。或许玛和其他格里克辛人会给你举证。如果你继续追问,或许就能有所发现。"

"不存在的事怎么可能有证据。"

"我同意,"塞尔根说,"那这样看来,你要么是想说服他们认为你是对的,要么是想逼他们拿出证据告诉你他们是对的。"

庞特摇摇头。"这么做没意义,"他说,"这个信仰本身,这个相信灵魂存在的想法就是荒谬的。"

"灵魂?"

"这是人的本源中无形的部分,他们相信灵魂是不朽的。"

"所以你说,这是个荒谬的信仰体系?"

"当然。"

"但他们还是继续守着这个想法,对吧?"

"可能吧。"

"就像他们还是守着那个奇怪的宇宙学模型不放?"

"我猜是的。"

"同样,对于来世的话题,你也没法就这么算了,是吧? 你刚离开纪念碑,就想着继续这个话题的讨论,对不对?"

庞特看向别处。

传送门关闭的危机至少暂时解决了,十几个最有价值的公民都在这里,尼安德特人肯定不会关闭传送门。乔克·克瑞格决定继续他之前的研究。

他开着自己黑色的宝马离开海风区,驶向罗切斯特大学的滨河校区。所谓滨河,就是邻着杰纳西河。如果协力集团的员工有需求,他只要给关键人物打几个电话,就能让他的全体职员得到罗大图书馆资料的完全访问权。乔克把车停在威尔默特的停车场,走进这幢用棕色砖块建造的卡尔森科学与工程图书馆,它是以静电印刷术发明者切斯特·F.卡尔森命名的。乔克知道,期刊放在一楼。图书管理员是个胖乎乎的黑人女性,头发用一块红手帕扎着,乔克给她看了大学的VIP卡,告诉她自己要找的资料,她就摇摇摆摆地走到后面去了。乔克从来都不是那种会浪费时间的人,在等待的时间里,他拿出自己的掌上电脑,浏览起《纽约时报》和《华盛顿邮报》的新闻来。

大约五分钟后,图书管理员回来了,把乔克要的三本过刊递给他,一本是《地球与行星科学通信》,还有两本《自然》。网上的搜索结果显示,这三本刊登了科尔和其他研究员做的磁场快速反转研究的后续情况。

乔克找了个没人的自习包厢。他坐下来后的第一件事就是从公文包里拿出惠普享拍,那是个用电池的手持文档扫描仪。他用设备扫过自己感兴趣的文章,以200 dpi的清晰度将它们转成图片,这个清晰度可以满足之后OCR①的需求了。乔克忍不住对着他座位附近的切斯特·卡尔森的画像微笑了一下,他真是爱死这个小机器了。

等这些事做完了,他才开始仔细阅读文章。《地球与行星科学通信》的原文中最有意思的要属作者坦然承认他们得出的结论和传统的观点相悖,传统观点认为这种地磁场崩溃需要好几千年,但这个想法显然不是基于既定事实,而是人们的普遍感觉。人们总觉得地磁场呆板笨重,无法迅速完成反转。

但科尔和普雷沃发现了磁场以极快的速度崩溃的证据。他们的研究以俄勒冈南部斯廷斯山的熔岩流为基础,在一次磁极反转期间,那里的火山喷发了五十六次,他们还有记录了整个过程的延时影像。虽然他们无法确定喷发间隔,但知道每次喷发时岩浆冷却至

---

① 指光学字符识别技术,即提取图片中的文字。

磁性转变点的时间。岩浆一旦冷却成为岩石,其磁性就固定了,而且和地磁场一致。这项研究结果表明,地磁场在短短几周内就崩溃了,根本不用好几千年。

乔克还在《自然》杂志上读了科尔和他的研究团队共同发表的后续文章,以及有位署名罗纳德·T.梅里尔的人对该文章的评论。但这篇评论完全可以用梅里尔自己提到的一个词来形容,就是"最小惊讶原则"。整篇评论就是教条式的观点陈列,虽然他指不出科尔和普雷沃的研究中出现的问题,只是单纯地坚信他们得出的结论是完全错的,而不是接受这个了不起的发现。

乔克·克瑞格向后一倒,靠在自习包厢的椅子上。看来,庞特对加拿大政府的地质学家阿诺德·摩尔说的那些话似乎是对的。

他意识到,或许他们已经没有可以浪费的时间了。

第二十四章

古人类协会和美国考古学会以及美国体质人类学家协会轮流共办讨论会,每年都会召开一次。而今年刚好是和考古学会合作,会场选在了富兰克林广场的皇冠假日酒店。

议程很简单,整个过程是单线的,每人有十五分钟的发言时间,偶尔会有一些时间供大家提问。协会主席约翰·耶伦就像《八十天环游地球》的主角菲利亚·福格那样,负责让议程有序进行。

第一天的论文研讨会结束后,许多古人类学家都去了酒店的酒吧。玛利亚和庞特站在通往酒吧的走廊里,她对庞特说:"我肯定,大家都想找你闲聊几句,要不要进去看看?"

他们边上孤零零地站着一个FBI探员,那是整个旅途中的一抹阴影。

庞特动了动鼻翼:"有人在房间里抽烟。"

玛利亚点点头:"在许多禁烟的地区,人们只能在酒吧抽烟,而渥太华和其他一些地方的酒吧里甚至都不让抽烟。"

庞特皱起眉："真是的，这个会要是在渥太华开就好了。"

"我知道，如果你受不了烟味，那我们也不一定要进去。"

庞特考虑了一下："我来这里后有了许多发明的新思路，大多是用来适应格里克辛人的技术。但我觉得用处最大的发明可能是鼻部过滤器，这样我们的人就不会一直被这里的气味熏到了。"

玛利亚点点头："我也不喜欢烟味，不过……"

"我们可以进去了。"庞特说。

玛利亚转头问FBI探员："卡洛斯，能来喝一杯吗？"

"女士，我在执行公务，"他回答得很干脆，"但我对你和特使博迪特想做的事都没意见。"

于是玛利亚走在了前面。房间很暗，墙面镶着木板，十几个科学家围坐在吧台边的圆凳上，还有些人分成三组，坐在桌边。墙的高处挂着电视，玛利亚立刻就认出来，电视上正在播放《宋飞传》①，这一集讲到杰瑞其实是个激进的反牙医主义者。玛利亚正要往房间里走，忽然感到庞特把手搭在了她的肩上。"这不是你们的那个标志吗？"他问。

庞特的另一只手指着什么，玛利亚看着他指的方向：是个墙上的电子广告牌，上面是摩尔森加拿大人啤酒的广告。她知道庞特看不懂上面的字，但他倒是准确认出了上面那一大片红色枫叶。"啊，

---

①《宋飞传》(Seinfeld)，美国著名情景喜剧，于1989年开始播放，总共播放九季。

没错，"玛利亚说，"那是加拿大在这里最出名的东西——啤酒，一种发酵后的谷物饮料。"

庞特听了直眨眼："你肯定很骄傲。"

玛利亚带他穿过房间，朝着房间里的一小群人走去，他们坐在碗状的椅子上，围在圆形的桌前。"卡洛斯，要一起吗？"玛利亚转头问那个FBI探员。

"不用了女士，我自己待一会儿就好。"他说，"我今天可是听了一整天化石的事，已经听够了。"他走向吧台，坐在一张高脚凳上，看着他们而不是酒保。

于是玛利亚转向桌子那儿："我能加入吗？"

坐着的三个人本来正聊得火热，听到后都抬起头来，立刻就认出了庞特。"我的天，当然可以！"其中一位男性说。桌边正好有个空着的椅子，他很快又搬了一把来。

玛利亚和庞特就座的时候，另一个男的说："你们能来真是太荣幸了。"

她本来想说出其中一部分原因，因为这张桌子和附近没有吸烟的人，而且椅子这么摆，就算其他人想来也没位置了，她这样是不想让庞特压力太大。但还有一部分原因她不想说，那就是来自加州大学洛杉矶分校并自诩为尼安德特人DNA研究专家的诺曼·蒂埃里就坐在房间的另一边。这个自大的家伙肯定很想和庞特好好聊聊，但现在他的计划破产了。

于是玛利亚干脆没有回答，而是直接开始为庞特介绍在座的各位。"这位是亨利·奔鹿，"她指着一位四十多岁的美洲原住民说，"他现在在布朗大学。"

"'曾经'在布朗大学，"亨利纠正道，"我现在跳槽到芝加哥大学了。"

"啊，好，"玛利亚开始介绍下一位，"这位——"她指向一位约莫三十五岁的白人女性，"是美国自然历史博物馆的安吉拉·布罗姆利。"

安吉拉伸出右手："博迪特博士，非常荣幸。"

"庞特。"在这个社会里，除非获得对方准许，不然就不应该用对方的名字来称呼对方，庞特慢慢已经明白了这点。

安吉拉继续说："这是我的丈夫，迪特。"

"你好。"玛利亚和庞特同时说，然后玛利亚问："你也是人类学家吗？"

"不是，我是做铝合金外墙的。"迪特说。

庞特歪着脑袋："你隐藏得真好。"

其他人听了一脸茫然，玛利亚却笑着说："你们会习惯庞特的幽默感的。"

迪特站了起来："我给你们两个倒点儿喝的吧？玛利亚，你要酒吗？"

"白葡萄酒，谢谢。"

"庞特呢?"

庞特皱起眉,显然不知道要喝点儿什么。玛利亚凑过去对他说:"酒吧一般都会有可乐的。"

"可乐!"庞特一听可乐就来劲了,"好啊,那就要可乐。"

于是迪特离开了。玛利亚从圆桌上的小木碗里拿了点 Bits & Bites 的小零食吃了起来。

"我想问你些问题,希望你别介意。"安吉拉对着庞特说,"你应该也知道吧,你的出现简直把我们这行闹翻天了。"

"我也不想这样。"庞特说。

"当然不是你的问题,"安吉拉说,"任何关于你们世界的消息都是对我们既定认知的挑战。"

"比如呢?"庞特问。

"比如你们不从事农业活动。"

"没错。"庞特回答。

"我们一直以为农业才是先进文明的前提条件。"安吉拉说,然后啜了口她那杯不知道是什么东西的混合物。

"为什么会这么想?"庞特问。

"这个嘛,你看,我们以为只有通过农业才能确保食物供应稳定,这样人们才能专精于其他工作,比如成为教师、工程师、公务员等等。"

庞特缓缓摇了摇头,像是被听到的事情惊呆了:"我们的世界里也有人选择用古代的方式去生活。你觉得一个人需要工作多久才能为自己及其家属提供足够的食物？"玛利亚知道，庞特的语言里有个性别中立的第三人称代词，所以哈克在翻译的时候才加上了"及其家属"。

安吉拉的肩膀微微耸了两下："要很久吧，我猜的。"

"不，"庞特说，"只要你把需要抚养的人数控制在较低水平，那就不用很久，大约占一个人活动时间的约百分之九。"然后他停了一会儿，要么是在自己计算，要么是在听哈克的答案，"换算成你们的单位，大约是每个月六十个小时。"

"每个月只要六十个小时，"安吉拉重复道，"也就是说，我的天，也就是说每周只要十五个小时。"

"一周就是七天吗？"庞特问，看向了玛利亚，她点了点头。"嗯，那就对了。"庞特说，"剩下的时间都能用来去做其他事，我们从一开始就有很多时间。"

"庞特是对的，"亨利·奔鹿说，"在这个地球上，通过采集—狩猎这种生活方式来养活家人，需要的工作量也是平均每周十五个小时。"

"真的？"安吉拉把玻璃杯放在了桌上。

亨利点点头："农业是最能体现投入与产出关系的人类活动。如果你每周耕作八十个小时，那亩产肯定是耕作四十个小时的两倍。但是采集—狩猎模式和这个不一样，如果你把所有的时间都用来狩猎,那整片地区的猎物都会被猎杀殆尽。所以作为猎人,工作太努力只会适得其反。"

迪特从吧台回来,把玻璃杯分别放在玛利亚和庞特面前,然后坐回了原来的位置。

"但如果你们不发展农业,又怎么能发展出定居点呢?"安吉拉问。

亨利听了就皱起眉,"这你就错了,定居点的产生并不是因为农业,而是因为采集—狩猎。"

"但,不不,我记得学校里说——"

"你们学校里有多少美国原住民的教师?"亨利·奔鹿语调冷峻。

"一个都没有,但——"

亨利看着庞特,又回头看看玛利亚:"采集—狩猎者更倾向定居生活。想要依靠土地,那就必须对它了如指掌:某种植物生长在哪里,大型动物去哪里喝水,鸟类在哪里产蛋。他们只有花上一辈子的时间,才能真正了解这片土地。如果要搬到其他地方,那就要把这些好不容易才学到手的知识都丢掉。白人很少能理解这点,但它绝对是正确的。"

玛利亚扬起眉毛:"但农民更需要扎根——唔,这么说对吧。"

亨利没听出她这话中的双关:"其实,农民每隔几代就会迁移到新的地方去。采集—狩猎型的家庭不会非常庞大,毕竟对成年的家庭成员来说，多一张嘴就意味着多一份工作量。但农民相反，每个孩子都是可以被派往田间地头的劳动力，所以你的孩子越多，要做的活就越少。"

庞特听得津津有味，虽然机侣时不时地发出轻轻的"哔哔"声，但他好像能跟上对话的思路。

"感觉挺有道理。"安吉拉话虽这么说，听着却不怎么相信。

"当然，"亨利说，"但农民的子女长大后就必须搬走，开垦属于自己的农场。如果你问一个农民，你的曾曾祖父住在哪里，他的答案肯定是一个很远很远的地方。如果你再问一个猎人和采集者，那他可能会说，'他就住在这儿。'"

玛利亚想到了她的父母，他们住在加拿大西南部的卡尔加里，而她的祖父母住在英格兰、爱尔兰和威尔士，还有——天啊，她根本不知道自己的曾祖父母住在哪里，更不用说曾曾祖父母了。

"领地不是什么可以轻易放弃的东西，"亨利继续说，"这就是猎人和采集者珍视老年人的原因。"

玛利亚听了这话，再想到庞特觉得她染发的行为很愚蠢，心里不免有些刺痛。"这是为什么?"她问。

亨利喝了口啤酒，然后说："农民重视年轻人，因为干农活靠的是力气，但采集和打猎靠的是知识。你能回忆的年头越多，你见到的规律也越多，你对这片土地也就越了解。"

"我们确实很尊重我们的长老，"庞特说，"智慧无可取代。"

玛利亚点点头。"我们其实已经通过化石记录知道了这点，"她说，"但我之前不理解原因。"

"我是研究南方古猿的，"安吉拉说，"你指的是哪个化石？"

"就是法国的圣沙拜尔人标本。"玛利亚说，"研究表明，那个人身体瘫痪，患有关节炎，下颚骨折，多数牙齿也掉光了。他肯定没有生活自理能力，所以显然是有人照顾了他很多年，很可能要靠别人先替他把食物嚼碎，再喂给他吃。但圣沙拜尔人是在四十岁的时候去世的，按照当时的标准看已经是高寿了。当时的人们一般只能活到二十多岁。他对自己部落的领地肯定了如指掌，足足有好几十年的宝贵经验呢！这些智慧好比一个珍贵的宝库！同样的事情也发生在伊拉克的沙尼达尔一世身上。这个可怜的家伙死时也在四十岁左右，生前的状况甚至比圣沙拜尔人更糟，他左眼失明，右臂也不见了。"

亨利吹了几声口哨，玛利亚花了点儿时间，认出这是电视剧《无敌金刚》的主题曲。她笑了下，然后继续说："他也得到了悉心照料，倒不是老年人的生活福利，而是因为像他这个年纪的人掌握了很多狩猎知识。"

"你这么说是有可能，"安吉拉的声音听着有点抵触，"但是，建造城市的还是农民，拥有技术的也是农民。在欧洲和埃及这些进入农业社会的地方，几千年来一直有城市。"

亨利·奔鹿看着庞特，像是在寻求支持，但庞特只是歪了下脑袋，把发言权又交还给了这位美洲原住民。"欧洲人有冶金之类的技术，而我们原住民没有，你认为这是因为他们天生比我们优越？"亨利问，"你是这么想的？"

"不不，"可怜的安吉拉连忙辩解道，"当然不是，但是……"

"欧洲人能有这种技术完全是运气好，地表就有可供开采的矿石，还有可以制作石器的燧石。你们试过切割花岗岩吗？我们这里大部分都是这种石头，做个箭头都不行。"

玛利亚希望安吉拉能结束这个话题，但她偏没有。"欧洲人有的可不单是工具。他们很聪明，会去驯养动物，比如一些可以帮他们干活的驮兽。美洲原住民却从来没有驯养过任何本地动物。"

"他们不是不想，是不能。整个地球上可以被驯化为家畜的大型食草动物只有十四种，而北美原生的只有一种，就是驯鹿，而且它只生活在遥远的北方。另外五种主要的家畜都源自欧亚大陆，分别是绵羊、山羊、牛、马和猪。其他九种的占比都比较小，比如骆驼，因为它在地理上就与人类活动隔绝开了。你也不可能驯养北美的大型动物，比如驼鹿、熊、鹿、野牛或者美洲狮，它们生来就不适合被驯养。你也许能在野外抓到它们，但养不了。而且不管人们怎么驯化，都没法骑在它们背上。"亨利的声音越来越冷，"欧洲人能做到这些并不是因为他们比较聪明；相反，北美原住民们在既没有金属，也没有可驯养的食草动物的环境下，依然能够存活下来并且欣欣向荣，这才是智慧的体现。"

"但有些印第安人——对不起,有些原住民——他们是种地的。"安吉拉说。

"是啊,但他们种的是什么？大多都是玉米,因为这里只有这个。其他谷物全都产自欧亚大陆,玉米的蛋白质含量比它们低得多。"

安吉拉现在看着庞特:"但是……但是尼安德特人却是源自欧洲,而不是北美啊。"

亨利点点头:"而且他们的石器很精巧,比如莫斯特文化就是这样。"

"你之前说欧洲有很多可以驯养的动物,但尼安德特人既没有驯养动物的痕迹,也没有耕作啊。"

"拜托！安吉拉,你搞搞清楚！"亨利说,"这个世界的尼安德特人还活着的时候,根本就没人驯养动物,也没人耕作。不但庞特的祖先没有,你或者我的祖先也没有。农业文明始于一万零五百年前两河流域的新月沃土带,那时候尼安德特人早就灭绝了,至少这个宇宙的时间线是这样。如果他们还活着,谁又能知道会怎么样？"

"我知道。"庞特蹦出了这三个字。

玛利亚笑了起来。

"那好,"亨利说,"你来和我们说说。你们从来没有发展过农业,对吧？"

"对。"庞特回答。

亨利点点头:"你们没有农业可能还更好,很多糟糕的东西都跟着农业一起来了。"

"比如说?"亨利现在显然平静了一些,不过玛利亚还是问得很小心,尽量让自己的声音听着像是好奇,而不是在抬杠。

"比如说人口过剩,这个我之前已经暗示过了。农业对土地的影响也很明显,人们为了农田而砍伐森林,家畜也带来了疾病。"

玛利亚看到庞特不住地点头。鲁本·蒙塔戈在萨德伯里的时候就已经和他们解释过了这点。

做铝合金外墙的迪特显然是个聪明人,他也点了点头:"不单身体有了疾病,文化上也出现了病态。比如奴隶制就是农业缺乏劳动力后的直接产物"

玛利亚看了眼庞特,觉得有点不安,这是庞特第二次在华盛顿听人说起奴隶制了。玛丽觉得自己有必要解释一下……

但是亨利接话了:"没错,多数奴隶都是种植园的工人,就算没有严格意义上的奴隶制,农耕社会也会催生出类似的东西,比如佃农和劳役偿债等等。还有按照阶级划分的社会、封建制度、地主之类。他们都是农耕社会的直接产物。"

安吉拉在椅子上动了动。"但就算是狩猎,考古记录也显示我们比尼安德特人要强得多。"她说。

庞特在他们讨论农业和封建主义的时候就已经有点儿跟不上了,但他显然听懂了安吉拉最后说的那句话。"在哪方面?"他问。

"呃，比如，我们没有发现能证明你们的祖先在狩猎上更具效率的证据。"

庞特皱起眉："这又怎么说？"

"尼安德特人每次只杀一只动物。"安吉拉刚说完，就意识到自己说错话了。

庞特扬起眉毛："那你们的祖先是怎么狩猎的？"

安吉拉看着有点不自在："这个嘛，呃，我们以前的做法是，呃，好吧，我们之前是把整群动物赶下悬崖，一次可以杀好几百只。"

庞特听到后，睁大了金色的双眼："但——但这也太……太浪费了，你们的人再多，肯定也没法把这些肉一下全吃完，而且这种狩猎方式看着就是懦夫行为。"

"我——我不是这个意思，"安吉拉脸红了，"我的意思是，我们觉得让自己置身于没有必要的危险中是愚蠢的行为，所以——"

"你们从飞机上往下跳，你们从悬崖上往下跳，你们把挥拳互相击打变成了一项有组织的运动，这些我都在电视上看到过。"庞特说。

"也不是所有人都参与这些运动。"玛利亚轻声说。

"好吧，"庞特说，"但是除了那些危险的运动之外，其他常见的事我也见过。"他指了指吧台，"比如抽烟、喝酒。据我所知，这两种行为都对人的身体有害。还有——"他朝亨利点点头，"这些都是农耕文明的产物，这些肯定是'没有必要的冒险'。你们怎么能一边用那种懦弱的方式杀害动物,一边又冒这样的危险? ——哦! 哦! 我明白了,我觉得我明白了。"

"明白什么了?"玛利亚问。

"对啊,你明白什么了?"亨利也不解。

"等我下。"庞特说,似乎是想抓住某个飘忽的念头。几秒钟后,他点点头,像是已经将先前追赶的念头握在掌心。"你们格里克辛人喝酒抽烟,参加危险的运动,就是为了证明你们还有多余的精力。在生活富足的年代里,你们这样就像是在对周围的人说,你看,我能让自己筋疲力尽,身体状况也还不错,并向未来的伴侣证明自己目前并未竭尽所能。因此在困难时期,我还会有多余的力量和耐力,为伴侣提供良好的生活保障。"

"真的?"玛利亚说,"这个想法真不错!"

"我之所以能够想到,就是因为我们的人也是同样的情况,只是形式不同。当我们打猎的时候——"

玛利亚立刻明白了,"你们在打猎的时候会避免使用简单的手段。不会像我们的祖先那样把动物赶下悬崖,也不会在安全距离朝着猎物掷矛,至少不像我们这个地球上的祖先那样做。你们和动物一对一肉搏,亲手将长矛扎入它们体内,我猜这和我们抽烟喝酒的道理是一样的:亲爱的,你看,我可以亲手把我们的晚饭放倒在地,而要是碰上棘手的猎物,我只能用更安全的方法捕猎了,那你还是能放心,我还是能养家糊口的。"

"没错。"庞特说。

玛利亚点点头:"这就说得通了。"她指了指坐在酒吧另一头的瘦子,"那个人,埃里克·特林考斯,他发现很多尼安德特人化石的上半身都有同一种伤,而骑牛大赛的牛仔身上也有类似的伤,像是被动物从背上甩下来后造成的,可能是和动物肉搏的后果。"

"哦,对,是会这样,"庞特说,"我有时就会被猛犸象甩下来,而且——"

"你有时什么?"亨利追问。

"被猛犸象甩下来……"

"猛犸象?"安吉拉激动地重复道。

玛利亚笑了起来:"看来我们还要在这儿多待一会儿,我去给大家再拿一轮喝的……"

第二十五章

"普拉特大使,不好意思。"有位年轻的男助理走进了联合国大楼内的休息室,"有个萨德伯里寄过来的外交邮包。"

图卡娜·普拉特扫了眼面前十位德高望重的尼安德特人,有些人姿态各异地坐在椅子上,透过巨大的窗户往外看,有些人则仰面躺在地上。她叹了口气,用尼安德特语对他们说:"我就知道会有这个。"然后让机侣替她翻译,并对助理道谢,接过上面印着加拿大盾形国徽的皮包。

袋子里是颗记忆珠,图卡娜打开机侣的面板,把珠子放进去。她让机侣通过扬声器播放珠子内的信息,好让房间里的人都能听见。

"大使图卡娜·普拉特,"传来的是拜德罗斯议员愤怒的声音,"你的行为不可原谅!我——我们——最高银须长老会,坚决要求你和那些被你骗过去的人立刻回来!我们——"他停顿的时候,图卡娜甚至觉得自己能听到他吞咽的声音,可能是在让他自己平静下来,"——我们非常关心他们的安危,他们为我们社会所做的贡献难以估量。你和他们听到这个消息后,必须立刻返回萨尔达克。"

朗维斯·特洛波摇了摇他老态龙钟的脑袋:"傲慢的年轻人。"

"我们现在在这儿,他们不可能关上传送门。"干细胞领域的专家德巴·琼克说。

"这是肯定。"诗人道尔·法热笑着说。

图卡娜点点头:"你们同意和我一起来这里,我想再次表示感谢。我觉得应该没人会听从拜德罗斯议员的要求吧?"

"开什么玩笑?"朗维斯·特洛波那双蓝色的机械义眼看着图卡娜,"我最近十个月都没那么开心过了。"

图卡娜微笑道:"那我们来过一遍明天的日程:克里克,明早你要在一个叫作《早安美国》的电视节目中登台表演,冰号从传送门送到这边的费用由他们来出,对,他们知道这个东西必须全程通过冷链运输;加尔斯克,有个号称是什么'奥林匹克'的美国田径队明天要来纽约和你见面,地点在纽约大学的运动中心;道尔,有个名叫拉尔夫·维奇南萨①的格里克辛人想要请你去吃个午饭,他自称是文学经纪人;审判长哈伯伦和学者克里米尔克,你们明天下午会在哥伦比亚大学的法学院做演讲;波尔,你和另一位联合国官员要出席一档叫什么《大卫·莱特曼晚间秀》的节目,下午开始录制;朗维斯,你

---

①拉尔夫·维奇南萨(Ralph Vicinanza,1950—2010),美国著名制作人,代表作品《权力的游戏》。

和我明晚会在罗斯地球与太空中心发言,另外在联合国里还有一堆会等着我们去参加。"

人工智能专家寇巴斯特·甘特微笑着说:"我敢打赌,我的老朋友庞特·博迪特要是知道我们在这里会很高兴,我们肯定能为他减轻不少压力。我知道他最不喜欢被人关注了。"

图卡娜点点头:"对,发生了那么多事儿,他肯定需要休息一会儿……"

庞特、玛利亚,还有一直跟着他们的FBI探员终于离开了酒店的酒吧,走向电梯井。等电梯的只有他们,周围一个人都没有,前台值夜班的人安静地坐着,离他们有好几十米远,一边看着《今日美国》,一边大口啃着酒店免费提供的青苹果。

"女士,现在已经过了我的交班时间,"卡洛斯说,"布尔斯泰恩特工就在你们的楼层值班,他会在那里保护你们的。"

"谢谢你,卡洛斯。"玛利亚说。

他点头回应,然后朝着一台小型的通信设备说:"性感女和肌肉男上来了。"玛利亚听着微笑起来。当他们得知FBI会用代号称呼他们的时候(这实在太帅了),她就问能不能让她自己选,这个就是她选的。卡洛斯把注意力转回到玛利亚和庞特身上。"晚安夫人,晚安先生。"不过他没有离开酒店,只是向边上小心地退了几步,等着电梯来。

玛利亚突然觉得有些脸红,虽然她清楚这里其实没有酒吧暖和,也不是因为要和庞特同坐一部电梯而紧张。她后半辈子是可能会因为和陌生男性相处而感到害怕,那和庞特在一起呢?不,永远不会。

但玛利亚还是觉得很热,她发现自己的眼睛在竭力搜寻其他东西,为的就是避开庞特金棕色的双眼。她看着显示楼层的LED屏,看着紧急按钮上方被装裱起来的告示——里面是酒店周日早午餐的广告,她还看着给消防员准备的紧急提示。

电梯到了,开门的时候伴着一阵有趣的鼓声。庞特很有风度地示意她先请,玛利亚走进电梯,向卡洛斯挥手道别,对方一脸严肃地颔首示意。庞特跟在她身后,看着电梯里的操作面板。数字他还是能看懂的,尼安德特人虽然没有发明出字母表,不过他们的确有一套十进制的计数系统,包括一个表示零的占位符。他伸手按了下标有"12"的方块,看它亮起后,脸上不免露出微笑。

玛利亚希望她的房间不在十二楼。她已经和庞特解释过为什么这间酒店没有十三楼,但如果真的有,让她住那层也行。这没什么,她又不迷信,不过她又想了想,庞特还是会这么觉得。毕竟按照他的说法,任何信仰上帝的人都是迷信的。

总之,如果她在另一层,随便哪层都行,那么今天这个美妙的夜晚就会变得短暂却甜蜜。不管谁先下电梯,两个人都会欢快地挥挥手,然后道一句"明天见"。

方形的LED屏显示的8失去了一竖,变成了9。

但这样的告别,肯定会越来越多。

她觉得电梯停了下来,门颤抖着打开了,等在外面的是布尔斯泰恩特工,玛利亚冲他点了点头,她还挺希望他能跟在庞特身边,和他们一起走过走廊,可他似乎打算就留在电梯口边上。

于是庞特和玛利亚步入酒店的走廊,经过放着制冰机的壁龛,走过一个个房间,直到……

"好了,"玛利亚说,她的心怦怦直跳,从钱包里掏出了她的房卡,"这是我的房间。"

她看着庞特,庞特也看着她。他从来都没有提前掏出钥匙的习惯,毕竟在他生活的世界里,门上装锁的情况不多,而那些装了锁的门也是靠机侣发信号打开的,所以他也想不到有这回事。

庞特什么都没说。"那……"她有点笨拙地说,"那就晚安了?"

庞特安静地伸向她的手,灵巧地抽出房卡,把它贴在锁上,直到LED灯闪了一下,接着他抓住门把打开了门,让它大开着。

玛利亚发现自己在回头张望,在看走廊里有没有人。当然了,FBI特工一直在那里,这让她很不舒服,不过在场的至少不是古人类学家……

庞特的手顺着玛利亚的胳膊向上滑,动作缓慢轻柔,一直到她的肩上,然后温柔地抚摸她的侧脸,把她的头发拂到耳后。

然后,这事终于发生了。

他俯身凑向她,他的嘴唇碰到了她的嘴唇,玛利亚觉得一阵欢愉扫遍全身。她的胳膊环抱住他,他也把她抱在怀里,然后——

玛利亚也说不清到底是谁占主导,但两人紧紧抱着,像跳舞一样向边上走去,进入房间,然后庞特用脚轻轻一踢,关上房门。

庞特的手突然向下一探,一把将玛利亚抱了起来,好像她就跟小孩一样轻。然后他一路抱着她走过浴室,到了床边,温柔地把她放在床上。

玛利亚的心跳得比之前还快。她已经有二十年没有过这种感觉了,上次还是她和唐尼第一次做爱的时候,那会儿他的父母出去过周末了。

压在玛利亚身上的庞特看着她,扬起的眉毛带着询问的意味,给了她一个阻止事情继续发展的机会。不过玛利亚浅浅一笑,伸手抱住了他粗壮的脖子,将他拉向自己……

第二十六章

　　玛利亚和庞特都懒得拉上酒店房间里那副厚重的窗帘，所以玛利亚在太阳升起后就醒了，结果看到庞特也醒着。"早上好。"她看着他。他显然已经醒了有一会儿了，当他转头看着玛利亚时，泪水从他深深的眼窝中流了出来。

　　"怎么了?"玛利亚问，温柔地用手背擦去他的泪水。

　　"没什么。"庞特说。

　　玛利亚做了个皱眉的表情："骗谁呢，到底怎么了?"

　　"对不起，"庞特说，"昨晚……"

　　玛利亚只觉心一沉，她以为昨晚棒极了，难道他不是这么想的?"怎么了?"

　　"对不起，"他又说了一遍，"在那之后，这是我第一次和女性发生关系。"

249

玛利亚扬起眉毛,她明白了。"是在克拉斯特去世之后吧?"她温柔地替他把话说完。

庞特点了点头。"我很想她。"他说。

玛利亚把手臂搭在他的胸口,感受着他每次呼吸带来的身体的起伏。"我没能见过她,真的很遗憾。"她说。

"对不起,"庞特说,"在我身边的是你,而不是克拉斯特,我不应该……"

"没有,没有,"玛利亚温柔地安慰道,"没关系,没事的。我喜欢……"她顿了顿,"我喜欢这样深情的你。"

玛利亚放在他胸口的手臂抱得更紧了,她把自己朝他拉近了些。他会想到自己的前妻很正常,她不怪他,毕竟她去世也没多久,而且——

玛利亚突然发现自从庞特在走廊里抱住她后,那事儿就从来没在她的脑海里出现过,他们在一起的这段时间里,过去那个无面的阴影再也没有侵入她的脑海。她发现自己很快就能把这个念头抛到脑后,她的手臂搭在庞特身上,而庞特现在也把一只手放在她赤裸的背上。她在一片平静中,又安然入睡了。

"所以你和这位格里克辛女性发生了亲密关系?"塞尔根问这话的时候显然在试着控制他语气中的惊讶。庞特点点头。

"但是……"

"但是什么?"庞特的语气很强硬。

"但她是……但她是格里克辛人啊。"塞尔根沉默片刻,然后耸耸肩,"她和我们不是同一个物种。"

"她是人类。"庞特的回答很坚决。

"但是……"

"我不想再听到什么'但是'!她是人类,另一个世界的那些人,他们全都是人类。"

"你非得这么说也行,可是——"

"你根本不认识他们,"庞特说,"你甚至都没有见过他们,他们是人,他们就是我们。"

"这话听着像是在辩解。"塞尔根说。

庞特摇摇头:"不,你在其他事情上可能是对的,但这件事上不是。我对此深信不疑。玛·沃恩,露·贝努特,鲁本·蒙塔戈,海伦·加涅,还有我在那里见过的所有人,他们都是人类。你慢慢会明白的,所有人之后都会知道的。"

"但你哭了。"

"我告诉过玛利亚,那是因为我想起了克拉斯特。"

"你没有负罪感吗?"

"对哪件事?"

"你们发生关系的时候并不是合欢日。"

庞特皱起眉:"嗯,你说得对,我的意思是,这点我从来没想到。

在格里克辛人的世界里,男女整个月都待在一起,而且……"

"这也算是入乡随俗了,对吧?"

庞特耸耸肩:"就是这样。"

"你觉得你的男伴对这件事的看法会和你一样吗?"

"噢,阿迪克不会介意的,反而会很高兴,因为他一直想让我再找一个新的女伴,而且……"

"而且什么?"

"就算在不是合欢日的时候和一个格里克辛人在一起,也比和达拉卡·波尔贝在一起强。我相信他是这么想的。"

玛利亚和庞特终于从酒店房间里出来了。他们错过了今早头三篇论文的研讨会,但问题不大。玛利亚在离开纽约的时候,已经把这些论文摘要的PDF文档都下载下来了,她知道今早的讨论全是和直立人相关的内容,以及试着把匠人归为独立物种的讨论。但这两类原始人的DNA标本都还没分离出来,所以玛利亚对这些研讨会的兴趣不大。

他们沿着走廊向前走,有个FBI探员出现了。"特使博迪特,"他说,"有个从萨德伯里寄给你的联邦快递包裹,刚到。"

他递上一个外交邮包。庞特接过它,打开来,取出了一枚记忆珠。他拿在手里翻来覆去看了会儿,说:"我真应该听听看这个。"

玛利亚笑着说:"我才不想听别人对你大声嚷嚷。我准备下楼去看海报展板。"

庞特微笑了一下,然后走向他酒店的房间,FBI探员也在走廊里站直身子,玛利亚则向电梯走去。

电梯来了,玛利亚坐电梯下到夹层,美国考古学会的海报展板就布置在这里,现在已经布置好了。但会议明天才正式开始,她和庞特不打算留下来参加,不过有几个展商已经张贴起了他们的海报。玛利亚站在一对霍皮族陶器的展板前,看着上面的内容。

她看了会儿就开始担心庞特,所以又回到了十二楼。

FBI探员依然站在走廊里:"女士,您是在找特使博迪特吗?"。

玛利亚点点头。

"他在自己的房间里。"探员说。

玛利亚走到他的房间前,敲了敲门。过了会儿,门开了。"玛!"庞特和她打招呼。

"嗨,"她应了声,"我能进来吗?"

"嗯,可以。"

在她看来,庞特的手提箱就是从另一个宇宙里带来的梯形盒子。现在,这个外形奇特的箱子打开着放在床上。

"你在干什么?"玛利亚问。

"整理包裹。"

她皱眉问道:"他们命令你回去了? 我以为你不会回去。"但现在的纽约市里有十二个尼安德特人,他其实也用不着为了让传送门继续保持畅通而继续留在这里，不过，好吧，昨夜的激情之后……

"不是，"庞特说，"没人命令我回去，这枚记忆珠是我的女儿婕斯梅尔·凯特给我的。"

"我的天，她还好吗？"

"婕斯梅尔很好，她刚刚同意成为泰伦的女伴了，她和这个小伙子一直在约会呢。"

玛利亚扬起眉毛："你是说她准备结婚了？"

"差不多，"庞特说，"我得回到自己的宇宙里出席仪式。"

"什么时候？"

"差不多五天后吧。"

"哇，你们世界里的种种事情肯定进展都很快。"

"其实婕斯梅尔已经有点迟了，149代的受孕时间很快就要到了，但她还没选好女伴，不过这事也不着急。"

"呃，你有没有见过这个——泰伦？"

"嗯，见过几次，他是个不错的小伙子。"

"呃，庞特，你能确定这是真的吗？不是什么骗你回去的手段？"

"我确定。这真的是婕斯梅尔给我的，她永远都不会对我撒谎。"

"那我们最好现在就送你回萨德伯里。"玛利亚说。

"谢谢。"庞特沉默了一会儿，像是在思考着什么，然后说，"你愿意……你愿意陪我一起出席他们的缔约仪式吗？按照我们的习俗,应该是由孩子的父母陪同出席,但是……"

但是婕斯梅尔的母亲克拉斯特去世了。玛利亚发现自己面带微笑。"我愿意,"她说,"但是……能不能等我把自己的论文介绍完后再动身？时间是下午两点半,虽然我不想用这种军事上的东西做比喻,但我和你说,这篇论文的发布,堪比炸弹爆炸。"

"什么?"庞特说。

"内容绝对是爆炸性的。"

"哦哦,"庞特这下听懂了,"好啊,当然可以,我们等你忙完后再走。"

玛利亚的论文的确引爆了全场,毕竟她终结了古人类学领域长期以来的争论,证明了尼安德特人就是一个独立的人种。按照正常流程,她得先发表一份摘要,但这样就会暴露她准备的惊喜,不过她的论文是最后才加入整个研讨会的议程的,而她论文的标题《尼安德特人的细胞核DNA及其分类争议的定论》就足以让整个会议室挤得满满当当。她刚把庞特的染色体组型投影幻灯片放出来,整个房间就爆发了激烈的争论。

等这十五分钟的讨论会一结束,玛利亚和庞特就要动身前往萨德伯里了,想到这个,玛利亚还挺高兴的。庞特看到讨论会的时长安排,说了句让玛利亚大吃一惊的话:"那个画汤罐头的人会为你骄傲的。"

他们准备离开酒店前,玛利亚给协力集团的乔克·克瑞格打了个电话,和他说了这件事。乔克听到她和庞特相处得很愉快时,感觉好像很高兴,听到她说她有机会拜访尼安德特人的世界时,更是激动万分。不过他有个要求:"我希望你在那里能替我做个简单的实验。"

"什么?"玛利亚问。

"带个指南针去,普通的磁铁指南针就可以。等你到了那个世界后,想个办法确保自己面朝北方,如果是晚上,那就朝着北极星,如果是白天的话,就通过日落或者日出的位置来确定东方或者西方,明白吗?然后再看看指南针指针有颜色的部分指着哪个方向。"

"指针应该指着北方吧?"玛利亚说,"对吗?"

"这就是你错过员工会议的结果,"乔克说,"尼安德特人说他们的世界已经经历过地磁场反转,但在地球上,这个反转才刚刚开始。我想让你去看看这是不是真的。"

"他们为什么要在这件事上撒谎?"

"我相信他们没有撒谎,但可能是搞错了。你还记得吗,他们没有卫星,而我们对于地磁场的研究都是通过卫星完成的。"

"知道了。"玛利亚说。

然后她就没说话了,于是乔克就承担起了结束谈话的任务:"好了,那么玛利亚,祝你旅行愉快!"

她放下电话,这时庞特也来到了她的房间,来看她有没有做好启程的准备。

"我打算把租来的车停在罗切斯特市,那里和我们要去的方向偏得不多。"玛利亚说,"我们可以在那里换乘我的车,然后再去萨德伯里,不过……"

"嗯?"

"不过我去萨德伯里的时候,还想在多伦多停一下,"玛利亚说,"严格说起来也没有绕路,并且你也不能和我轮流开车。"

"这个安排可以。"庞特说。

但玛利亚还没说完:"我还有一些……一些事要做。"

庞特对她这种努力为自己辩解的做法感到不解:"对于这些安排,我可以用一个你们的说法来表达:'没问题'。"

玛利亚和庞特来到了约克大学。庞特实在是太难伪装了,如果是在冬天,他可能还可以戴个针织冷帽,把帽檐拉到眉脊下面,再戴个滑雪眼镜。但如果他在秋天还用这套装扮,那就和他露着脸一样明显。而且玛利亚想到那件事就浑身发抖,她不想看到庞特戴上任何类似滑雪面罩的东西,不想把他和另一个人混在一起。

他们在访客的停车场停好车,玛利亚和庞特走路穿过校园。"我在这里就不需要有人保护了吗?"庞特问。

"加拿大是禁枪的,"玛利亚说,"倒也不是说附近没有枪,但……"她耸了耸肩,"这里和我们之前的地方不一样。加拿大上次发生刺杀事件是在1970年,还是因为魁北克的独立问题。说实话,我觉得你在加拿大不用太担心,起码不用像那些名人那样担心。根据星空卫视的消息,朱莉亚·罗伯茨和乔治·克鲁尼现在都在城里拍电影,相信我,他们比我们更能吸引围观群众。"

"太好了。"庞特说,然后他们走过约克巷周围的低矮建筑,继续向前——

玛利亚一开始就知道自己肯定会经过那里。访客停车场一派荒凉,她和庞特就要经过那个地方了,两堵混凝土墙交叉相立……

玛利亚找到了庞特的大手,然后张开手,和他十指紧扣。她什么都没说,也没有看向那面墙,只是双眼看着前方,一步不停地向前走着。

不过庞特在环顾四周,玛利亚从来都没告诉他强奸案发生的具体地点,但她能看出来,庞特留意到了那个被围住的空间、提供遮蔽的树木,以及与最近的路灯的距离。他紧握的手提供了安全感,玛利亚非常感激。

他们继续向前,太阳在翻腾的云层后忽隐忽现。校园里到处都是年轻人,有两个穿着短裤,但大部分都换上了牛仔裤,有些法律系的学生则穿着夹克,系着领带。

"这里比劳伦森大学宽阔多了。"庞特东张西望。劳伦森大学离庞特首次来到萨德伯里的地方很近,玛利亚对庞特DNA的研究就是在那里完成的,证实了他就是个真正的尼安德特人。

"噢,的确是大多了。而且这只是多伦多的两所,哦不对,是三所大学之一,如果你想看看真正大的大学,那我改天带你去多伦多大学看看。"

庞特看着四周,别人看着他。有个女人还跑到玛利亚面前,好像她们是很久没见的老朋友,但玛利亚根本不记得她叫什么。之前她们打过几百次照面,但双方都没有什么深刻的印象。那人虽然和玛利亚软绵绵地握了握手,但显然是在用这个机会来近距离观察她身边的尼安德特人。

他们终于甩掉了她,继续往前走。"这就是我工作的地方,"玛利亚指着一幢楼说,"法夸哈森生命科学学院大楼。"

庞特又看了看周围:"我来这里后去过许多地方,大学校园是我觉得最漂亮的。地方开阔,树木和草也很多!"

玛利亚想着他说的话。"这里的生活的确很好,"她说,"在很多方面都比校园外的世界更文明。"他们来到法夸哈森生命科学学院大楼,向二楼走去。刚进走廊,玛利亚就看到走廊的另一头有个熟悉的身影。"科尼利厄斯!"她喊道。

那人听到声音后扭过头,眯起眼睛,显然他的视力不如玛利亚。但过了一会儿,看他的表情像是认出了人。"你好,玛利亚。"他说着朝她们走了过来。

"别想太多,"玛利亚对他喊道,"我只是过来看看。"

"他讨厌你?"庞特轻声问。

"没有，"玛利亚咯咯笑着，"我在替协力集团忙活的时候，我的课就是他代的。"

他们越来越近，科尼利厄斯这才意识到玛利亚边上的人是谁，不由得惊讶地睁大眼睛，但好在他很快就恢复了镇定。

"博迪特博士，幸会。"他说着，鞠了个躬。

玛利亚本来想对科尼利厄斯说，看吧，不是所有学界大佬都是"教授"，但后来觉得还是算了，科尼利厄斯对这个问题已经够敏感了。

"你好。"庞特说。

"庞特，这位是科尼利厄斯·拉斯金。"然后玛利亚像以往一样又重复了一遍，在他的姓和名之间停顿了很长时间，这样庞特就能分辨出来了，"他在分子生物学领域拥有博士学位，这也是我们世界最高的学位。"

"很高兴认识你，拉斯金教授。"庞特说。

玛利亚不打算纠正庞特，他在努力把这些人情世故都做到最好，就他所付出的努力来看，完全值得拿个优。如果科尼利厄斯真的留意到了头衔问题，那他也不留痕迹地让这事过去了，现在他对庞特的相貌充满了兴趣。"谢谢你，"他说，"你们怎么来了?"

"坐玛的车。"庞特回答。

"我们要去萨德伯里，庞特的女儿结婚了，他想去参加结婚仪式。"玛丽说。

"恭喜啊。"科尼利厄斯说。

"达利娅·克莱因在吗?"玛丽问,"格雷厄姆·斯迈思呢?"

"我今天一天都没看到格雷厄姆,"科尼利厄斯说,"不过达利娅在你以前的实验室里。"

"奎塞尔呢?"

"她可能在自己的办公室里吧,我也不清楚。"

"好,"玛利亚说,"我来就是想拿几件东西。回头见。"

"保重,"科尼利厄斯说,"博迪特博士,再见。"

"日康。"庞特说,然后跟着玛利亚来到一间办公室的门口,玛利亚敲了敲门。

"是谁?"有个女人的声音问。

玛利亚把门打开一道缝。

"玛利亚!"那个女人惊呼,显然很惊讶。

"嘿,奎塞尔。"玛利亚笑着把门开得更大了一些,露出了门后的庞特。奎塞尔瞪大了她那双棕色的眼睛。

"奎塞尔·伦图拉教授,"玛利亚说,"我想让你见见我的朋友,庞特·博迪特。"然后她又转向庞特,"奎塞尔是约克大学遗传系主任。"

"太棒了!"奎塞尔握住庞特的手,摇了好几下,"真是太棒了!"

玛利亚本来想说:没错,他是很棒。但最后忍住了。

　　她和奎塞尔聊了一会儿天，把系里发生的新闻都听了个遍。然后奎塞尔就要去上课了，所以玛利亚和庞特就沿着同一条走廊继续往前走。他们来到一扇带着窗户的门前，玛利亚敲了敲门，走了进去。

　　"有人吗？"玛利亚对着一个在工作台前埋头苦干的女人背影喊道。

　　那个年轻的女人闻声转头。"沃恩教授！"她高兴地喊道，"能见到你真是太好了！还有——我的天！他就是——？"

　　"达利娅·克莱因，来认识一下庞特·博迪特。"

　　"哇！"达利娅感叹了一句，好像这还不够，她又重复了一遍，"哇哦！"

　　"达利娅正在攻读博士学位，她的研究方向和我一样，也是复原古代的DNA样本。"

　　玛利亚和达利娅聊了一会儿，庞特还是秉持着科学家的特性，在实验室里到处走走看看，格里克辛人的技术让他很着迷。终于玛利亚说："好，现在时间差不多了，我们要走了，我来就是为了拿些标本。"

　　然后她穿过房间，走到用来存放生物样本的冰箱前，发现上面又贴了几张新的卡通画，还有以前她自己贴的西德尼·哈里斯和盖瑞·拉尔森作品选的冰箱贴。她打开冰箱的金属门，一股冷气迎面扑来。

里面大概有二十来个形状各异的容器,有些上头贴着激光打印的标签,也有些只是用纸胶带缠了几圈,再用记号笔写上字。但玛利亚找不到她想要找的那个样本。有人在她不在的时候用过这个冰箱,她要找的东西肯定被翻到后面去了。她搬出里面的容器,先拿出了两个大的,上面标着"西伯利亚猛犸皮""因纽特人胎盘样本"。她把这两个放在柜子上,这样更容易看到里面的东西。

玛利亚觉得自己的心在怦怦直跳。

她又翻了一遍这些标本,想要再确认一次。

但里面就这些东西,不可能出错。

两个被她标上了"沃恩666"的容器,两个装着她被强奸的物证的容器,不见了。

第二十七章

"达利娅!"玛利亚喊了起来,庞特也立刻跟了过来,走到她身边,显然是在想哪里出了问题。但玛利亚没有理睬他,而是又喊了一遍达利娅的名字。

那个瘦瘦的博士从房间的另一头冲过来,"怎么了?"她戒备的语气像是在说:我做错什么了?

玛利亚从冰箱边上后退了几步,好让达利娅看到冰箱里面的情况,然后伸出手指指着它,责备似的问道:"我有两个样本存放在这里,现在样本呢?"

达利娅摇摇头:"我什么都没拿。你去罗切斯特后,我就没动过这个冰箱。"

"你确定?"玛利亚试着控制住自己话音里的紧张情绪,"两份样本,全都是半透明的,上面都用红色笔迹标上了日期,写的是八月二日，"她这辈子都不会忘记这个日期，"上面还写了'沃恩666'。"

"噢，对，我看到过一次，"达利娅说，"我那时候在研究拉美西斯。但我没有碰过它们。"

"你确定？"

"我确定，我当然确定。怎么了？"

玛利亚没有理睬她的问题。"还有谁能接近这个冰箱？"她问，虽然她已经知道答案了。

"除了我，"达利娅说，"其他所有研究生都可以，还有全体教职工、伦图拉教授、保洁部的职员……我觉得任何有这个房间钥匙的人都有可能。"

保洁员！玛利亚之前见过一个保洁员打扫这个楼层，就在……就在她被性侵之前。

然后呢，妈的，我怎么那么蠢！玛利亚想，想要认出这里面装的是什么，甚至连遗传学的学位都不用，我他妈居然把受害者的名字写在上面了，而且还有那个畜生的代号、强奸案发生的日期，别人不是一眼就能认出自己要找的东西了吗？

"你情况还好吗？"达利娅问，"是旅鸽标本还是什么？"

但玛利亚只是从冰箱里一把抓出一个容器。"这他妈才是旅鸽！"她喊道，然后把那个容器狠狠砸在台子上。

庞特的翻译器开始"哔哔"作响。"玛……"他温柔地说。

玛利亚深吸一口气，缓缓吐出。她浑身都在颤抖。

“沃恩教授,”达利娅说,“我发誓,我没有——”

“我知道,”玛利亚努力让自己的声音恢复平静,“我知道,”她看着庞特,他脸上满是关切,而达利娅的表情则是从恐惧演变而来,“达利娅,对不起,只是——这是些独一无二的标本。”她耸了耸肩,还在为自己生气,但努力试着不要表现出来,“我就不该把它们留在这儿。”

“你要找什么?”达利娅的好奇心现在占了上风。

“没什么,”玛利亚说,然后摇了摇头,大步穿过房间,都没看庞特有没有跟在后面,“没什么。”

庞特在走廊上赶上了玛利亚,然后碰了碰她的肩膀:“玛……”

玛利亚停下脚步,闭上眼睛。“我会告诉你的,”她说,“但不是在这儿。”

“那我们就先离开这里。”庞特说,然后他和玛利亚走下楼梯,途中碰上了一个穿着蓝衬衣的保洁员,他上楼的时候一次迈两级台阶。玛利亚觉得自己的心脏简直紧张得快要冲破天灵盖了,但不是,不可能,这是弗兰科,他们两个很熟悉,而且弗兰科是意大利人,眼睛是棕色的。

“嚯,沃恩教授!我还以为你今年不会回来了呢!”

“是不回来了,”玛利亚努力让自己的说话声保持正常,“我今天就是顺道过来看看。”

"好吧，那玩得开心。"弗兰科说完就继续向上走了。

玛利亚长吁一口气，继续向下走。她离开大楼，庞特跟在她身后，两人朝着玛利亚的车走去。但这次，玛利亚绕了很长一段路，避开了她被性侵的角落。最后，他们终于来到了停车场。

他们上了车。车里比起外面来简直热得要死。夏天，玛利亚一般会给车窗留一道缝，现在也的确还是夏天，秋天要在九月二十一日才正式到来。但这次她忘记开窗了，自从她回到约克大学后，脑子里就被杂乱的思绪塞得满满当当。

庞特上车后，立刻汗如雨下，他最讨厌炎热的天气。于是玛利亚发动汽车，按下按钮，放下车窗，把空调开到最大，等了一分钟后，风口才吹出冷气。

车停在停车场，发动机还在运转，庞特问得很简单："嗯？"

玛利亚担心路过的人会听见，于是关上车窗："我曾经被人强奸过，你知道的，对吧。"

庞特点点头，轻触她的胳膊。

"但我没报案。"玛利亚说。

"没有植入体内的机侣和远程档案，我相信你们的线索肯定很少。你之前和我说过，在你们的世界里，多数案件都是悬案。"

"是的，不过……"玛利亚说着就破音了，然后她沉默了片刻，试着稳住自己的情绪，"但我真的没有想过自己这样做的后果。你知道吗，约克大学上周又有人被强奸了，也发生在法夸哈森生命科学学院附近,也就是我们刚刚待着的那幢建筑。"

庞特那双凹陷的眼睛睁得大大的:"所以你觉得这两起案件都是同一个人所为?"

"现在没法确定,但是……"

她的话不必说完,庞特也能完全明白。如果她之前报了案,就有可能在罪犯再次犯案之前将他绳之以法。

"你不可能预料到事情会这样。"庞特说。

"我当然可以。"玛利亚厉声说。

"你知道另一位受害者是谁吗?"

"不知道,他们对这种信息是保密的,怎么了?"

"你需要放下这份痛苦,而唯一的方法就是求得原谅。"

玛利亚只觉背部一紧。"不管是谁,我都没法面对她,"她说,"她的痛苦是我引起的……"

"这不是你的错。"庞特说。

"我本来打算去做正确的事,"玛利亚说,"所以我才想在这里稍做停留,才想回到约克大学。我本来准备把自己被强奸的物证交给警方。"

"失踪的容器里装的就是那个吗?"

玛利亚点点头。车里已经很冷了,但她没有伸手去碰控制板:自己这是罪有应得。

庞特见玛利亚迟迟没有回应,于是说:"如果你没法面对受害者,没法让她原谅你,那你就要与你自己和解。"

玛利亚思索片刻,然后一言不发地把车从车位里倒出来。"你要去哪里?"庞特问,"回家吗?"

"不是。"玛利亚说,然后掉转车头,驶出了停车场。

玛利亚走进一个木质的小亭,跪在围栏前的垫子上,然后在胸前画了个十字。她和牧师两个房间中的窗子打开了。透过十字交叉的木条,她能见到卡尔迪考特神父那张特征鲜明的侧脸。

"神父,请原谅我犯下的罪。"玛利亚说。

卡尔迪考特神父虽然在加拿大生活了快四十年,但还是有点爱尔兰口音:"我的孩子,你上次告解是在多久之前?"

"上次在一月,当中隔了八个月。"

牧师的语调很客观,不做任何评判:"和我说说你的罪吧。"

玛利亚张开嘴,但说不出话来。过了一会儿,牧师试探性地询问道:"孩子?"

玛利亚深吸一口气,缓缓吐出。然后她说:"我……我被强奸了。"

卡尔迪考特神父沉默了一会儿,或许是在想如何措辞。"你说'强奸',也就是说你被性侵了吗?"

"是的,神父。"

"而且没有经过你的同意?"

"没有,神父。"

"那我的孩子,你并没有罪。"

玛利亚胸口一紧,"我知道,神父。我想说的罪并不是强奸。"

"啊,"卡尔迪考特神父应了一句,像是明白了什么,"你——你是不是怀孕了?我的孩子,你有没有去堕胎呢?"

"不,不,我没有怀孕。"

卡尔迪考特神父等着玛利亚继续说下去,但她依然保持沉默,于是他又猜了另一个答案:"是因为你用了人为方法干预怀孕吗?如果是这种情况,或许……"

玛利亚的确服用了避孕药,但她已经好几年没有把这件事放在心上了,不过她不想对神父说谎,于是对自己的措辞更加谨慎。"我说的罪不是这个。"她柔声说。

她又吸了一口气,为自己接下来的话积蓄力量:"我被强奸后没有报案。"

卡尔迪考特神父在椅子上移动身子,玛利亚可以听见木头发出的嘎吱声。"上帝知道一切,"他说,"上帝会惩罚那个对你施暴的人。"

玛利亚闭上双眼:"但是那个罪犯又犯罪了,至少我怀疑这两起事件背后是同一个人。"

"噢……"卡尔迪考特神父叹了一声。

噢?玛利亚想。就这样?如果他只能做到这个程度的话……

但卡尔迪考特神父继续问道:"你是因为自己没有报案才心生懊悔?"

这个问题或许怎么也逃不掉,忏悔是赦免的必经之路。但玛利亚在回答时还是发现自己破音了:"是的。"

"孩子,你为什么没有报案呢?"

玛利亚思考着背后的原因。她完全可以说是自己太忙,这个理由基本属实。强奸案发生的时间正好就是她准备匆匆动身前往萨德伯里的前一夜,但她决定不去报案的时候还没接到鲁本·蒙塔戈的电话,也不知道他要找一位尼安德特人的DNA专家。"因为我害怕。"她说,"我……和丈夫分居了。如果这件事最后能够成功开庭审理,那他们之后会怎么看待我? 会怎么说我? 会怎么评价我的品性?"

"但现在,有人因为你的……不作为而受到了伤害。"卡尔迪考特神父说。

神父的话让她想起几个月前听过的一场关于人工智能的讲座。麻省理工学院机器人实验室的演讲者提到了阿西莫夫的"机器人三定律",第一定律大概是这样:机器人不得伤害人类个体,或者目睹人类个体将遭受危险而袖手旁观。玛利亚不由得想,如果人们都能遵守这条禁令,那么世界将会变得更加美好。

可是——

可是她用来指引自己的那么多准则都是劝诫。十诫里的大部分都是在说人们不能做的事。

玛利亚的罪就是疏忽。卡尔迪考特神父或许会说这个罪并非不可宽恕，也没有违反道德，但是——

但玛利亚被性侵后，她体内好像有什么东西死去了。而且她能肯定，新的受害者也会如此，不管她是谁。

"是的，"玛利亚终于说，她的声音很轻，"有人正是因为我的不作为而受到了伤害。"

她看见卡尔迪考特神父的轮廓动了起来。"我可以让你读一段祷文或者《圣经》来作为惩罚，不过……"神父没有把话说完，显然是在请玛利亚补上后半句。

于是玛利亚点点头，终于将早就藏于心中的答案说了出来："不过能让我释然的唯一方法就是报警，并把自己知道的一切全部告诉警方。"

"你能在你的心中找到这么做的力量吗？"卡尔迪考特神父问。

"我会的，神父。但我被强奸的证据——不见了。"

"你可能依然掌握着一些有用的信息，但如果你想要另一种惩罚……"

玛利亚再次闭上双眼，摇了摇头："不，不，我会去警察局的。"

"既然如此，"卡尔迪考特神父说，"上帝，仁慈的天父，通过让他的儿子死亡与复活，让世界与他和解，并派遣圣灵来到我们身边，以求得罪的赦免。"玛利亚抹抹眼泪，卡尔迪考特神父继续说，"通过教会,愿主宽恕你,赐予你宁静……"

虽然她此刻面临着最困难的任务,但玛利亚还是觉得自己心头的重担减轻了许多。

"……我以圣父……"

她今天就会去的,马上就去。

"……圣子……"

但她这次不会孤身一人。

"……和圣灵之名,赦免你的罪。"

玛利亚在胸前画了个十字。"阿门。"她说。

第二十八章

庞特坐在教堂的长木椅上。玛利亚走近后，惊讶地发现他的腿上摊着一本书，而他正在认真翻阅："庞特？"

庞特抬起头："怎么样？"

"还行。"

"你感觉好点了吗？"

"稍微好点了，但我还有件事要做。"

"不管是什么，我都会尽可能帮助你。"

"你在看《圣经》吗？"玛利亚看着那本打开的书，吃惊地问他。

"那我猜对了！"庞特说，"这是你信仰的主要教义。"

"对！但……但我还以为你看不懂英文呢。"

"我是看不懂，哈克也是。但哈克可以把每页书都录下来，等它哪天能看懂了，就能翻译给我听了。"

"我可以给你找《圣经》的有声书，你知道吗？就是让电子设备或者配音演员把书里的每个字都读出来。我知道有一套是由詹姆斯·厄尔·琼斯①朗读的,还不错……"

"我都不知道还有这样的替代品。"庞特的回答很简单。

"我也不知道你想读《圣经》。我,啊,我根本没想到你会对它有兴趣。"

"它对你很重要,"庞特说,"所以对我也很重要。"

玛利亚微笑着说:"我能遇见你实在是太幸运了。"

庞特试着就此开了个玩笑。"我在人群中很好找啊。"他说。

玛利亚笑着摇了摇头,"你还真是。"她抬头看着讲道坛上方的十字架,在胸前画了个十字,"好了,我们准备出发吧。"

"现在去哪儿?"庞特问。

玛利亚深吸一口气:"警察局。"

"它对你很重要,"塞尔根重复着这句话,"所以对我也很重要。"

庞特看着人格塑造师:"没错,我是这么说的。"

"你看这本书真的只是因为这个吗?"

"什么意思?"

"我的意思是,你之前提到过有本书记载了所谓的历史,是不是就是你看的这本? 这本书是不是也包含了他们所谓的来世的重要证据?"

---

① 詹姆斯·厄尔·琼斯(James Earl Jones),美国演员、配音演员,配音代表作:《星球大战》系列中的角色达斯·维达。

"我真的不知道。"庞特说,"这是一本篇幅浩大的书,不太厚,但里面的符号很小,用的纸是我见过最薄的。翻译这本书应该需要很长时间。"

"但你还是忍不住去翻了翻这本书?"

"这个嘛,在我等待玛的房间里,这样的书有很多本。长凳上的每个位置前似乎都有一份。"

"你有没有听从玛的建议,寻找这本书的音频版本?"

庞特摇了摇头。

"然后你依然想知道这个所谓的证据究竟是什么?"

"对,我很好奇。"

"有多好奇?"塞尔根问,"这事对你来说有多重要?"

庞特耸了耸肩:"你之前说我思想狭隘,但你错了。如果真的有什么证据可以证明这个离奇的说法,那我真的挺想知道的。"

"为什么?"

"就是好奇。"

"就这样?"塞尔根问。

"当然,"庞特回答,"就是这样。"

接待处的警员上下打量着庞特,然后说:"你们尼安德特人只要想换工作,我们就能雇上一百个。"

庞特露出了尴尬的微笑,玛利亚也笑了笑。面前的这个警察的确是玛利亚这段时间以来见过的最壮实的智人男性,但如果他要和庞特打一架,那玛利亚肯定会把钱押在庞特身上。

"好,这位女士,我能帮你什么吗?"

"上周在约克大学发生了一起强奸案,"玛利亚说,"这事上了校报《圣剑报》,所以我觉得应该有人来这里报过案。"

"那应该是归霍布斯刑警①管的,"那个警察说,然后他对另一个人吼了一嗓子,"嘿,约翰尼,帮我看看霍布斯在不在。"

另一名警官喊了一声表示回应,过了一会儿,一名身穿便服的警察走了出来,这是个长着红头发的白人,三十岁左右。"怎么了?"他问,然后认出了庞特,"我靠!"

庞特勉强笑了笑。

"这位女士想和你谈谈上周在约克大学发生的强奸案。"

霍布斯指了指走廊。"这边请。"他说。玛利亚和庞特跟着他来到了一间狭小的审讯室,天花板的荧光灯负责照明。"你在这儿等下,我去把档案拿过来。"过了会儿,他拿着一个牛皮纸文件袋回来了,然后放在了面前的桌上。他坐下来,突然睁大眼睛看着庞特:"我的天,不是你吧? 上帝啊,我得和渥太华联系联系……"

"不,"玛利亚严厉地打断他,"和庞特没关系。"

---

① 这里原文是 detective。约克大学在多伦多,多伦多又是加拿大安大略省的首府,按照安大略省警察制度,detective 是警察职级的一种,资历最浅的警察叫作 detective constable,之后是 detective sergeant,再之后是 detective staff sergeant,这三类都可称为 detective。

"你知道罪犯是谁吗?"霍布斯问。

"不知道,但是……"

"嗯?"

"但我也是在约克大学被强奸的,也是在同一幢楼附近,就是生命科学院的大楼。"

"什么时候?"

"八月二日星期五,九点半或者九点三十五左右。"

"晚上?"

"是的。"

"和我说说详情。"

玛利亚试着把自己在科学领域的献身精神全都用在这件事上,但最后只是泪如雨下。这在审讯室里也不是什么反常的情况,霍布斯手边有一盒抽纸,他把它递给了玛利亚。

她用纸擦干眼泪,擤了擤鼻涕。霍布斯在档案袋里的纸上写了几个字:"好了,我会让——"

这时有人敲了门。霍布斯起身把门打开,一名穿着制服的警察出现在门口,轻声和他说着什么。

庞特突然从桌上抄起文件夹,开始翻看里面的内容,就连玛利亚也吃了一惊。或许另一位警察向霍布斯示意了什么,他连忙转过来,接着喊道:"嘿! 你不能看!"

"对不起,"庞特说,"不过别担心,我看不懂你们的语言。"

庞特把文件夹递给霍布斯，后者一把抓了回去。

"你们有多大把握能够抓到罪犯？"庞特问。

霍布斯沉默片刻："你要听我说实话吗？我也不知道。我们现在已经接到两起报案了，这两起强奸案发生的地点很近，前后也只间隔了一周不到。我们会和学校的警察合作，时刻关注事情的动向。之后的事谁知道呢？只能看运气了。"

看运气，玛利亚想，也就是说，还会有人被性侵。

"不过……"霍布斯继续说。

"嗯？"

"如果他是约克大学的教职工，那他肯定知道这件事已经上了校报。"

"你就没觉得自己能成功吧。"庞特说得很直接。

"我们会尽力的。"霍布斯说。

庞特点了点头。

庞特和玛利亚回到车上，这次她下车前给车窗留了条缝，但车里还是很热。她转动车钥匙，然后打开了空调。

"怎么说？"她问。

"什么？"庞特说。

"你扫描了档案，有什么发现吗？"

"我说不上来。"

"有没有什么方法可以让我看看哈克看到的东西?"

"有,但在这里看不了,"庞特说,"它的确把东西录下来了,我们也增加了它的容量,让它把在这里看到的一切都录下来。但我们要在萨尔达科把它录下来的数据上传到远程档案,不然我们就没法看,不过哈克可以给你描述一下上面的内容。"

玛利亚俯身看着庞特的前臂。"哈克,试试看?"她说。

机侣通过扬声器说:"文件夹里有十一张白纸,每张纸的长宽比是1:0.77,其中六张看着应该是事先打印好的表格,空格里的字是手写的。我对笔迹鉴别不是很在行,但这些字体和执法者霍布斯用来记笔记的字体是相同的,虽然墨水的颜色有区别。"

"你能告诉我表格里有什么吗?"玛利亚问。

"我可以给你描述一下。你们是从左往右读的对吧?"玛利亚点点头,"第一页的第一个单词的第一个字母有一条竖线,上面有根横线。第二个字母是一个圆。第三个——"

"报告里共有多少个字母?"

"五万二千四百一十二个。"哈克说。

玛利亚听得直皱眉:"就算我把英文字母表教给你,一个个字母听过去的工作量也太大了。"然后她耸了耸肩,"好吧,我很好奇等我们到了你的世界后会看到什么。"然后她看了眼仪表盘上的钟,"好了,从这里开到萨德伯里还有很长一段距离,我们最好赶快出发。"

第二十九章

    玛利亚上次和庞特共乘这架矿井电梯向下时，已经试过让他知道自己对他的爱慕与心意。她真的很爱他，真的，但是当时的她还没有准备好开始一段感情。她对庞特说了那些发生在约克大学的事情，除了强奸危机中心的顾问凯莎之外，这事只有庞特知道。当时庞特的情绪和玛利亚一样，茫然困惑，对这位不知名的强奸犯充满愤怒。那时候的玛利亚以为自己和庞特此去一别，可能就再也无法相见了。

    现在他们又一次经历了漫长的下行旅程，来到了克莱顿矿井六千八百英尺深的底部。往事浮现在脑海，玛利亚觉得庞特之所以同样尴尬不语，应该也是想起了这些事。

    之前也有人提议另外安装一台新的高速电梯，直接通往中微子观测室，但后勤工作非常艰巨。在两千米长的辉长岩花岗岩中挖一条新的竖井是个重大任务，而英科公司的地质学家们也不确定岩石是否能承受这项新工程。

也有人提议用更豪华、更现代的电梯取代英科公司现在这套老旧的开放式矿井电梯,但这也意味着新的电梯只能用于地面与传送门之间的运输工作。事实上,克莱顿矿井中的镍矿采集作业仍然很活跃。虽然英科公司在和矿井的合作过程中占据主导地位,但他们每天仍要通过这台电梯运送数百名矿工往返地面。

上次的电梯里只有玛利亚和庞特两个人,但这次不一样,这次还有六名矿工和他们一起前往五千二百英尺深的矿层。他们均匀分成两组,一组礼貌地看着泥泞的金属地板,而不是像在办公楼电梯里的那些人那样认真地观察深度显示屏,而另一组则大大方方地盯着庞特。

电梯在粗糙的竖井里轰隆向下,从外头用油漆写的字来看,他们刚刚经过了四千六百英尺深的矿层。这个深度的矿藏已经被采尽,所以该层现在被用作育种苗圃,参与萨德伯里周围的植树造林项目。

电梯降到了矿工们要求的深度,颤巍巍地停了下来,门打开时嘎吱作响,矿工们走了出去。玛利亚看着他们离开的身形,想到自己之前还以为他们就是壮汉的代名词,但现在和庞特比起来,他们就显得很瘦弱了。

庞特又按了下通知铃来告知地面的电梯操作员,让他知道矿工们都已经离开了,于是电梯又隆隆地动了起来。这里太吵了,说的话实在不容易听清。虽然上次他们谈的内容很敏感，但大部分都是用喊的。

电梯终于到了地下六千八百英尺的矿层，这里的温度永远是一成不变的、令人窒息的四十一摄氏度，气压则比地面高百分之三十。

至少这里的交通情况得到了改善。他们从电梯出来后，如果要去观测站，不用再沿着水平方向徒步走上一点二公里了，有辆相当不错的全地形车在电梯口等着他们。这辆车看着像是沙漠越野车，车头贴着观测站的标志。下面一共配备了三辆车，另外两辆肯定在别的什么地方。

庞特示意玛利亚坐驾驶座，玛利亚努力忍住没有笑出来：这个大块头知道很多事，但如何开车则是他的知识盲区。他坐上副驾驶座，玛利亚则花了一分钟时间去熟悉仪表盘，阅读上面的各种警告和说明，看来这车的驾驶难度也不比高尔夫球车难多少。于是她转动车钥匙——这把钥匙通过一根链子固定在仪表盘上，这样别人就不会不小心把它带下车了。他们沿着隧道一路驱车深入，同时避开矿车用的轨道。这段路如果用走的，一般需要二十分钟，但开车只要四分钟不到。

讽刺的是，现在观测站被用来作为通向另一个世界的中转站，于是里面的设施就不用再保持无菌的状态了。以前人们必须经过淋浴设施，现在如果有人从地面长途跋涉后下来，要是觉得脏了，还是可以冲个澡。不过这次庞特和玛利亚直接走了过去。通往真空室的两扇门自动打开了，这个房间主要是用来吸走观测站访客身上的灰尘的。庞特挤了进去，玛利亚紧随其后。

他们走过那些曾经用来服务于重水罐的管道设备，这些东西看着就像是鲁布·戈德堡漫画里那些大材小用的机械，他们一直走到控制室，那里和往常一样，由两个荷枪实弹的加拿大军人把守着。

"你好，特使博迪特。"一个卫兵从椅子上站起来。

"你好。"庞特用自己的声音应道。他现在已经学会了好几百个英语单词，这些都能在没有哈克的帮助下说出来。

"那么你就是沃恩教授了？"士兵问，他的军装肯定反映了他的军衔，但玛利亚看不懂。

"没错。"玛利亚说。

"我在电视上见过你，"那个士兵说，"这是你第一次穿越传送门，对吧？"

玛利亚点点头。

"那我相信你肯定把整个流程都听了个大概。我要检查一下你的护照，再采一份DNA样本。"

玛利亚是有一本护照。她第一次办护照还是为了去德国莱茵州立博物馆从尼安德特人的模式标本中采集DNA样本，之后又延期了一次。为什么加拿大的护照有效期只有五年？美国的护照有十年呢。她从钱包里拿出护照递给对方，讽刺的是，她护照上的照片看着要比现实中更显老，因为她那时候还没有通过染发来掩盖变成灰白的发丝。

然后她张开嘴，让士兵用棉签擦过她的右侧口腔内壁。玛利亚觉得他的手法有点糙，其实让细胞从口腔内壁脱落下来不用那么大的力。

"好了，女士，"士兵说，"祝您旅途平安。"

玛利亚让庞特带路，一路走上金属隔板，它的下面是一个十层楼高的桶状洞穴，这里也是萨德伯里中微子观测站的所在地。上次她来这里的时候，需要从一个一米见方的金属活板门爬下去，但这次她发现平台上开了个很大的口子，下面装了一台电梯，庞特说他上次来的时候还没有这个。电梯的透明丙烯酸外层是 Polycast 材料①，公司为这个观测站特别定制的，之前装重水的球体也是这家公司造的，不过现在已经拆了。

这个巨大的空间里有许多需要改进的部分，电梯自然是首位。如果传送门真的可以开上好几年，那么这个空间将会被改作十层的建筑，里面放满各种设施，包括海关办公室、医院病房，甚至还能造上好几间酒店套房。不过现在，这台电梯在这里只停靠两个地方，一个是底部的岩石地面，另一个是离地面三层楼高的地方，也就是在传送门周围的平台处。庞特和玛利亚在那层下了电梯，这里是个宽阔的木质高台，有两个士兵驻守于此，平台的一侧立着联合国以

---

① 是一种铸造业使用的耗材，现在多用于3D打印中。

及三个共同出资建立观测站的国家的国旗，分别是加拿大、美国和英国。

此刻在她面前的，是——

看来大家都习惯叫它传送门了，但因为当中有根德克斯管，所以它看着反而更像隧道。玛利亚的心怦怦直跳，她可以看到传送门另一头的世界，看到尼安德特人的世界，而且——

我的天，玛利亚暗想，上帝啊。

隧道的另一头走过一个强壮的人影，有人正在对面工作。

那是另一个尼安德特人。

玛利亚对庞特很熟悉，和图卡娜也见过几次面，但她还是很难接受这个世上有好几百万其他尼安德特人的事实，但是……

但现在就有一个，而且就在隧道的另一头。

庞特很有风度地示意她先走，于是她深吸一口气，现在，玛利亚·沃恩，一个地球的公民，开始沿着这座通向另一个地球的圆柱形桥梁走去。

德克斯管的底部加装了一个平面，形成了一条平坦的步道。玛利亚向德克斯管半透明的白色管壁看去，可以看见管子周围绕着一圈蓝色的光环：这才是真正的传送门，连接两个世界的开口，也是世界的断面。

她把手伸向两个世界的断面处，把手搭在上面。是的，庞特已经来回穿行于这两个世界了，而且之前也已经有好几个智人过去了,但是……

玛利亚浑身冒汗,这不单是因为地下太热。

庞特把手搭在她的肩上。有那么一会儿,玛利亚觉得他会把自己推向另一个世界。

他当然没有。"慢慢来,"他用英语轻声说,"舒服点了再走。"

玛利亚点点头。她深吸一口气,向前迈出脚步。

穿过传送门的瞬间好似蚂蚁从身上爬过一圈。玛利亚的动作起先很慢,但很快,她就希望尽快结束这种不安的感觉,于是她快速向前跃去。

此刻的玛利亚和自己熟知的世界仅仅相隔几厘米,但这咫尺的距离却凝缩了时间线分岔后的数万年。

她继续走向隧道的尽头,庞特沉重的脚步声就在身后。然后她跨出通道,这里肯定是量子计算机室。观测站已经不具备最初的用途了,但庞特的量子计算机仍在全速运转。并且玛利亚知道,如果没了它,传送门就会立刻关闭。

她面前站着四名尼安德特人,全都是男性。一位穿着一套略显夸张的银色衣服,其他人则穿着无袖衬衫,奇怪的裤子和庞特刚来的时候穿的一样,也是把鞋子给包起来的设计。他们的发型也和庞特差不多,都是把浅色的头发梳成中分。四位尼安德特人的肌肉都很发达,但四肢稍短,眉脊的起伏也都很明显,而且都长着土豆形状的大鼻子。

　　她身后传来了庞特的声音,他在用尼安德特人的语言说着什么,玛利亚惊讶地转身看他。她之前一直听庞特用这种语言小声说话,再由哈克用更响的声音将它翻译成英语,但她还从来没听过庞特用自己的语言清楚而又响亮地与他人交谈。不过他肯定在说什么好笑的事,因为四个尼安德特人都发出了响亮低沉的笑声。

　　玛利亚从隧道的出口处让开位置,让庞特过来,然后——

　　她之前经常听庞特谈起阿迪克,也清楚地知道庞特有个同性爱人,但是……

　　但是,尽管她有自由主义倾向,尽管她已经做了充足的心理准备,尽管她在自己生活的地球上也认识不少男同性恋,但她看到庞特和另一个尼安德特人(他肯定是阿迪克)紧紧抱在一起时,还是觉得胃里一阵翻腾。他们在一起抱了很久,庞特的大脸紧紧地贴在阿迪克同样毛茸茸的脸上。

　　玛利亚立刻就意识到这是什么感觉了,天啊,但她已经有几十年没有体会过了,这让她感到很害羞。她对同性之间的吸引并不排斥,甚至完全不介意。如果你在周五晚上的多伦多打开电视,调几个不同的频道,总能看到同性色情片。不对,她只是……

　　这个感觉实在是太羞耻了,但她知道,如果自己想和庞特维持长期关系,就一定要尽快克服这种感觉。

　　她开始吃醋了。

　　庞特松开阿迪克,然后举起左臂,把手腕内侧对着他。阿迪克也同样举起手臂，摆出相同的姿势。玛利亚看见他们的机侣都闪起了各种符号，她猜庞特可能正在从阿迪克那里接收信息，这些都是庞特不在他身边时发生的事。

他们同时放下手臂，但庞特的手臂落到一半就不动了，他摆了摆手肘，转过来指着玛利亚："Prisap tah 玛·沃恩 Daballita sohl。"不过庞特并不是对着她说话，所以哈克并没有翻译。

阿迪克微笑着走上前来，他看起来很和蔼，脸比庞特还宽，真的，看着足有一个餐盘那么大。他圆睁着凹陷的双眼，蓝绿色的瞳孔里透着惊诧的神色。他给人的感觉，总体上有点像《摩登原始人》版的皮尔斯伯里面团宝宝①。

庞特的声音轻得好比耳语，由哈克以正常的音量来提供翻译："玛，这是我的男伴，学者阿迪克·胡德。"

"泥壕。"玛利亚愣了一下，然后才意识到原来阿迪克想试着说"你好"，音却没发对。不过对方居然试着学了一些英语，这还是让她很惊讶。

"你好，"玛利亚说，"我经常听人提起你。"

阿迪克歪着脑袋，大概是在听耳蜗中的机侣植入体翻译，出人意料的是，他用带着口音的英语回答道："我希望都是些好事。"

玛利亚忍不住笑了起来："哈哈，当然！"

"而这位，"哈克用自己的声音替庞特说道，"是曝录者。"

①《摩登原始人》(The Flintstones)，美国动画片。皮尔斯伯里面团宝宝是由食品公司皮尔斯伯里(Pillsbury)推出的品牌吉祥物。

玛利亚吓了一跳。庞特指的是那个穿着一身银色衣服的人。她不确定如果这个奇怪的尼安德特人突然出现在她面前,自己会作何反应。"呃,幸会幸会。"她说。

那个陌生的尼安德特人还没有掌握沟通的技巧,不知道自己要在机侣翻译的时候压低声音,玛利亚不得不把尼安德特语和英语区分开来。"听说在你们的世界里,我可能会被称为记者。我会去一些有趣的地方,人们会调节自己机侣的接收频段,接收我的机侣所广播出的信号。"

"所有的曝录者都穿着银色的衣服,而且也只有他们这么穿。如果你看到有人穿成这样就要注意了,因为有好几千人都在看着你呢。"

"啊哈!"玛利亚说,"曝录者! 对,我想起来了,你之前和我提到过他们。"

庞特也介绍了另外两名尼安德特人:一位是执法者,显然是类似警察的职位,而另一位是个胖胖的机器人专家,名叫德恩。

作为女权主义者的玛利亚有那么一会儿很生气,因为在量子计算实验室里居然一个女性都没有。但她转念一想,这里周围当然不会有女性。她知道,这个矿井其实坐落在萨尔达克的城缘。

庞特领着玛利亚穿过固定在地上的圆柱组成的网格,走上一小段楼梯,穿过一扇门,进入控制室。玛利亚被冻得不行,尼安德特人很怕热,但是在这个深度,环境的温度应该和玛利亚自己的世界相同,所以整座地下设施的其余部分肯定用上了空调,玛利亚低头看了看，尴尬地发现自己激凸了。"你们是怎么让这里保持凉爽的？"她问。

"超导热泵，"庞特说，"它们和已发表的科学事实一样坚实可靠。"

玛利亚环顾控制室，这些控制台的外观让她一惊，这看着可真是够怪的。仪器应有的外观是由人类设计师武断决定的，自己居然从来没想到过这一点。换句话说，人类社会中的"高科技"设计只是其中一种可能的方式。尼安德特人的控制台不像他们的那样选择充满光泽的金属色、黑色以及灰色，多数是珊瑚粉，也没有尖锐的边角，那些小型的控制器是向外拉出来的，而不是向内按，上面没有LED灯，没有表盘，也没有可以拨动的开关，指示灯似乎是依靠反光而不是自发光，柔和的灰色背景上以深蓝色的字符显示文本：她开始还以为这是预先打印好的标签，但上面的字符串一直在变来变去。

庞特带她快速穿过这个小房间，来到消杀仪器面前。她还没反应过来，庞特就已经解开了衬衫肩部的扣子，他先脱上衣，再脱裤子，把衣服塞进一个圆柱形的篮子里，走进另一个圆柱形的房间，然后一动不动地站好。地面开始缓慢旋转，她先看到了他宽阔的后背，赤裸下身的背面，再是他宽阔的胸膛，以及下身的正面。她看见房间的一头有激光发射器，射出的激光落在另一头，出现了一个小点，直接穿过了庞特的身体，好像那里根本没有任何东西。但她知道,其实这样就已经把外界的生物分子摧毁了。

整个过程用了几分钟,转了好几圈。玛利亚试着不要往下看,但庞特倒没觉得不自然。前几次她都是在昏暗的光线下看他的裸体的,但这次——

强光照射下的庞特就像是硬核色情片里会出现的画面,他全身几乎都覆盖了一层淡淡的金色绒毛,腹肌很结实,胸肌堪称丰满,而且……

好吧,她移开眼睛,自己不应该盯着那里看。

庞特终于结束了。他走出房间,示意玛利亚进去。

玛利亚的心突然跳得飞快,她对整个消杀程序已经有了大致了解,但是……

但是她从来没想过庞特会在一旁全程观看。当然了,她可以直截了当地告诉他,这样会让自己觉得很不舒服,但……

玛利亚深吸一口气,入乡……

她脱下上衣,把它丢进庞特之前放衣服的篮子里,然后脱掉黑色的鞋子,庞特点头同意后,她把那双鞋也放了进去。接着再脱裤子,现在……

现在她身上只有一件奶油色的胸罩和一条白色的内裤。

如果激光能够穿过她的皮肤杀死细菌和病毒,那么应该也能透过她的内衣杀死它们,但……

但她的内衣、所有衣服、钱包和行李都要用超声波进行清洗,并暴露在高强度紫外线下。激光擅长消灭微生物,但功率还不足以杀灭那些可能潜伏在织物褶皱中的螨虫和蜱虫,因为它们的体型更大。庞特说,所有的东西都会在彻底清洁之后送还给他们。

玛利亚伸手解开胸罩。她记得自己在大学时还能通过用来检验胸部下垂的铅笔测试,但那已经是很久之前了,现在的她已经不同于往昔。玛利亚本能地双手抱胸,但最后还是放下双臂脱掉内裤。她不太确定自己在脱衣服时朝向哪边会更优雅些,但不管是哪种方式,都免不了露出许多看着并不讨喜的赘肉。最后,她选择转身迅速把它脱下来,然后尽快站直。

庞特一直看着她,脸上带着鼓励的微笑。她在刺眼的光线中或许显得不如在酒店房间里昏暗的光线中那么吸引人,不过庞特也没有表现出任何迹象。

玛利亚把内裤放进篮子,走进消杀室,地面开始旋转。没错,她之前有看庞特,但她的凝视是带着欣赏的,毕竟他肌肉发达,而且说实话,比例也很匀称。

而她是一个快到四十岁的女人,身上还有二十磅她不需要的脂肪,体毛的颜色也能充分证明她的头发是染过的。看在上帝的分上,庞特怎么可能欣赏他面前这个软绵绵、白乎乎的女人?

玛利亚闭上眼睛,等待过程结束。不过她全程一点感觉都没有,内脏丝毫没有痛感。

消杀终于结束了。玛利亚走到房间的另一边,庞特带她去了一间可以换衣服的房间。他指着一堵满是方形隔间的墙，每个隔间里都摆着衣服。"试试右上角那套，"庞特说，"这些衣服是根据尺码大小升序排列的，那套应该是最小的。"

最小的，玛利亚暗想，心里稍稍有点开心。看来在这个世界，她买衣服可以直奔童装区了。

玛利亚用最快的速度穿好衣服，然后庞特带她来到电梯口。玛利亚再次为格里克辛人和巴拉斯特人在科技发展层面的明显差异所震惊。电梯的轿厢是圆形的，地上有两个踏板可供操作。庞特踩着其中一个，轿厢开始向上。要是有人手里抱着东西，这个设计就真的太方便了！玛利亚有一次为了按电梯，自己买的一堆东西都倒在了公寓电梯的地板上，其中还包括一板鸡蛋。

电梯内有四根垂直的杆子，间距两两相同。玛利亚认为它们是结构柱，但事实并非如此。在他们开始长途上升后不久（这段路程大概有两公里长，这和她生活的地球一样），庞特就把背部靠在一根杆子上，然后开始来回摆动。原来这是一个抓背装置，看上去倒是个打发时间的好方法。

不过玛利亚还是大声询问起庞特关于这个圆柱形轿厢的问题："它是不是在电梯井里旋转？"

庞特点了点他的大脑袋。"就是这样，"哈克为他翻译道，"在我们这里，带动电梯上升的机械装置装在电梯井内，而不是像你们的世界里那样装在电梯井顶部。电梯井并不是完全竖直的，而是以非常小的角度呈现螺旋形。就拿这部电梯来说，矿井底部的电梯门对着东边，但等我们到达地表后，电梯门就朝着西边了。"

在上行的途中，玛利亚也有机会好好观察一下他们的照明方式。她看着电梯顶："我的天，这是荧光素吗？"

一根玻璃管环绕在轿厢顶部的边缘，里面装满了泛着蓝绿荧光的液体。

哈克发出了"哔哔"声。

"荧光素，就是能让萤火虫尾部发光的物质。"

"啊，没错，它的原理也是类似的催化反应。这也是我们室内的主要光源。"

玛利亚点点头。想来这也正常，尼安德特人喜欢凉爽的环境，所以肯定不喜欢那种白炽灯，它们发出的热量比发出的光还多。荧光素或者荧光素酶的反应过程几乎没有能量损失，发出的光也没什么热量。

电梯继续上升，蓝绿色的光让庞特浅色的皮肤呈现出一种奇怪的银色，他暗金色的虹膜几乎接近黄色。电梯顶部和底部都有排气孔，所以产生了一些微风，玛利亚不得不抱住自己来保暖。

"不好意思。"庞特注意到了她的动作，感到很不好意思。

"没事，我知道你们喜欢凉爽的环境。"

"这倒不是因为这个，"庞特解释道，"在这样狭小的空间中会累积信息素，而电梯运行的时间又很长。空气流通能保证电梯里的人不会被彼此的气息过度影响。"

玛利亚惊奇地摇了摇头,现在她还没离开矿井,就已经被两个世界的差异惊到了,而且她事先还知道自己正在前往另一个世界。她又同情起了庞特,他刚来她的世界的时候根本没有准备,但还是维持住了自己的心智。

电梯终于到了,门随之打开,但他们的世界里就连开门的方式也显得尤为奇特,电梯门一丝缝也没有,而是像手风琴那样折叠起来。

他们现在身处一个四四方方的房间,边长大约五米,墙面是灰绿色的,天花板很低。庞特走到一个架子前,拿出一个扁扁的小盒子,看起来像是用蓝色的硬纸板做的。他打开盒子,取出一个亮闪闪的金属和塑料制的东西。

"最高银须长老会也意识到,他们没有其他选择,只能让你们访问我们的世界,不过阿迪克说他们强加了一个条件,就是必须戴上这个。"他举起一个东西,玛利亚能看到上面有个金属系带,面板看着和庞特的机侣很像。

"机侣一般是植入式的,"庞特说,"但是我们也知道,让临时来的访客进行手术不太现实。不过这个系带只能在这里被移除,也就是说,机侣内置的计算机知道自身所在的位置,只有在这里才会松开。"

玛利亚点点头:"我明白了。"然后伸出右臂。

"机侣一般都是装在左臂的,除非佩戴者是左撇子。"

于是玛利亚伸出了另一只手,庞特忙着把机侣固定在她的手上。玛利亚问:"我有个问题想问你,尼安德特人大多都是右撇子吗?"

"大约占九成吧。"

"那和我们根据化石做出的判断一致。"

庞特听了不禁扬起眉毛:"你们是怎么通过化石来判断惯用手的? 在这个世界里,我不相信会有什么判断惯用手分布情况的办法。"

玛利亚笑了起来,为她的物种所体现出的聪明才智感到高兴:"是通过牙齿化石来判断的。"

"牙齿和惯用手有什么关系?"

"有个项目对二十位尼安德特人的八十颗不同的牙齿展开了研究。你看,你们的下巴很宽大,所以你们在剥兽皮的时候,可能会用牙齿当夹子,这样就能咬住一头,把肉给剥下来。兽皮很粗糙,所以会磨损牙冠,在上面留下一些小缺口。其中十八个人的牙齿上缺口都向右,说明剥皮者应该是用右手拿刀刮肉,这样才会把兽皮向右扯。"

庞特吸着嘴唇,再把眉毛朝中间拧成一团,玛利亚知道这是尼安德特人表达"惊讶"时的表情。"真是了不起的推理。"庞特说,"这样的刮肉聚会现在还有,处理兽皮的姿势就是这样的。当然也有一些机械的处理方法,不过这样的聚会其实已经变成了一种社交活动。"

庞特说完顿了顿,然后说:"说到兽皮……"他走到房间的另一边,那面墙上挂了一整排毛皮大衣,似乎是先用夹子固定住肩部,再挂在横杆上。"选一件吧,"他说,"同样,最右边的尺码最小。"

玛利亚选中一件,庞特不知做了什么,衣服就从架子上落下来了。她不太知道这件衣服要怎么穿,像是从侧面而不是从肩部解开的,但庞特帮她穿了上去。玛利亚其实有点抵触,因为她自己从来都没穿过天然皮草,但话又说回来,这里毕竟和她之前生活的地球不一样。

这件红棕色的皮草外套肯定不是什么名贵的材料,毛料不像水貂和黑貂那样奢华,反而有点粗糙,颜色并不均匀。庞特给她扣上衣服内的搭扣,让这件衣服把她包裹得严严实实。"这是什么动物的皮毛?"玛利亚问。

"猛犸象。"他说。

玛利亚听了不免睁大了眼睛,这件皮草或许不如水貂那么油光水滑,但在她的世界里,这样一件猛犸象毛外套的价格肯定比其他任何毛料都贵。

庞特自己没有再穿外套,而是直接向门外走去。这扇门倒是正常了很多,被固定在一根垂直的管子上,这样就能像铰链那样实现开合的功能。庞特打开门,然后——

他们终于出来了，终于站上了地表。

突然间，所有的陌生感尽数烟消云散。

眼前还是那个地球，她所熟悉的地球。太阳低垂于西面的天空，看着就和她自己曾经看到的完全一样。天还是蓝色，周围都是她认识的松树、桦树和其他树木。

"好冷。"她说。这话说得没错，这里的地表温度的确比他们离开萨德伯里的时候低了四摄氏度左右。

但庞特微笑着说："多舒服呀。"

突然，有个声音引起了玛利亚的注意，有那么一会儿她还以为有头猛犸象在朝他们冲来，为的是给被制成衣服的亲属复仇，但还好不是。来的是某种看上去像是气垫车的东西，整体是方的，但做了圆角处理。它悬浮在碎石遍布的地面上朝他们飞过来。玛利亚听到的声音似乎是两个风扇叠加发出的，底部的风扇向下吹，好让它悬浮于地面，车后有个大风扇负责向后鼓风，驱动车辆向前，就像美国佛罗里达大沼泽地国家公园里的水上汽艇那样。

"啊，我订的旅行块到了。"玛利亚猜他是让哈克帮忙订的，而且哈克还没有把这些话翻译成英语。这辆奇怪的交通工具停在了他们面前，玛利亚能看到车里有个尼安德特人司机，他也是个膀大腰圆的壮汉，看着比庞特要年长二十岁。

旅行块透明的侧面打开了，司机对庞特说了些什么，这些话哈克也没有翻译给玛利亚听,但她猜对方应该是用尼安德特语在问:"老弟,打算去哪儿?"

庞特示意玛利亚先上车:"现在,让我带你看看我的世界吧。"

第三十章

"这是你家?"玛利亚问。

庞特点点头。他们花了几个小时参观了一些公共建筑,现在已是傍晚时分。

玛利亚其实很震惊。庞特家的主体居然不是砖石结构,而是木质的。虽然加拿大"建筑法"已经在安大略省的许多地方明令禁止建造木屋,但她还是见过不少,只是这样的木屋她从来没见过。庞特的家好像是靠树木生长出来的,做法大概是先选一棵粗矮的树,外面再套上一个屋子大小的模具,可以是长方形,也可以是圆柱形,等树干把模具的每个角落都长满后,再把模具去掉,只留下树。然后他们再用某种方式把树的内部挖空,但不杀死它。这栋房子的表面仍然覆盖着深棕色的树皮,充当房屋本体的树本身显然还活着,树枝已经从中间成型的树干中长了出来。因为已是秋天,枝头的树叶已经开始变色了。

房间里显然做了一些木工活，窗户是完美的正方形，大概是直接凿穿树干后雕出来的，屋子的一侧还用木板搭出了一个平台。

"这里实在是……"各种形容词在玛利亚的脑海中打得不可开交，都想争着冒出头来：奇异、惊人、古怪、迷人……但最后胜出的词是"美丽"。

庞特点点头。在玛利亚的世界，如果别人这么称赞你，比较合适的做法就是道一声"谢谢"。但玛利亚知道，对尼安德特人来说，如果被称赞的事情里并没有自己参与，一般就不会对称赞做出回应。之前她夸庞特，说他那件开口在肩部的衬衫很好看，而他一脸困惑地看着她，好像在想：怎么会有人愿意穿不好看的衣服呢？

玛利亚指了指屋子边上，地面有个巨大的黑色方块，边长大约二十米："那是什么？停机坪？"

"偶尔可以当作停机坪，但其实是个太阳能电池板，可以将太阳光转化成电能。"

玛利亚微笑起来："那我猜你们冬天时得铲雪吧？"

但庞特摇了摇头："不，送我们去上班的悬浮巴士会停在这儿，让气流把积雪吹走。"

玛利亚最恨的就是铲雪了，所以和科尔姆分居后，她特意选了一处公寓。在她的世界里，雪后的多伦多公车局①估计是不会费劲

---

① 多伦多公车局（Toronto Transit Commission，简称TTC），为多伦多市提供公交车、路面电车、地铁及轻轨等公共交通服务。

把车开到每个人家门口的。

"来，"庞特走向房子，"我们进去吧。"

庞特打开家里的门，内墙是打磨过的木头，和屋子周围真实的树木一样。玛利亚之前见过不下几百间用木板装饰的房子，但从来没有一间房子的木纹能在屋内围成一圈连续的图案。要不是她先从外面看到了这所房子，不然肯定弄不清这幢屋子是怎么建成的。墙上有好几个地方都凿了小壁龛，里面放着小雕塑和砖块。

玛利亚起初以为地板上铺的是绿色织物，但她很快意识到这其实是苔藓。现在她在的地方好像是起居室，里面有两把椅子，还有两个沙发从墙里凸了出来。墙上没有什么艺术品，不过整个屋子的房顶上画了一幅错综复杂的壁画，而且——

玛利亚突然觉得自己浑身一冷。

屋子里居然有一只狼。

玛利亚愣在原地，但心在怦怦直跳。

那只狼开始冲刺，直奔庞特。"当心！"玛利亚大声喊道。

庞特转了个身，顺势倒在沙发上。

那只狼趴在他身上，下颌张得大大的，而且——

它居然在舔庞特的脸，而庞特笑得很开心。

庞特用尼安德特人的语言一遍又一遍地重复着几个单词，不过哈克没有翻译。能听得出来，庞特既怜爱又欢乐。

过了会儿，他把那只狼从他身上推开，然后站起身子。这个生物转过头来对着玛利亚。

"玛,这是我养的大狗巴伯。"

"居然是狗!"玛利亚惊呼,但面前这个动物完全就是狼的模样,至少她看着是这样:凶残、贪婪、掠夺成性。

巴伯蹲在庞特身边,然后高高昂起鼻子,发出一声长号。

"巴伯!"庞特喊了句提醒它。他的话在尼安德特人的语言里肯定是:注意点! 然后他充满歉意地向玛利亚笑笑:"它之前从来没有见过格里克辛人。"

庞特把巴伯带到玛利亚身边,这只至少一百磅重,而且长着牙齿的动物正在上上下下嗅着她,她只觉得背部僵硬,尽力忍住打战的冲动。

庞特和狗说了一会儿,这些话没有被翻译,但听着就和玛利亚他们对宠物说话时一样轻快。

阿迪克这时从另一个房间走过来,穿过拱门。"玛,你好啊。"他说,"还玩得开心吗?"

"很开心。"

庞特走到阿迪克身边,抱着他,玛利亚移开了目光,但等她回过头来,发现他们正肩并肩地站在一起,还牵着手。

玛利亚再次感到了忌妒的痛苦,但是——

但……但这种感觉不合适。没错,庞特和阿迪克和之前一样,将他们对彼此的感情表露无遗。

但是——

但首先拥抱的是阿迪克还是庞特？说实话，她没法确定。而牵手的动作又发生在她扭头的时候，她说不上来是谁先伸手的。或许阿迪克只是在对外宣示自己对庞特的所有权，让玛利亚看看他和庞特的关系。

巴伯这会儿显然发现了玛利亚不是什么坏人，于是从她身边走开，跳到了一个从墙上……呃，长出来的沙发上，这个说法可真贴切。

"你想看看屋子里的其他房间吗？"庞特问。

"好啊。"玛利亚回答。

她被带到一块区域——严格来说，这里算不上是个单独的房间——看着肯定是厨房。苔藓地毯上盖了一大块玻璃，眼前的家电玛利亚一个都不认识，但她猜那个小方块或许是个类似微波炉的东西，还有那个由两个蓝色方块堆叠而成的大家伙，肯定是冰箱之类的。她说出了自己的猜测，但阿迪克笑了起来。

"其实这是个激光炉，"庞特指着那个小小的方块说，"它的激光波长和你在消杀室用的是一样的，用在这里就能让肉类的内外成熟时间一致。而且我们也不用冰箱储藏食物，这是个真空箱。"

"啊哈。"玛利亚转身又被吓了一跳，有面墙被四个方正且平整的显示屏填满了，每个屏幕上都显示着尼安德特人世界的一个场景，她之前就知道尼安德特人的社会有点像奥威尔笔下的世界，但她没想到庞特也会做监视邻居这档子事。

"这是窥机的画面，"阿迪克走过来加入讨论，"我们就是通过它来接收曝录者发出的信号。"他走到四个屏幕前，然后调了什么，突然间，四块单独的屏幕合成一块，成了个更大的屏幕，把右下角的那块屏幕放大了。"这是我最喜欢的，"阿迪克说，"豪斯特总是在做些有趣的事情，"他扫了一眼，"啊，他在戴巴托比赛的现场。"

"行了行了。"庞特示意他们赶快跟上。从他的语气看，一旦阿迪克看起比赛来，那就很难把他从屏幕面前拉走了。

玛利亚和阿迪克一起跟着他，下一站显然是他们的卧室和浴室。房间里有一扇很大的窗，可以俯瞰外面的小溪，中央有个凹陷的四方形，里面铺满了方形的靠垫，构成了一个很大的睡觉区域。上方是几个圆碟型的枕头，房间的另一头有个圆形的坑，也是凹陷于地面的。"这是浴盆吗?"玛利亚问。

庞特点了点头："想用的话就用吧。"

玛利亚摇了摇头："之后再说吧。"她的目光落在了床上，脑海里不由得浮现出庞特和阿迪克裸着身子在床上做爱的画面。

"好了，"庞特说，"这就是我们的家。"

"来，"阿迪克说，"我们回客厅去吧。"

庞特带他们过去。阿迪克把巴伯赶下沙发，然后仰面躺下。庞特示意玛利亚坐在另一个沙发上，或许这样斜靠着身子是尼安德特人常见的休息方式，当然，这也是躺着看天顶画的最佳姿势。

　　玛利亚坐在另一个沙发上，想着庞特会坐在她身边，但相反，他却走到了阿迪克躺着的地方，爱抚着他的头顶。然后阿迪克坐直身子，玛利亚还以为他会把脚放下来，端正地坐在沙发上，但庞特坐上沙发之后，阿迪克居然躺了下来，还把头放在庞特的大腿上。

　　玛利亚觉得胃都打结了。不过庞特可能从来没有在和别人卿卿我我的时候把女性带回家里过。"那么，"庞特说，"你目前觉得我们这个世界怎么样？"

　　玛利亚趁机把目光从庞特和阿迪克身上移开，好像她需要将自己头脑中的东西具象化。"感觉……"她耸了耸肩，"很不一样。"然后她觉得自己这么说可能有点冒犯，于是很快补了两句，"但很漂亮，非常漂亮，"她又顿了顿，然后说，"而且干净。"

　　玛利亚的这番话让她心里暗自发笑。干净，这就是美国人到访多伦多后经常说的话。你们的城市真干净！

　　但多伦多比起玛利亚在萨尔达克的所见所闻，简直就像猪圈。她总觉得从经济的角度看，庞大的人口总免不了对环境造成毁灭性的伤害，但是……

　　背后真正的原因并不是庞大的人口，而是不断增长的人口。但尼安德特人代际分明，看来他们的人口总数已经有好几个世纪没有增长了。

　　"我们喜欢这样，"躺着的阿迪克显然是想继续推进这个对话，"所以一切才是现在这个样子。"

庞特抚摸着阿迪克的头发："他们的世界也很有魅力。"

"我听说你们的城市面积更大。"阿迪克说。

"哦对的，"玛利亚说，"我们的城市里一般有好几百万人，我生活的多伦多人口接近三百万。"

阿迪克的脑袋搁在庞特的大腿上摇来摇去。"太惊人了。"他说。

"我们晚饭后带你去城中转转，"庞特说，"那里建筑的密度更大，房子之间的距离只有十几步远。"

"缔约仪式就是在那里举行的?"玛利亚问。

"不，仪式一般是在城中和城缘之间举行。"

玛利亚突然想起一件事："我——我没带什么好看的衣服。"

庞特笑了起来："别担心。他们分辨不出哪些格里克辛人的衣服是在平时穿的，哪些是在特殊场合穿的，因为在我们看来都很奇怪。"

然后庞特低下头，看着阿迪克的脸，"说到这个，你明天要和弗拉克萨坦财团开会吧? 你打算穿什么?"哈克并没有把玛利亚排除在外，而是把这些都翻译给她听。

"我不知道。"阿迪克说。

"那件绿色的无袖上衣怎么样?"庞特提议，"它能衬出你的二头肌，我很喜欢，而且——"

玛利亚突然觉得自己再也忍不了了。她猛地站起来，然后朝着大门走去。"不好意思，"她试着稳住呼吸，试着保持平静，"实在不好意思。"

　　然后她步入了外面的黑暗中。

第三十一章

庞特跟着玛利亚走了出去，关上了身后的门。她浑身发抖，而夜晚的冷空气一点也没有让庞特感到困扰，但他清楚地知道玛利亚为什么会这样。于是他开始向她靠近，像是要用他粗壮的胳膊把她抱在怀里，但玛利亚粗暴地抖了抖肩，抗拒他的行为，然后转身背对他，望着外面的荒野。

"怎么了？"庞特问。

玛利亚深吸一口气，然后缓缓吐出。"没什么。"她说，她知道这么说听起来有点在耍性子，而且她自己也很讨厌这样。到底哪里出问题了？她知道庞特有个男性伴侣，但是——

但对这件事有个抽象的概念是一回事，真正亲眼见到又是另一回事了。

玛利亚自己也觉得很惊讶。她和科尔姆分手之后第一次见到他的新女友时，她心里的忌妒感都没现在这么强烈。

"没什么。"玛利亚再次说道。

庞特用自己的语言说了什么，听着既困惑又难过。哈克翻译的时候倒是用了更加中性的口吻："我是不是冒犯到你了……对不起。"

玛利亚抬头望着黑色的天空："我没有这么觉得，我只是……"她停了下，"我只是需要一点儿时间来适应。"

"我知道你们的世界和我们的不一样，你觉得我家是太暗还是太冷了？"

"不是因为这个，"玛利亚说，然后缓慢地转向他，"是因为……阿迪克。"

庞特听了，把眉毛挑过眉脊："你不喜欢他？"

玛利亚摇摇头："不，不是那样，他看着很友善。"她又叹了口气，"问题不是阿迪克一个人，而是你和阿迪克，是看到你们两个在一起。"

"他是我的男伴。"庞特的回答很简单。

"在我的世界里，人们只有一个伴侣。我其实不在乎伴侣是异性还是同性。"她又想补一句"我真的不在乎"——但又担心自己抗议得太频繁，"但对我们来说……好吧，不管是我还是你，如果我们和其他人还有另一段亲密关系，那都……"她拖着脚步走开了，然后耸起肩膀，"……很难受。而且我还得看着你们两个人秀恩爱……"

"啊，"庞特说，好像刚才的这一声还不够，"啊，"他又叹了一

311

声,然后沉默了好一会儿,"我不知道应该和你说什么。我爱阿迪克,而且他也爱我。"

玛利亚想问他对自己有什么感觉,但现在还不是时候,自己可能会因为心胸狭窄而被排斥。"另外,"庞特说,"我们是一家人,感觉不应该如此。如果我对自己的兄弟或者女儿或者父母表示爱意,那你肯定不会感到难过。"

玛利亚沉默着思考了一会儿,片刻后,庞特继续说:"或许这么说有点老生常谈的味道,但我们有句谚语:爱如盘肠。也就是说,和爱沾边的事,总是有回旋的余地。"

虽然很勉强,但玛利亚还是笑了起来。然而这种不自然的笑声让泪水流出了她的双眼:"但我来了这里之后,你还没碰过我。"

庞特听了不由得睁大了双眼:"现在还不是合欢日呢。"

玛利亚沉默了很久:"我……不管是格里克辛人的女性还是男性,都需要情感的关爱,而不仅仅是一个月当中的四天而已。"

庞特深吸一口气,然后缓缓吐出:"一般来说……"

他慢慢没了声音,而那个词就在嘴边。玛利亚觉得自己的脉搏越来越快,一般来说,这个世界每人都有两个伴侣:一个男,一个女。尼安德特人的女性在一个月的大部分时间里并不会缺少爱,但多数都是来自她们的女伴。

"我知道,我知道。"玛利亚说着,闭上了眼睛。

"或许这是个错误,"庞特说这话,既像自言自语,又像是对着玛利亚说话,不过哈克还是尽职尽责地把他说的话翻译了出来,"或许我不该把你带到这里。"

"不,不是。"玛利亚说,"我想来,也很高兴自己能来。"她看着庞特,看着他那双金色的眼睛,"现在离下一次合欢日还有多久?"

"三天,"庞特说,"但是……"他停了下来,玛利亚眨眨眼,"但我想,在那天到来之前,我对你展示爱意也没什么关系。"

他张开双臂,片刻后,玛利亚步入了他的怀抱。

玛利亚自然不能和庞特住在一起,因为庞特住在城缘,这里是专供男性居住的区域。不过阿迪克给出了一个完美的解决方案,那就是让玛利亚和他的女伴露特·弗拉多住在一起。毕竟她是个化学家,按照尼安德特人的定义,这个职业的人整天和分子打交道。而玛利亚呢,也是某种特殊的化学家,只不过专精于脱氧核糖核酸。

露特立刻同意了,任何一个世界的科学家都不会放过招待同行的机会。于是庞特和哈克叫来了一辆旅行块,载着玛利亚去了城中。

司机正好是个女性,但也可能是哈克的要求。毕竟那个人工智能和庞特一样,清楚玛利亚之前被性侵的事。玛利亚的可拆卸式机侣同步了哈克的数据库,现在玛利亚就在用它和司机谈话。

"你们的车为什么是方形的?"玛利亚问,"这似乎不符合空气动力学。"

"那应该是什么形状?"司机问,她的声音和庞特一样低沉,而且带着共鸣,就像迈克尔·贝尔唱起《老人河》时的歌声。

"唔,在我们的世界里,车一般是纺锤形的,而且——"有那么一会儿,她想到了喜剧团体蒙提·派森,"—— 一头尖,当中稍宽,末尾又是尖的。"

司机留着一头短发,在玛利亚见过的所有尼安德特人当中,她的发色是最黑的。听了玛利亚这话后,她摇了摇头:"那你们怎么把车堆起来?"

"堆起来?"

"对,比如在不用车的时候,我们就会把它们一个个叠放在一起,然后把这摞车并排放好。这样就能减少存放它们所用的空间。"

玛利亚想到了她的世界,他们到底在停车场上浪费了多少空间啊。"但是——但是这样的话,如果你的车不巧停在最底部,要用车的时候怎么才能把车开出来?"

"我的车?"司机问。

"对啊,就是那辆属于你自己的车。"

"所有的车都归城市所有,"司机说,"我为什么要一辆自己的?"

"呃,我不知道……"

"我的意思是,它们的制造成本很高,至少在这里是这样。"

玛利亚想了下自己的车贷:"它们在我们的世界里也很贵。"

她看着车窗外的乡村，远处有另一个正在朝相反方向飞行的旅行块。玛利亚在想，如果有人告诉亨利·福特，在他的T型车推出后不到一百年里，城市里有半数空地都被用来供车通行或者停放，而车祸是造成二十五岁以下人群死亡的主要原因，它对大气所造成的污染比世界上所有的工厂和炉子加起来都要多，那他会怎么想。

"那为什么还要一辆自己的车？"那个尼安德特女性问。

玛利亚耸耸肩："我们喜欢拥有东西的感觉。"

"我们也是，"她说，"但就算这样，你们也不可能一整天都在用车啊。"

"难道你们不会担心之前用车的人离开后，会把车弄得一团糟吗？"

司机操作着自己手里的操作杆，掉转旅行块的方向，避开了前面的一片树林。然后她一言不发地举起左臂，好像这就能解释一切。

这和玛利亚猜的一样。如果他们知道自己一切行为的完整影像记录都会自动传输到远程档案中去，那就没人会留下垃圾或损坏公共车辆，也没人会去偷车，或者用车实施犯罪。机侣可以记录下你带进车里的一切，所以人们几乎不太可能把帽子忘在后座，事后再去追踪自己乘坐过的车辆。

天已经很黑了，玛利亚惊讶地发现这辆车现在并非行驶在荒芜的乡间小路，而是繁忙的萨尔达克市中心。这里几乎没有人造光源,玛利亚发现司机并没有透过透明的旅行块向外看,而是一边开车,一边看着仪表板盘面前一个方形的红外线检测仪。

汽车停在地上,一侧向上打开,车内的空气与寒冷的夜晚融为一体。"到了,"司机说,"就是那所房子,那边。"她指了指一幢十几米外的建筑,奇特的形状隐约可见。

玛利亚向司机道谢后下了车。晚上在这个陌生世界的室外待着让她觉得很不安,她本来打算直奔那所房子,但却突然停住脚步,仰望星空。

头顶星光璀璨,银河清晰可见。在萨德伯里的那一夜,庞特是怎么称呼它的? 对了,"夜河"。

看那里,是北斗七星,有个猛犸象的脑袋。玛利亚从指针星出发,画出一条假想的线,很快找到了北极星,面对着这颗星就意味着面对着正北。她照乔克·克瑞格的要求,从钱包里掏出了随身携带的指南针,但光线太暗看不清。于是玛利亚在饱览了美丽的天空后走向露特的家,让她的机侣通知主人,她已经到了。

过了一会儿,门开了,出来了一位尼安德特女性。"日康。"那位女性说,或者应该说,玛利亚的机侣是这么翻译的。

"你好啊,"玛利亚说,"呃,等一下……"门缝里透出光来,很亮。玛利亚低头瞥了眼指南针,感到自己的眉毛也抬了起来。指南针有颜色的那头,也就是蓝色的那头,直直地指向北极星,方向和传送门另一边的世界一样。看来这个地球并没有像乔克之前说的那样经历过地磁反转。

　　玛利亚在露特的家里过了开心的一夜,见了阿迪克的小儿子戴伯和露特的家人。唯一真正尴尬的时刻是上厕所。露特之前带她看过这个房间,但现在,面前的东西彻底把玛利亚弄蒙了。她默默地盯着它看了差不多一分钟,最后还是从房间里走了出来,叫来了露特。

　　"不好意思,"玛利亚说,"但……这里的厕所和我们那里完全不一样,我完全不知道怎么…"

　　露特大笑起来:"对不起! 这里,脚先踩在这些脚蹬上,然后像这样抓住头顶的吊环……"

　　玛利亚意识到,自己得把裤子全脱了才能正常上厕所。墙上有个钩子,应该是用来挂裤子的。这个姿势其实还是挺舒服的,但玛利亚上完厕所后,下面突然伸出了一块湿海绵,着实把她吓了一跳。

　　玛利亚发现厕所里没什么能读着消遣的东西,她在多伦多家里的马桶水箱上总是放着最新一期的《大西洋月刊》《加拿大国家地理》《优涅读者》《乡村音乐》,还有《填字世界》。就算这里的管道系统很发达,尼安德特人应该也不会在厕所里耗太久,因为他们的鼻子实在很灵敏。

　　玛利亚今晚睡在地上的一堆垫子上。她起初觉得很不舒服,她自己还是更加习惯睡在平平整整的表面上。但后来露特教会她用枕头来为颈部和背部提供支撑,再把膝盖分开等一系列动作。玛利亚虽然觉得怪怪的,但很快就睡着了,她是真的累了。

次日早上,玛利亚和露特一起前往她工作的地方。和城中的大多数建筑物不一样,这幢楼完全是用石头做的。露特解释说,这是为了防止试验出错后可能发生的火灾和爆炸。

看来露特是和其他六名女化学家一起工作的。虽然玛利亚已经习惯将看到的人自动按照代际归类,不过她不像庞特那样从现代社会开始的那一代数起,把人说成第146代、第145代、第144代、第143代和第142代,而是把她们当作快到30岁、40岁、50岁、60岁和70岁的女性。尼安德特女性衰老的速度和智人女性不一样,她们的眉脊把前额的皮肤拉紧了,所以没什么明显的皱纹。不过对玛利亚来说,区分她们所属的年龄段并不困难。代际之间以十年为间隔,区分很明显,并且尼安德特女性也没想过要隐藏自己的年龄。

但没过多久,玛利亚就不把露特实验室里的成员当作尼安德特人了,而是只把她们当作女人。没错,她们的外表看着是有点吓人,就像橄榄球线卫[①],脸上毛茸茸的,样子绝对……嗯,算不上有女人味。女人味,玛利亚想,这个词承载了太多期待。但她们肯定有着女性的特质:友善、合作、健谈、乐于助人而非争强好胜,总之,周围有很多乐趣。

当然,在玛利亚这代人里,从事科学领域工作的女性数量比男

[①] 美式橄榄球中的一个主要防守位置,一般担任线卫的人都很强壮。

性要少得多，但她希望这是最后一代遇上这种情况的。在她工作过的所有科室里，她就没有见过女性数量占优的，混得一官半职的女性数量也比男性少得多。还好在约克大学里，男女教职员工的数量几乎已经持平了。如果在她的世界里，男女职工的数量比也和这里一样，那么工作环境也会一样快乐吧。玛利亚成长于安大略省，出于历史原因，这里有两个独立的教育系统，都是由政府资助的，一个是更类似于美国而非英国的"公立"教育系统，另一个是天主教教育系统。由于宗教教育只能在宗教机构开办，所以许多信奉天主教的父母就把他们的孩子送到了天主教学校里，但玛利亚的父母（主要是她父亲）坚持把她送到公立教育系统中去。不过在她十四岁的时候，还有人在说她应该去天主教会的女子学校。那时候，玛利亚的数学学得很艰难。别人总是和她的父母说，如果在一个没有男孩的环境里，她的表现可能会更出色，但她的父母最后还是决定让她留在公立教育系统里。正如父亲对她说的，之后她会面临男孩的竞争压力，所以必须先适应他们。所以玛利亚最后是在东约克公立高中就读的，而不是离家更近的圣特蕾莎学院。虽然她最终克服了数学上的困难，但面临着男女同校的压力，她有时候还是会想到女子学校的好处。她在约克大学任教期间，教过的最好的理科生有些就是从这样的学校升上来的。

不过真的应该把这种概念延伸到成年人的生活中去，延伸到工作场所里，让女性生产者们（玛利亚觉得这个说法很有意思，它对于女性有着两重含义①)处在一个没有男性和男性意识的环境里。

尼安德特人的时间计算方法是这样的:他们从春分这天黎明开始,把一天的时间分成十等份。虽然很合理,不过玛利亚还是依靠自己的斯沃琪手表来计时,而不是用机侣显示的神秘符号。虽说她穿越到了另一个宇宙,但时区还是一样的。

玛利亚已经习惯了早上和下午各有一次咖啡时间,中午用餐后还有一个小时休息。但是尼安德特人的新陈代谢并不能让他们那么久不吃东西,所以在工作日有两次长时间的休息,一次是在上午十一点左右,另一次是在下午三点左右。这两次餐歇都消耗了大量的食物,包括生肉。这些肉都用同样的激光技术杀死了内部可能的感染源,所以就算是生肉,吃起来也非常安全。尼安德特人的下巴完全可以应对这项任务,玛利亚的胃却不行;她和露特以及她的同事们坐在一起用餐,但尽量不去看他们的食物。

她在餐歇的时候本来是可以走开的,但露特正好在这个时候休息,而且玛利亚也想和她说说话。她对尼安德特人掌握的遗传学知识很感兴趣,露特似乎也很乐意把这些知识都无偿分享出来。

玛利亚虽然只和露特相处了很短的时间,但却学了很多。而且她开始觉得,如果身边没有男人,那么一切皆有可能。

①可以解释为孕妇和女性劳动者。

第三十二章

这些年来，玛利亚参加过的婚礼也有十几场，几场天主教的，一场犹太教的，一场是传统的中式婚礼，还有几场市政婚礼。所以她觉得自己多少能猜到婕斯梅尔的缔约仪式是什么样的。

但她错了。

她当然知道这场仪式不会在宗教场所举行，因为尼安德特人不信教。不过她还以为这会是个比较官方的场所，但仪式却是在一处城郊的露天场地举行的。

当旅行块载着玛利亚过来时，庞特已经到了，而他们也是最先到的。周围没有人，所以他们拥抱了很久。

他们分开后，庞特说："啊，他们到了。"这里光线很强，玛利亚发现她把自己的太阳眼镜忘在另一边了，只得眯起眼睛看前来的人群。来的是三个女人，一个快四十了，另一个还是青少年，还有个八岁左右的孩子。庞特看了看玛利亚，然后又看着朝他们走来的人，接着又看向她。玛利亚试着去解读他脸上的表情,如果庞特也是人类,那玛利亚会觉得这种表情显露的是不安,他像是发现自己意外陷入了一个尴尬的境地。

那三个女人是从东边步行来的,那是城中的方向。年纪最大和最小的什么都没拿,但中间那个背了个很大的行囊。她们走近后,那个小姑娘喊了声:"爸爸!"然后朝着庞特跑来,庞特一下子把她抱了起来。

另两个走得慢些,年长的女性走在年轻的女人身边,后者背着很重的包,显得步履沉重。

庞特把已经八岁的小姑娘放了下来,牵着她的手,转身对玛利亚说:"玛,这是我的女儿梅嘎梅格·贝克。梅嘎,这是我的朋友,玛。"

这时候的梅嘎眼里显然只有父亲。她上下打量着玛利亚,最后才说:"哇,你是格里克辛人,对吧?"

玛利亚微笑起来:"对,我是。"然后让手上的机侣为她把这话翻译成尼安德特语。

"你愿意来我们学校吗?"梅嘎问,"我想让班上的同学看看你!"

玛利亚有点吃惊,她从来没想过自己会成为展览与讲解活动上的范本:"唔,我有时间的话会去的。"

另两个人现在也走近了一些。"这是我的大女儿婕斯梅尔·凯特。"庞特指着那位十八岁大的女孩子说。

"你好。"玛利亚说。她看着那个姑娘,不知道她从尼安德特人的标准来看算不算有魅力,不过她的确继承了父亲那双金色的眼睛。"我叫——"她转念一想,决定省去那个对方发不出声的词,"我叫玛·沃恩。"

"你好,学者沃恩。"婕斯梅尔以前一定听说过她,不然肯定不知道怎么解读玛利亚的名字,而婕斯梅尔说的后一句话又证实了这点。"我父亲的那块金属就是你给的。"她说。

玛利亚开始有点不解,不过后面突然明白了,她在说那个十字架。"对,是我。"玛利亚说。

"我之前见过你一次,"婕斯梅尔说,"在我们救我父亲的时候从监视器上看到的,但……"她惊讶地摇摇头,"但就算这样,我还是没法相信。"

"这个嘛,"玛利亚说,"但你看,我现在不就来了吗?"她顿了顿,"我来参加你的缔约仪式,希望你不会介意。"

不管婕斯梅尔到底怎么想,她都和她父亲一样表现得很有礼貌:"不,当然不介意,我很高兴你能来。"

庞特飞快地说了什么,玛利亚觉得他应该是发现女儿心里不高兴,所以想趁着这事摊开之前把众人的注意力岔开。"而这位,是我女儿的监护人。"他看着那位三十八岁的女性,"我,呃,没想到你会来。"他说。

那个尼安德特女性把眉毛挑过眉脊，瞥了眼玛丽亚："显然你没有。"

"啊，"庞特说，"对了，呃，这位是从另一个世界来的玛·沃恩，我之前和你说过她。玛，这是达卡拉·波尔贝。"

"上帝啊。"玛利亚说，然后她的机侣发出"哗哗"声，不知道怎么翻译这个词。

"嗯？"达卡拉听着像是在敦促玛利亚重复一遍。

"我，呃，我的意思是，很高兴能见到你，我听过很多和你有关的事。"

"我也是。"达卡拉毫不让步。

玛利亚挤出一个微笑，然后移开了目光。

"达卡拉是我女伴克拉斯特的女伴，所以也是婕斯梅尔的监护人。"然后他故意转向达卡拉，"这个身份要一直持续到婕斯梅尔成年为止，也就是等她年满二百二十五个月，亦即今年春天。"

玛利亚试着捕捉对话中的暗流。庞特似乎是想表示达卡拉在婕斯梅尔的生活中不再有法定的名分，所以不应该来这里。不过玛利亚自然能够理解庞特的不适感。毕竟达卡拉之前可是想着让阿迪克接受阉刑的。

不管庞特是否觉得尴尬，也被后来的人打断了。来的是一男一女两个尼安德特人，看着都差不多五十岁。

"他们是泰伦的父母，"庞特说，"这位是巴尔·德班，"庞特指向那位男性，"这位是娅巴拉·坡。巴尔，娅巴拉，这是我的朋友玛·沃恩。"

巴尔的声音很洪亮。"不用介绍了，"他说，"我一直从窥机里看着呢。"

玛利亚努力压住一阵冷战。她之前是看到过那套银色的衣服，但她不知道自己会成为那些曝录者关注的对象。

"看看你！"娅巴拉说，"一身皮包骨！你们世界里的食物是不是不够大家吃？"

玛丽亚这辈子还没有被别人形容过"皮包骨"，不过她很喜欢这个词的读音。"不够。"她说完，脸都红了。

"那好，今晚我们会好好吃一顿，"娅巴拉说，"一餐饭虽然顶不了十月饥，但我们会带你开个好头。"

玛利亚礼貌地笑了笑。

巴尔转身看着他的女伴。"你的儿子怎么没有一起来？"他问。

"谁知道呢？"娅巴拉的语气里带着开玩笑的意味，"他的时间观念肯定是从你这里继承的。"

"他来了。"婕斯梅尔喊道，那个沉重的包还背在她背上。

玛利亚看着那个女孩指的方向，不远处出现了一个人影，步履蹒跚地向这里走来，他的肩上扛着一大个东西，看来这段距离还要花上几分钟才能走完。玛利亚凑近庞特问道："你女儿的未婚夫叫什么名字来着？"

庞特皱着眉,显然是在专心听哈克对这个问题的解释,最后他终于说:"哦!他叫泰伦·鲁卡尔。"

"我弄不懂你们的名字到底是怎么回事,"玛利亚说,"我打个比方,沃恩是我家族的名字,我的父母和兄弟姐妹都用这个名字。"然后她用手挡住眼睛,再次望向那个走来的男孩。

庞特也看向那个方向,不过他有负责挡住光线的眉脊。"我们名字的后半部分是在公共场合用的,是父亲选的,而前半部分则是熟人之间的称呼,是母亲选的。你察觉到什么了吗?父亲住在城缘,而母亲住在城中。我的父亲为我选了'博迪特',意思是'非常英俊',而我母亲给我取名'庞特',意思是'非常聪明'。"

"你在开玩笑吧。"玛利亚说。

庞特灿烂地笑了起来:"好吧,我是在开玩笑。对不起,我只是想让我们的名字听起来印象深刻一些,比如你的名字意思就是'上帝的母亲'。好了,我认真说,'庞特'的意思是'满月','博迪特'是伊维索伊的一个城市名,因为那里是伟大画家的故乡。"

"啊,"玛利亚说,"那——我的天!"

"这个嘛,伟大的画家肯定不是指我。"他说话的时候还是带着戏谑的语气。

"不是,你看!"她指着泰伦。

"嗯?"

"他扛着一头死鹿!"

"你也注意到了？"庞特微笑起来，"这是他为婕斯梅尔打的猎物，而她的包里装着她为他采集的食物。"

婕斯梅尔终于把自己背上的包放了下来，玛利亚想，大概是要等男性亲眼看到这些东西是她亲自带来的，才能把包放下，或许这就是他们的传统吧。泰伦越走越近，庞特上前帮他把鹿从肩上卸下来。

玛利亚的胃里一阵翻腾。这头鹿满身血污，身上有好多穿刺伤，当泰伦弯下腰时，她看见他的背也因为沾了鹿血而滑溜溜的。

"没人负责主持缔约仪式吗？"玛利亚问。

庞特看着有点困惑："没有。"

"我们有法官或者教会代表负责主持。"玛利亚说。

"婕斯梅尔和泰伦的誓约会自动记录在远程档案库里。"庞特说。

玛利亚听了点点头。这是当然。

现在泰伦放下了死鹿，朝着自己心中的小鹿跑去。婕斯梅尔张开双臂，把他抱在怀里，两人紧紧相拥，热情地舔着对方的脸颊。玛利亚发现自己移开了目光。

"好了，"泰伦的父亲巴尔说，"要烤好这只鹿需要花上好几个十分日，我们应该早点准备。"

两人松开双臂，玛利亚注意到，婕斯梅尔因为从泰伦的背上拂过，所以被鹿血染得红红的。玛利亚觉得有点恶心，但婕斯梅尔注意到之后却笑了起来。

仪式没有什么序幕，显然是已经在进行了。"好了，"婕斯梅尔说，"那我们开始吧。"她转向泰伦，"我宣誓，我每个月会将你放在我的心里二十九天，在合欢日则会把你抱在怀里。"

玛利亚看着庞特，宽阔的下巴上肌肉绷得紧紧的，显然是被感动到了。

婕斯梅尔继续说："我宣誓，你的健康快乐和我的一样重要。"

达卡拉显然也被感动到了，玛利亚知道，自从婕斯梅尔出生后，达卡拉就一直和她生活在一起。

婕斯梅尔继续说道："不论何时，若你厌倦了我，我就会还你自由，并将我们子女的利益放在第一。"

这番话让玛利亚印象深刻，如果她和科尔姆也做出过类似的承诺，那她的生活也会更简单些。她又看了看庞特，然后——

老天啊！

达卡拉走过来，站在他边上，而且玛利亚惊恐地发现，他们两个人居然还牵着手！

现在显然轮到泰伦说话了，"我宣誓，我每个月会将你放在我的心里二十九天，在合欢日则会把你抱在怀里。"

玛利亚想到，庞特在首次回家和重新来到自己的地球的这段时间里，肯定经历过合欢日，她一开始以为那段时间他是独自度过的，但现在看来……

泰伦说："我宣誓，你的健康快乐和我的一样重要。"

然后他继续说："若你厌倦了我，那我承诺会放你自由，并将我们子女的利益放在第一。"玛利亚听见这样平等的婚誓，通常心里都会很开心。科尔姆之前还觉得，天主教的婚礼誓词中没有"顺从你"这话实在是糟糕。但这个想法比起她发现的东西来，实在是不值一提，她实在是没想到，在达卡拉对阿迪克做了那些事后，庞特和达卡拉之间居然还心存爱意。

小梅嘎拍了下手，把玛利亚吓了一跳。然后梅嘎尖声说："缔约完毕！"有那么一会儿，玛利亚还以为这个女孩指的是庞特和达卡拉之间的事呢，不对不对，这样也太荒谬了。

巴尔拍着自己的肚子，说道："现在这事结束了，我们开始准备宴庆吧！"

第三十三章

"怎么回事?"塞尔根难以置信地摇了摇头,"你是傻子吗?"

"达卡拉不应该在那里!"庞特说,"缔约仪式只能让缔约双方的父母出席,和父母的同性伴侣没什么关系。"

"但达卡拉是你女儿的监护人。"

"但不是婕斯梅尔的监护人。婕斯梅尔已经成年了,没有法律上的监护人。"

"但你带玛利亚出席了。"塞尔根说。

"对,但我不必为此道歉,我有权带人接替克拉斯特的位置。"庞特说完皱起眉,"不该出现在这里的是达卡拉。"

塞尔根抓了抓宽宽的发缝中露出的头皮。"你们这些搞物理研究的人啊,"他边说边摇头,"总是希望着人们能够理性行事,遵循不变的规定,但人偏不是这样。"

庞特哼了一声:"不用你说我也知道。"

每个人都要为鹿剥皮，这让玛利亚很是惶恐。巴尔和娅巴拉作为"新郎"（玛利亚忍不住想起这个词）的父母，带上了锋利的金属刀。巴尔把鹿从头剖到尾。玛利亚不想看到这么血腥的场面，于是找了个借口，向后退了几步。

尼安德特人的世界本就很冷，恰逢日落，温度就更低了。

玛利亚背对着人群。过了一会儿，她听见身后有人踏上了今年秋天落下的第一批新叶。她以为来的人是庞特，是特地过来安慰她的……还会和她解释清楚。等她听见达卡拉低沉的嗓音时，吓了一大跳。

"看来给鹿剥皮这件事让你觉得很不舒服。"她说。

"我之前从来没有做过类似的事。"玛利亚转身回答。她能看见娅巴拉和小梅嘎正在捡拾生火用的木柴。

"没事，我们这里反正空了一双手。"

玛利亚起初以为达卡拉是在指她自己，因为她的出现让庞特很惊讶，但玛利亚随后转念一想，达卡拉可能是在挖苦她。"是庞特邀请我来的。"但玛利亚并不喜欢自己充满戒备的语气。

"我知道。"达卡拉说。

玛利亚明知这话问了自己会后悔，但她还是忍不住："你对阿迪克做了那些事，为什么还能摆出一副温和善良的样子出席这场缔约仪式？"

达卡拉沉默了好一会儿,玛利亚没法解读她脸上的表情。"原来如此,"这位尼安德特女性终于开口了,"我们的庞特和你说了不少事。"

玛利亚不喜欢"我们的庞特"这个说法,但没有说出来。过了一会儿,达卡拉继续说:"他到底和你说了什么?"

"庞特在我的世界里时,你居然指控阿迪克——庞特所爱的阿迪克谋杀他!"

达卡拉扬起眉毛:"那他有没有告诉你,我指控阿迪克的主要证据是什么?"

玛利亚知道达卡拉是个采集者而不是猎人,但依然觉得她好像在把自己引入一个陷阱。她摇摇头,幅度很小。"你们没有证据,"玛利亚说,"因为他根本没有犯罪。"

"不是那次,而是之前。"达卡拉停了下来,语气听着有点傲慢,有点居高临下,"我肯定,庞特没有把他下巴受伤的事告诉你。"

玛利亚想表明自己和庞特的亲密关系:"他和我说过,我甚至还在X光片上看过这个痕迹。"

"那你应该理解我。阿迪克之前想过杀了庞特。"

达卡拉突然沉默了,双眼圆睁,显然是从玛利亚的脸上读出了什么,"你不知道这事是阿迪克做的,对吧?庞特还没那么信任你,没把一切都告诉你,没错吧?"

玛利亚觉得自己的心跳得很快,她没有回答的底气。

"这么看来,我知道的确实比你多一些,"达卡拉说,"没错,让庞特脸上挨了一拳的人正是阿迪克·胡德。我提交了庞特远程档案中的袭击画面作为证据。"

玛利亚和科尔姆之间的确有问题,这点毫无疑问,但他从来没有动手打过她。虽然她知道,这种事很寻常,但她还是无法想象自己和会打人的配偶一起生活,但是……

但这只有一次,而且——

不,不是这样,如果庞特是女性,那玛利亚永远都不能原谅阿迪克袭击他的行为,就像……

她讨厌去想这件事,讨厌这件事出现在自己的脑海里。

就像她永远也不会原谅自己父亲打过母亲——虽然这事都已经过去十几年了。

但庞特是男的,和阿迪克一样,而且——

但不论出于什么理由,都不应原谅这种行为,不应去打你本该爱的人!

玛利亚没有回答达卡拉,过了很久之后,那位尼安德特女人知道她不会回答了,于是继续说道:"所以你看,我对阿迪克的指控并非无凭无据。没错,我现在很后悔,但是……"

她的声音越来越轻。到目前为止,达卡拉都是将自己的想法和盘托出,没有任何不情愿的意思,所以玛利亚在想她到底有什么话没说。突然,她明白了:"但你一心只想着自己失去了庞特。"

达卡拉既没有点头,也没有摇头,但玛利亚知道自己说对了,于是她继续说道:"好,那么。"但她其实不知道庞特首次从自己的世界回来后是怎么对达卡拉描述他和自己的关系的,而且……

……而且他肯定没来得及告诉达卡拉,自己和他的关系更深了,但是……

达卡拉的体重大约两百磅,做仰卧推举时可能还可以推举起两倍于自己的重量,而且脸上还长着软毛,但她仍是女性。

她是女性,是人类女性,所以她肯定能像玛利亚那样看清事情的原委。如果今天早些时候达卡拉还不知道庞特对玛利亚的情愫,那现在肯定也知道了。这事就连瞎子都看得出来:庞特让玛利亚代替她死去女伴的位置,出席了他女儿的缔约仪式。不但是这样,还有庞特看玛利亚的眼神,以及紧挨着她站着,他的动作、他的肢体语言,玛利亚全都体会得一清二楚,达卡拉肯定也是如此。

"好吧,的确如此。"达卡拉附和着玛利亚的话。

玛利亚看着婚礼的人群。庞特、婕斯梅尔、泰伦和巴尔正围着那头鹿忙上忙下,庞特时不时地往这里看一眼。如果他是格里克辛人,那么隔了这么远的距离,玛利亚也许就看不清他的表情了,但庞特的表情和情绪都明明白白地写在了他那张大脸上。玛利亚和达卡拉的对话显然让他很紧张,不过玛利亚觉得他是应该好好紧张才对。

她把注意力转到站在她面前的尼安德特女人身上,她双手抱胸,胸部很宽但不算丰满。玛利亚发现自己见到的尼安德特女性中,没一个能像露易丝·贝努特那样身材窈窕,她估计这是因为尼安德特的男女都是分开生活的,所以第二性征就没那么重要了。

"但他是我的同类。"达卡拉的回答很简单。

的确如此,但……

但是。

她不愿与达卡拉视线交会,于是玛利亚·沃恩,女性,加拿大籍,智人,一言不发地加入人群。他们正从动物的尸体上剥下红棕色的皮,这是他们中的一员猎杀的,所用的武器显然只有一把长矛而已。

玛利亚不得不承认,这顿饭实在是太棒了。肉做得汁水饱满,肉香十足,蔬菜也很好吃。这让她想起了前年在新西兰的那次会议,所有人都参加了的毛利人石坑烤肉宴。

这顿饭很快吃完了,玛利亚惊讶地发现泰伦居然和他父亲一起离开了。于是玛利亚凑近庞特问道:"泰伦怎么和婕斯梅尔分开了?"

庞特听了这个问题很惊讶:"现在离合欢日还有两天呢。"

玛利亚不禁想起多年前她和科尔姆一起沿着教堂中间的过道向前走时心里在担心的事。如果她有几天可以重新考虑,就很有可能反悔。如果他们没有完婚,那他就能得到罗马天主教会真正的婚姻废止令,而不是自己之后可能得到的那种冒牌货。

但是……

居然还有两天!

"那么……"玛利亚缓缓地试探,然后鼓起勇气问,"所以你要等合欢日结束后才会回到我的世界,对吧?"

"那个节日很重要,尤其是对……"他的声音越来越轻,玛利亚想知道,作为尼安德特人,庞特打算用什么词来为这句话收尾,是"我的家庭"还是"我们"。毕竟在两个世界里,这两个词的概念大不相同……

玛利亚深吸一口气,然后问:"你想让我在那时候之前回去吗?"庞特也深吸了一口气,然后——

"爸爸,爸爸!"小梅嘎梅格朝她父亲跑来。

他弯下腰,和她眼睛一个高度:"亲爱的,怎么了?"

"婕斯梅尔现在要带我回去了。"

庞特抱着他的女儿。"我会想你的。"他说。

"我爱你,爸爸。"

"我也爱你,梅嘎梅格。"

她把小手叉在腰上。

"对不起啦,"庞特抬起一只手,"我也爱你,梅嘎。"

然后女孩微笑着问:"合欢日的时候,我们能和达卡拉再去野餐一次吗?"

玛利亚只觉自己的心怦怦直跳。

庞特看着玛利亚,很快低下了头,让眉脊挡住了他的眼睛。"我们到时候再说吧。"他说。

婕斯梅尔和达卡拉挨得很近,庞特则径直朝大女儿走去:"我相信你和泰伦会过得很快乐。"

这句话又把玛利亚吓了一跳。在她的世界里,人们表达如此祝愿时总会加上"在一起"这个三个字。虽说婕斯梅尔和泰伦已经缔约,但之后的大部分时间他们还是分居两地。等未来婕斯梅尔选择自己的女伴时,可能还会有另一场缔约仪式。

玛利亚摇了摇头,或许她应该回家了。

"来吧,"达卡拉走上前,对玛利亚说,"我们可以共乘一辆旅行块回到城中,我猜你还是和露特住在一起吧?"

玛利亚看了一眼庞特,但就算是新郎今天也不能和新娘住在一起。"是的。"她说。

"好了,"达卡拉说,"我们走吧。"她走到庞特面前,后者犹豫片刻,还是给了她一个告别的拥抱。玛利亚移开了眼睛。

玛利亚和达卡拉在回去的路上没怎么说话。在一段尴尬的沉默后,达卡拉和司机攀谈了起来,玛利亚则看着窗外的风景。在她生活的安大略省,已经没有什么古老的森林了,这里却有很多。

最后她下了车,回到了露特的家。露特的女伴和露特本人想要知道缔约仪式方方面面的细节,玛利亚也尽量解释给他们听。小戴伯看着似乎很守规矩,安静地坐在角落里,但露特最后告诉玛利亚,他其实是在专心听机侣读给他的故事。

玛利亚知道自己需要建议,但,真该死,这些家庭关系真复杂。露特·弗拉多是阿迪克的女伴,而阿迪克·胡德又是庞特·博迪特的男伴。如果玛利亚没有理解错的话,那么露特和庞特之间应该没有什么特别关系,就像……

就像庞特和达卡拉·波尔贝一样,庞特已故的女伴是克拉斯特·哈宾,而达卡拉·波尔贝曾经又是克拉斯特的女伴。

但他们之间显然有层特殊关系。庞特首次前往玛丽亚所在的地球时并未向她提及,虽然他常说自己传送过来后总感觉失去了什么,而且显然是再也回不去了。那时候的他总是谈起克拉斯特,但他早已失去她了,他也会谈到婕斯梅尔、梅嘎梅格和阿迪克,但从来没有提到过达卡拉,至少不像那些他所思念的人那样提到过。

难道他们是最近才好上的?

如果真的是这样,庞特会离开他的世界很长时间吗?不对,等下,其实这段时间也没那么长,这当中还不到三周,而两个合欢日的间隔也是三周。如果这段时间他一直在家,就不可能见到达卡拉。

玛利亚摇了摇头。她需要的不仅是建议,而是答案。

现在离下个合欢日只有短短几天,而唯一有可能提供答案的人只可能是露特。但她需要和露特独处才行,唯一的机会就是明天早上在实验室里亲自问她。

庞特躺在木质墙面伸出的一张沙发上，看着房子的天顶画。巴伯懒洋洋地趴在庞特身边的青苔地上，舒展着身子睡着了。

屋子的前门打开了，进来的是阿迪克。巴伯立刻爬起来，跑去迎接他。"真是个好姑娘。"阿迪克说着，挠了挠狗的脑袋。

"嘿，阿迪克。"庞特和他打了个招呼，但没动身子。

"嘿，庞特，缔约仪式怎么样？"

"我这么问你吧，"庞特说，"你觉得可能发生的最糟情况是什么？"

阿迪克皱起眉："泰伦把脚扎伤了？"

"不，不。泰伦很好，仪式本身也顺利。"

"那是什么？"

"达卡拉·波尔贝来了。"

"烂骨头！"阿迪克骂一句，坐上了鞍形椅，"场面一定很尴尬。"

"你也知道，他们说只有男性才会有领地意识，但……"

"所以怎么了？"

"我不知道，玛和达卡拉好像并没有争吵或者什么，但是……"

"但她们都知道了对方。"

庞特的声音里满是提防的语气，就连对阿迪克说话也是这样："我对她们中的任何一位都毫无隐瞒，你也知道，达卡拉居然对我有兴趣,这着实把我吓了一大跳,而且,好吧,我也不知道自己会再见到玛,但现在……"

"后天就是合欢日了,你肯定不会和婕斯梅尔待一起,我敢保证。我还记得在我和露特缔约后的第一个合欢日,我们两个就没出来过。"

"我知道,"庞特说,"虽然梅嘎会陪我一会儿……"

"但你还是需要决定自己要和谁在一起,要和谁睡在一起。"

"这事太荒谬了,"庞特说,"我对达卡拉没有许过任何承诺。"

"你对玛也是如此。"

"我知道,但我也不能让她在合欢日孤身一人。"庞特停住不说了,希望自己接下来说的话不会让阿迪克太过生气,"相信我,我知道孤独的滋味。"

"或许她应该在节前回到她的世界去。"阿迪克说。

"我觉得她应该不想这样吧。"

"那你想和谁一起?"

"玛,但是……"

"嗯?"

"但她有自己的世界,而我也有我自己的世界。这是一道难以逾越的障碍。"

"我的老哥呀,恕我斗胆问一句,我的位置在哪里?"

庞特在沙发上坐直了身子:"什么意思? 你是我的男伴啊。这点永远也不会变。"

"哦？"

"当然不会，我爱你。"

"我也爱你，但你也和我说过格里克辛人的行事方式，玛要找的绝对不是每个月只见几天的那种男伴，而且我觉得她根本也没想过要找个女伴。"

"这个嘛，是咯，她们的习俗和我们不同，但是……"

"就像猛犸象和乳齿象，"阿迪克说，"它们虽然看着像，但你把雄性猛犸象和雌性乳齿象放在一起试试？结果有你受的。"

"我知道，我知道。"

"我不知道你要怎么样才能做到。"

"我知道，但是……"

这时，哈克的声音响了起来："我能说句话吗？"

庞特看着自己的左前臂："当然。"

"你也知道，这种事我一般不参与，"机侣说，"不过有件事你没考虑。"

"哦？"

哈克转而用庞特耳蜗内的植入体说话："这事可能还是私下说比较好。"

"瞎说，"庞特斥责道，"我和阿迪克之间没有秘密。"

"那好，"哈克说罢，换成了外部扬声器，"学者沃恩还没有从那场痛苦的经历中恢复过来,所以她最近的情绪和行为可能并非典型。"

阿迪克歪着脑袋:"什么痛苦的经历? 我知道,庞特准备的饭菜可能会难吃得要人命,但是……"

"在来这里之前,玛在自己的世界里被人强奸了。"

"噢……"阿迪克听罢,立刻严肃起来,"那他们是怎么处理那个强奸犯的?"

"什么都没做,他逃走了。"

"怎么可能——"

庞特举起了他的左臂:"没有机侣,就没有正义。"

"软骨头!"阿迪克说,"他们生活的该是个怎样的世界啊!"

第三十四章

　　第二天,玛利亚走在实验楼中的走廊里,途中还给一个细长的机器人让了路。这样的机器人在尼安德特人社会的各个角落到处奔走。她对这个社会的经济情况非常好奇。他们有人工智能和机器人,但也有出租车司机。显然,不是所有可以自动完成的工作都真的能自动完成的。

　　玛利亚继续往前,来到了露特工作的房间。"你过会儿打算休息下吗?"玛利亚问得小心翼翼地,她知道这种顺利工作时被人打断的感觉。

　　露特瞥了一眼机侣的显示屏,大概是在看时间。"好啊。"她说。

　　"那就好,"玛利亚说,"我们能出去走走吗? 我想聊聊。"

　　玛利亚和露特走到外面的阳光下,露特的脑袋微微前倾,尽量让眉脊为眼部提供足够多的阴影。在尼安德特人的世界里,玛利亚经常见到他们做这个姿势。而她只能举起一只手,挡在平坦的眉脊上,试着起到相同的效果。她没把那副福斯特·格兰特太阳镜带过来,虽然她心里有更重要的事,但这事依然让她很烦心,于是她问:"你们用太阳镜吗?"

"要用的话就会。我们也会买给自己的女儿。"

玛利亚笑了起来,"不不不。"然后她指了指天上,"太阳眼镜,就是用染过色的玻璃来阻挡部分太阳光的眼镜。"

"啊,有的,这样的东西可以买到,但我们叫它——"她说话的时候没有停顿,但是翻译的词过了会儿才出来,因为玛利亚的机侣正在思考要怎么把这个词翻译成英语,"雪眩光护目镜。"

玛利亚立刻就明白了。眉脊可以用来挡住上方的光线,虽然尼安德特人的大脸和大鼻子或许也能像深陷的双眼那样,挡住从地面反射的光,但那种染了色的镜片依然能有用武之地。

"我想要搞一副,能吗?"

"你要两个?"露特问。

"唔,不是,我们,呃,我们说到镜片的时候用的是复数。"

露特摇摇头,但看得出来,她很高兴:"那你们应该也会说'一副裤子',毕竟裤子有两条裤管。"

玛利亚决定不再继续纠结:"不管怎么样,我有没有可能买到一个雪眩光护目镜?"

"当然,那里就有一个镜片研磨师。"

不过玛利亚犹豫了："我没有钱，也没有付钱的方法，我的意思是，我没法买下它。"

露特指了指玛利亚的前臂，玛利亚过了会儿才反应过来，她指的原来是机侣。玛利亚把手伸给露特让她帮忙看看，露特拔出了几个小型控制钮，看着符号在屏幕上跳动。

"和我想的一样，"露特说："你手上的机侣绑定的是庞特的账户，你想买什么就买好了，账单是寄给他的。"

"真的？也太好了！"

"走吧，镜片研磨师的店在那边。"

露特穿过一大片高草地，玛利亚跟在她身后。想到自己想和露特说的话，她觉得花庞特的钱有点愧疚，不过也正是因为这件事，她已经有点头疼了，而且露特的同事们可能会听到这里说的话。不对，还不止这些，玛利亚已经渐渐知道尼安德特人的行事方式。如果在室内或者没有风的情况下，尼安德特人只要闻到对方的信息素，就能知道对方的想法或者感觉。玛利亚觉得这样自己一点优势都没了，和没穿衣服差不多。不过今天微风宜人，而且她和露特还是边走边交谈，但这样她只能了解到玛利亚言语中的表层含义了。

她们走进露特刚才指的那幢房子，这是间很大的研究所，由三棵树组成，树的距离很近，所以枝条才得以相互交错，在顶部织就一个巨大的树冠。

眼前的事物让玛利亚很惊讶。她还以为另一个世界里的眼镜制造商会更加像她们那里的"亮视点",只专注于生产和销售眼镜。不过话又说回来,眼镜行业的很大一部分销售是由镜框变来变去的流行趋势所驱动的,而尼安德特人的天性比较保守,不太热衷时尚。而且他们的人口较少,行业无限细分的做法肯定行不通,所以尼安德特人的镜片研磨师负责制作各种各样的光学镜片,她的店里到处都是望远镜、显微镜、照相机、投影仪、放大镜、手电筒等等。玛利亚试着把这些东西的样子全都记在脑海里,等她回到协力集团后,莉莉、凯文和弗兰克肯定会针对这些东西向她提出一连串问题。

　　一个上了年纪的尼安德特女性走了出来。玛利亚想考考自己,试着猜出她的年龄。她看起来快到七十岁了,所以应该是第142代的人。她看见玛利亚,不由睁大了眼睛,但很快就恢复了镇定。"日康。"她说。

　　"日康,"露特回答,"这是我的朋友玛。"

　　"我知道,"那个142代的老人说,"另一个宇宙的访客!我最喜欢的曝录者从你到访之后就一直在拍摄你。"

　　玛利亚不免打了个冷战。

　　"玛要一个雪眩光护目镜。"露特说。

　　女人点了点头,消失在商店柜台后,片刻后回来时,手里多了一副暗色镜片,看起来是深蓝色的,不像玛利亚习惯的绿色或者褐色。镜片固定在一个宽宽的带子上,看起来像是鲜果布衣内裤上的松紧带。"戴上试试看。"她说。

玛利亚接过镜片，但不知道怎么戴。露特大笑起来，"是这样。"她从玛利亚手里拿过这个新奇玩意，拉开松紧带，直到它能套在玛利亚头上为止，"一般来说，这个带子戴在这里正好，"露特用手指摸着自己突出的眉脊和前额，"这样就不会滑下来了。"

但这根带子眼看着就要滑下来了。制镜师显然是意识到了这点，于是她说："我给你拿个儿童用的吧。"然后又消失在了柜台后。

玛利亚不想觉得太尴尬，格里克辛人的头偏长，尼安德特人的头偏宽。对方又拿了一副回来，松紧带更短，似乎正合适。

"你可以根据需要上下翻转镜片。"她一边给玛利亚演示一边说。

"谢谢你，但，呃，我要怎么样……？"

"付钱吗？"露特微笑着替她说完了那句话，"你走出商店，这笔消费就自动记在账上了。"

玛利亚不由得暗想：这倒是对付窃贼的好方法。"谢谢。"她说，然后她和露特走出了商店。玛利亚放下镜片，觉得舒服多了，只是蓝色的镜片让她觉得更冷。她和露特走在一起，玛利亚问出了她想问的话题。

"我不知道这里的礼仪，"玛利亚说，"我既不是政治家，也不是外交官之类的人，我当然也不想冒犯你，或者让你陷入尴尬的境地，但是……"

她们漫步在另一片宽广的草原上，上面立着几尊真人大小的雕像,全都是女性,她们应该是尼安德特人世界的伟人。"怎么了?"露特问。

"呃,我想问问看庞特和达卡拉·波尔贝之间的关系。"

"达卡拉是庞特女伴的女伴,对于这种关系,我们有个词,叫作图拉嘎。庞特是达卡拉的图拉嘎卡普,达卡拉是庞特的图拉嘎洛布。"

"那这种关系一般……亲近吗?"

"可以很亲近,但也不是非得那样。庞特就是我的图拉嘎卡普,他的同性伴侣阿迪克就是我的异性伴侣,而我和庞特的关系又恰好很不错,但多数时候,人们都是普通朋友,而且有些人之间还怀有敌意。"

"庞特和达卡拉看着就很……亲密。"

露特冷笑一声:"在庞特失踪的时间里,达卡拉还对阿迪克提出了指控,所以庞特和达卡拉之间不可能有什么感情。"

"我本来也是这么想的,"玛利亚说,"但他们确实有。"

"你被其他迹象误导了。"

"这是达卡拉亲口和我说的。"

露特停住脚步,可能是因为惊讶,也可能是想捕捉玛利亚的信息素,最后终于问:"哦?"

"真的,而且,唉……"

"嗯?"

玛利亚停住不说了，然后示意他们继续往前。太阳被云遮住了。"上次合欢日之后，你就没和阿迪克见过了，对吧？"玛利亚问。

露特点点头。

"你和他说过话吗？"

"说得不多，就是些和戴伯相关的事。"

"没有提到……庞特和……和我？"

"没有。"露特说。

"那你……你是不是有义务去和阿迪克分享一切？我不是说财产，而是指听到的消息，各种流言蜚语。"

"当然没有，我们有个说法：'合欢日外不合事。'"

玛利亚微笑起来："好啊，我不想让这事传到庞特的耳朵里，但……好吧，我，呃，我喜欢他。"

"他性格很好。"露特说。

玛利亚忍住笑意。庞特之前和她说过，照他们的标准看，他不算什么帅哥。玛利亚既不在乎，也无从判断。但露特让她想起，自己生活的世界是怎么评价那些长相平平的人的。

"不，我的意思是，我很喜欢他。"玛利亚刚说完，心里就想，天啊，自己怎么和十四岁的时候一样。

"嗯哼？"露特示意她继续。

"但他喜欢达卡拉。上次合欢日的时候，他们在一起生活了好几天，可能整个节日都在一起。"

"真的?"露特问,"难以置信。"她朝边上走了一步,为经过她身边的两个牵着手的年轻女性让出位置,"原来如此,上次合欢日的时间正好是在与你们世界重新建立联系之前。那庞特第一次去你们世界的时候,你们有没有发生过关系?"

这问题让玛利亚甚是狼狈。"没有。"

"那之后呢?现在还没到合欢日,但我知道过去的十几天里,庞特在你们的世界里生活了好长一段时间。"

庞特之前告诉过玛利亚,讨论与性相关的话题在他的世界里并不算什么禁忌,但她还是觉得自己脸颊发烫:"发生过了。"

"怎么样?"露特问。

玛利亚想了会儿,虽说她拿不准机侣会怎么翻译这个词,但一时间也找不出更合适的说法,于是只能简短地说:"很激情。"

"你爱他吗?"

"我——我不知道。大概是吧。"

"他现在没有女伴,我相信你也知道吧。"

玛利亚点点头:"知道。"

"我不知道这两个世界的传送门会开多久,"露特说,"可能会一直开着,也可能明天就会关闭。就算我们有那么多伟人在那边也无济于事,传送门本身可能不太稳定。如果它能一直开着,那你打算和他过下去吗?"

"我不知道。我甚至都不知道可不可能这样。"

"你有孩子吗？"

"我吗？"玛利亚说，"没有。"

"而且你也没有男伴？"

玛利亚深吸一口气，又仔细看着他们面前堆着的三辆旅行块："这个嘛……好吧，这事有点复杂。我结过婚，也就是缔约了，对方是个叫作科尔姆·欧·凯西的男性。不过我的宗教——"机侣发出了"哔哔"声"——也就是我所信奉的信仰体系不允许轻易解除这样的缔约关系。科尔姆和我已经有好几年没有同居了，但严格说来，我们还是保持着缔约关系。"

"住在一起？"露特重复道，很惊讶。

玛利亚说："在我的世界里，男性一直和他的女性共同生活。"

"那他的男伴呢？"

"他没有男伴。在我们的世界里，一段关系里只能有两个人。"

"不可思议！"露特感叹道，"我很爱阿迪克，但我肯定不想和他生活在一起。"

"我们的习惯是这样的。"玛利亚说。

"但我们不是这样，"露特说，"如果你要和庞特继续这段关系，那你们打算住在哪里？他的世界还是你的世界？你也知道，他在这个世界有孩子，有男伴，还有他所喜欢的工作。"

"我知道，"玛利亚虽然这么说，但她还是很心痛，"我知道。"

"你有没有和庞特谈过这件事？"

"我有这个打算,但是……但我发现了达卡拉的事情。"

"这事很困难,"露特说,"你必须认识到这点。"

玛利亚大声地叹了口气,"是啊。"她沉默了一会儿,然后说,"但庞特和我认识的其他人不一样。"她想起了一个愚蠢的比喻:简·波特和人猿泰山。简爱上了人猿泰山,因为他和自己认识的任何男人都不一样。而泰山则充满野性,在他的父母格雷斯托克公爵夫妇去世后,便由猿猴抚养长大,从这点上看,他自然是独一无二。但庞特说过,他的世界里有一点八五亿人,也许这里所有的男性都和庞特一样,和玛利亚的世界里那些粗鲁无礼,卑鄙狭隘的男人完全不同。

但过了会儿,露特点了点头:"没错,庞特也和我认识的其他男性不一样。他很聪明,也很和善,另外……"

"什么?"玛利亚急切地追问。

露特过了会儿才继续说:"之前在庞特身上发生了一件事,他……他受过伤……"

玛利亚把手温柔地搭在露特粗壮的前臂上:"我知道庞特和阿迪克之间发生的事,我知道他下巴上的伤是怎么回事。"

玛利亚看着露特相连的眉毛慢慢上抬,越过眉脊,之后才注意到他们面前的道路。"这是庞特和你说的?"露特问。

"关于他的伤口吗? 对,我也从他的X光片里看到了。但他没和我说伤口是谁造成的。这是达卡拉告诉我的。"

露特说了个词,但机侣没有翻译,然后她说:"那么你也知道了,庞特已经彻底原谅了阿迪克的所作所为,这点其实没多少人能做到。"她又停了下来,"所以我觉得,考虑到他有这么做的历史,所以他能彻底原谅达卡拉也不奇怪。"

"那我要怎么办?"玛利亚问。

"我之前听说,你们相信人去世后还会以某种方式继续存在。"露特说。

这句前言不搭后语的话让玛利亚愣了一下:"呃,是的。"

"那我相信庞特已经告诉过你了,我们不这么觉得。如果我们相信还有来世,那我们的生存哲学可能会大不相同。我来和你说说指导我们的生存哲学是什么。"

"嗯?"玛利亚应了声。

"我们活着的目的,就是为了减少临终时的遗憾。你是145代的吧?"

"我三十九岁,应该……是吧。"

"那你的一生应该已经过半了。你可以问问自己,如果……如果还有三十九年可活,也就是照你们的说法,当生命走到了尽头,你回想起自己就这么放弃了和庞特在一起的机会,你会不会后悔?"

"会,我相信会的。"

"玛,我的朋友,仔细听我的问题。这个问题不是你会不会后悔,当初你有机会和庞特在一起而你没去争取。而是即便争取了仍可能失败,你会不会后悔尝试?"

有了蓝色镜片的保护后,玛利亚的眼睛还是挺舒服的,但她还是眯起了眼睛:"我不太清楚你的意思。"

"我现在的主业是化学,"露特说,"但我最初的志向并不是这个,我想写故事,想创作小说。"

"真的?"

"真的,但我失败了。我的故事没有读者,也没有什么正面的评价,所以我不得不选择另一种方式来为社会做贡献。我在数学和科学方面有点天赋,所以我成了一名化学家。我试过创作小说,虽然失败了,但我不后悔。能成功当然是最好的,但我知道,等我临终时想起自己从来没试过,从来没试过自己是否能成功,反而会比现在的失败更难过。所以我试了,但也失败了。只是尝试过这件事就够让我快乐。"露特顿了顿,"显然,如果你和庞特最后能够在一起,那你自然会非常快乐,但玛,我的朋友,我想问你的是,知道自己试了但还是没能和庞特修成正果,或者自己从来没试过,你觉得对于临终时的你而言,哪种结果会更快乐?"

玛利亚思考着。她们沉默着走了好几分钟,玛利亚终于说道:"我要试,"她说,"如果放弃了这个机会,我会恨自己。"

"那未来的道路就很清楚了。"露特说。

第三十五章

　　还有一天才到合欢日，但庞特和玛利亚已经相约在远程档案库见面了。庞特带她走到档案库的南翼，现在他们站在一堵墙前面，上面满是一个个小小的隔间，每个隔间里都放着一块方形的人造花岗岩，大约排球大小。玛利亚已经学会怎么读尼安德特人的数字了。庞特举着机侣，对准第16321号方块。除了数字外，没有其他识别方式，但和其他所有记忆块一样，它的一侧有盏发着光的蓝色小灯。

　　玛利亚惊讶地摇着头。"你的一生都在里面？"她问。

　　"没错。"庞特说。

　　"一切？"

　　"算是吧，不过我在量子计算实验室工作的时间除外，机侣的信号不能穿过头顶好几千臂展厚的岩层。噢，还有我第一次去你们世界的那段旅程也没有记录。"

"但第二次的还在?"

"对,当我们从矿井上来后,远程档案库就接收到了哈克传出的信号,那段旅程的全部记录现在就存在这里。"

玛利亚不太确定自己听了这话后是什么感觉。她不是那种传统意义上的天主教乖乖女,但现在,这个档案里可是存着一整部了不得的性爱录像……

"太惊人了。"玛利亚还是感叹道。协力集团的莉莉、凯文和弗兰克如果能有机会站在这儿,肯定愿意付出任何代价。她又看了一眼那个人造的花岗岩方块:"你们能修改存在这里的记忆吗?"

"为什么要改?"庞特问,但他随后移开了目光,"不好意思,这个问题有点傻。"

玛利亚摇摇头,把这个念头甩走。虽然他们是来调查强奸案的,但她刚才满脑子想的并不是那件事。"我只是想到了自己的第一次婚姻。"

她的脸突然红了,自己之前还从来没这么说过:"好了,我们开始吧。"

庞特点点头,带她来到接待处,对一个年长的女性说道:"我想访问自己的档案。"

"识别码?"女人说,然后庞特伸出前臂,朝着桌上的扫描板挥了挥,对方也看着一个方形的显示屏。"庞特·博迪特? 我还以为你死了呢。"

"你这个女人还挺有趣的。"庞特说。

女人笑了起来:"跟我来。"她把庞特带到了档案块前面,庞特举起哈克,凑到档案块上的蓝灯处:"我,庞特·博迪特,出于好奇,希望访问自己的档案。特此为证。"

灯由蓝转黄。

那个年长的女人举起机侣:"我,玛拉巴·达布达尔巴,档案库的管理员,特此证明:庞特·博迪特确认身份时本人正在场。标记时间。"灯由黄转红,有个声音响了一下。

"一切就绪,"达布达尔巴说,"你可以使用七号房间。"

"谢谢你,"庞特说,"日康。"

"你也是。"她说完,就快步走回了她的桌前。

庞特带着玛利亚前往回看室,跟在他身后的玛利亚第一次真正理解庞特来到她的世界时是什么感觉。她能感到,这个巨大的房间里的每双眼睛都在愣愣地盯着她。她努力让自己不要表现得太紧张。

庞特走进房间,墙上有一小块黄色的控制板,还有两把鞍形椅。尼安德特人很喜欢这种椅子,可能是因为他们的屁股比较大。他走到控制板前面,把控制钮拔出来,玛利亚从他肩头看去,然后问:"你们怎么不用按钮?"

"按钮?"庞特问。

"对,就是那种按下去的机械开关。"

"噢,在有些情况下会用,但我们用得不多。如果有人被绊倒,他们就会不小心误触按钮。控制钮就不同了,需要把它拉出来,我们觉得这样更安全。"

玛利亚想起《星际迷航》里有一集就是这样的,人群中的史波克①努力站起来的时候不小心误触了一些按钮,让罗慕伦人知道了进取号的存在。"有道理。"她说。

庞特又拔出了几个按钮:"好了,你看。"

房间中央出现了一个巨大的透明球体,把玛利亚吓了一跳。它飘浮在空中,然后分裂成许多越来越小的球体,每个颜色都不太一样。它不断分裂,最后玛利亚才发现,自己看到的原来是多伦多警察局审讯室的三维图像。她看到霍布斯警探背对着他们,正在和别人说话。画面上也有玛利亚,看着比自己以为的还要胖,还有庞特。庞特的手像蛇一样伸出去,抓住霍布斯留在桌上的文件夹,快速地翻了一遍。但一页页文件翻得太快,玛利亚实在看不清,不过庞特又把这个动作倒回开头,慢速回放。可画面居然完全没有运动模糊,这是玛利亚没想到的,她能轻松读出里面的内容,只是得把她自己的脑袋歪成一个奇怪的角度才行。

"怎么样?"庞特问。

_____

①《星际迷航:原初》系列电视剧与电影的男二号。后文的罗慕伦人则是与主角阵营敌对的外星人势力。

"等一下……"玛利亚一边说，一边寻找自己不知道的信息，"这一页没什么有用的东西。能麻烦你翻到下一页吗？好！等下，让我看看……"

玛利亚突然觉得五脏六腑一阵翻腾。"我的天，"她说，"上帝啊……"

"怎么了？"庞特问。

玛利亚踉跄地后退几步，撞在一把鞍形椅上，用它撑住自己。"另一个受害者……"

"嗯？怎么说？"

"是奎塞尔·伦图拉。"

"她是谁？"

"我的上司和朋友，约克大学的遗传系主任。"

"噢，真是难过……"庞特说。

玛利亚闭上双眼。"我也很难过"她说，"要是我……"

"玛，"庞特把手搭在她的胳膊上，"过去的已经过去了，你无力改变，至于未来，你倒是可以做些什么。"

她抬起头，但什么话都没说。

"我们把剩下的文件读完吧，可能会有有用的信息。"

玛利亚花了一会儿时间来恢复镇定，然后回到了全息影像前，继续看着报告上的内容，上面的文字扎着她的心，随后——

"好样的！"她喊道，"太好了！太好了！"

"怎么了?"

"多伦多警方,"玛利亚说,"他们有奎塞尔被性侵的物证,完整的强奸物证包。"她顿了顿,然后说,"或许他们能抓住那个畜生。"

但庞特皱起眉:"执法者霍布斯看起来不怎么有把握。"

"我知道,不过……"玛利亚叹了口气,"好吧,你可能是对的。"她又沉默了好一会儿,"我不知道自己要怎么再次面对奎塞尔。"

玛利亚本来没打算提起回家的话题,她真的没想过。但如果她要再次见到奎塞尔,就必须回去,这个问题正亟待他们给出答案。

"她会原谅你的,"庞特说,"宽容是基督徒具备的美德。"

"奎塞尔不是基督徒,她是穆斯林。"玛利亚皱起眉,她自己的无知让她很尴尬。穆斯林是不是也重视宽容和谅解?但……不,不对,这不重要。如果受害的顺序反过来,那自己能真正原谅奎塞尔吗?

"那我们要怎么办?"玛利亚问。

"你是说强奸犯吗? 于我们所能,尽我们可能。"

"不不,不是强奸犯,是关于明天的事,明天就是合欢日了。"

"啊,"庞特说,"对。"

"在那段时间里,婕斯梅尔会一直和泰伦在一起,对吗?"

庞特笑了起来:"当然。"

"而你也刚刚见过梅嘎梅格。"

"我真想能够一直看到她,不过没错,我同意。"

"那只剩下……"

庞特叹了口气："只有达卡拉了。"

"你打算怎么做？"

庞特想了会儿："我提早来城中已经违反了传统，如果我现在去见达卡拉，后果应该也不会更严重了。"

玛利亚听完，心跳加速："你一个人去吗？"

"对，一个人。"

庞特站在达卡拉的办公室外，想要鼓起勇气。他感觉自己好像回到了格里克辛人的世界，一路上经过他的每个女性都盯着他看，好像他不属于这个世界。

但他也的确不属于这里，至少在明天到来之前是这样，但这事不能再等了。虽然他从远程档案馆过来的一路上都在反复思考这件事，不过还是不知道应该怎么开口。或许——

突然，达卡拉办公室的折叠门打开了。"庞特！"她喊，"我觉得我闻到你了！"

她张开双臂，准备拥他入怀，他也走进了她的怀抱。不过他的身体很僵硬，这点她肯定察觉到了。"怎么了？"她问，"出什么事了？"

"我能进去吗？"庞特问。

"当然可以。"她退回办公室。房间是半圆形的，把一棵大树的树心掏空了一半。庞特跟着进了房间，关上了身后的门。

"合欢日的那几天我不在这里。"

达卡拉睁大眼睛说道："有人叫你回到另一个地球去？出了什么问题？"

庞特知道，有问题的地方数不胜数，但他只是摇了摇头："没什么。"

"可是庞特，你的女儿想见你。"

"婕斯梅尔只想和泰伦粘在一起。"

"那梅嘎呢？"

庞特点了点头："嗯，她是会难过。"

"那——我呢？"

庞特闭眼沉默了片刻。

"对不起，达卡拉。我真的对不起。"

"是因为她吧？"达卡拉质问，"因为那个格里克辛女人，对吧？"

"她的名字是——"庞特迫切地希望自己能为她辩护，希望自己能够准确地念出她的名字，"——是玛。"

但卡拉抓住这点不放："你自己听听！你甚至连她真正的名字都读不出来！庞特，你们两个人是不可能的。你们来自不同的世界，她甚至都不是我们的同类！"

庞特耸耸肩："我知道，但……"

达卡拉长长地叹了口气："但你还是打算试试，对吧？呵，烂骨头，庞特，你们男人真是不断刷新我的惊讶程度。你们真是不愿放过任何一个机会。"

庞特的思绪闪回到了两百二十九个月前,想起了阿迪克和他在科学院里的时光,想起了他们那场愚蠢的打斗,他惹得阿迪克大发雷霆,最后对着他的脸挥拳相向。他很久之前就原谅了阿迪克,但现在他终于明白了,原来在愤怒的时候除了使用暴力,没有别的方法。

他转身怒气冲冲地走出了楼,想摧毁些什么东西来发泄。

第三十六章

　　玛利亚和庞特回到了量子计算实验室,有个仪表出众的143代男性正在等他们,庞特立刻就认出了他:"古萨·库斯卡,见到你真是荣幸!"他的声音里充满惊喜。

　　"谢谢你。"古萨说,"我听说了,那个世界里发生了一件恶劣的事,你被某种弹药武器击中了。"

　　庞特点了点头。

　　"嗯,朗维斯·特洛波联系了我,想了个方法来避免此类事情再次发生。他的建议很有意思,但我决定采取另一种方法。"他从桌上拿起了一根扁平的金属长条。"这是个力场发生器,"他说,"只要武器射出的东西进入你机侣的感应范围,就能被它检测到,然后它会在一纳秒内建立起一道电强力场,大约三个臂展那么宽,只能维持四分之一拍,再增加时长就会增加能耗。不过它完全没有弹性,而且根本无法穿透,不管袭来的是什么都会被挡开。如果有人用那种金属弹药向你射击,屏障就能检测到,它也可以检测到向你刺来的长矛和匕首以及快速挥来的拳头等等。它有个预先设定的速度,慢于这个速度就不会触发屏障,这样就不会妨碍别人触碰你,或者你去触碰别人。不过这也意味着,如果另一个格里克辛人想要谋杀你,所用的手段会更加难以察觉。"

"哇,"玛利亚感叹道,"真了不起!"

但古萨只是耸耸肩,"科学嘛。"然后他转向庞特,"看,它要绑在你的前臂上,就在机侣的反面。"庞特举起左手,古萨帮他把这个装置固定好,"这条光纤连到你机侣的扩展插口上,就像这样。"

玛利亚惊讶地看着这一切,"这就像是个人的专属气囊。"但说完她就注意到了古萨的表情,"我不是说它们的工作原理相同,但两者的原理类似。安全气囊是一种安全约束装置,如果在高速行车中发生碰撞,就会立刻膨胀。但这两者的目的是相同的,都是一种可以通过快速部署产生效用的安全防护设施。"她摇了摇头,"在我的地球上,你可以通过卖这些来狠赚一笔。"

但古萨摇了摇头:"对我们来说,这些设备处理的是潜在的问题:你们的人会用枪对我们开火。但对你们来说,这个设备治标不治本,真正有效的手段并不是保护人民不受枪支伤害,而是彻底禁用枪支。"

玛利亚微笑着说:"我很想看你和查尔顿·赫斯顿①辩论一下。"

"这东西太棒了,"庞特说,"不过你确定它有用?"然后他看到了古萨的表情,"好了好了,它当然有用,我不该这么问。"

"我已经送了十一个过去,那边的代表团人手一个。"古萨说完,停顿片刻,"人们经常祝对方旅途平安,而有了它就能保证了。所以现在,我就祝你旅途愉快吧。"

玛利亚和庞特走过隧道,迈过两个宇宙的门槛,而另一边的陆军中尉唐纳森则向他们问好,庞特之前见过这位加拿大军官。"博迪特特使,欢迎回来。沃恩教授,也欢迎你回家。"

"谢谢。"庞特说。

"我们不太确定你们什么时候会回来,也不知道你们还会不会回来。"唐纳森说,"你们需要给我们一点时间来安排警卫。您这次打算去哪里? 多伦多? 罗切斯特? 还是说联合国?"

庞特看了看玛利亚。"我们还没决定。"他说。

"那么我们得定一个行程,确保您时刻都能得到合适的保护。加拿大安全情报局在萨德伯里警察局总部联系了我们,而且——"

"不用了。"庞特简短地回答道。

"什——什么?"唐纳德森问。

庞特伸手从自己的医疗腰带上拿出了自己的加拿大护照。"有

---

① 查尔顿·赫斯顿(Charlton Heston, 1923—2008),美国演员,曾出演电影《宾虚》的男主角,晚年担任过美国步枪协会主席,拥护持枪政策。

了这个，我不就能自由进出这个国家了吗?"他问。

"是这样，但是——"

"难道我不是加拿大公民吗?"

"不不，先生，您是的。我在电视上看过入籍仪式了。"

"公民就不能在没有武装护卫的情况下自由出入吗?"

"呃，一般是可以的，但现在——"

"这就是一般情况，"庞特说，"从现在开始，不管人们是从我的世界来到你们的世界，还是从你们的世界去往我的世界，这些统称为一般情况。"

"博迪特特使，这些都是为了保护您的安全。"

"我知道，但我不需要保护。这次我随身携带了一个防护装置，可以避免我再度受伤，所以没什么危险。而且我也不是罪犯，只是个自由的公民，想要不受束缚地独自前往任何地方。"

"我——唔，我得和上级请示一下。"唐纳森说。

"我们还是不要在中间环节上浪费时间了，"庞特说，"我最近和你们的总理吃过饭，他说过，如果我有什么需求，就可以给他打电话。不如我们给他打个电话吧。"

玛利亚和庞特乘着矿井电梯一路向上，然后上了她的车。自从玛利亚去了传送门的另一边后，这辆车就一直停在观测站在地面的建筑里。现在还早，他们可以开车回多伦多。玛利亚起初以为他们还是被跟踪了，但很快，路上就只有他们一辆车了。"太神奇了，"玛利亚说，"我压根儿没想到他们会放你独自离开。"

庞特微笑着说："如果我们去哪儿都被人跟着，那还算什么浪漫旅行。"

回到多伦多的旅途一帆风顺。他们来到了玛利亚那间位于列治文山天文台巷的公寓，洗了鸳鸯浴，换了衣服。庞特这次带上了他的梯形行李箱，里面装满了他的衣服。这些事都做完后，他们开车去了第三十一警察分局。玛利亚要把尚未完成的事情给完成，她说只有这样自己才能放松下来。这次，她带上了自己的剪报本。

去警察局的路上，他们先穿过了约克大学的校园，然后驶入了附近的贫民窟。"我第一次来这里就注意到了，"庞特说，"这块地方的东西看起来年久失修。"

"浮木区嘛，"玛利亚说，好像这个名字就能解释一切，"这里是整个城市里最贫困的地方。"

他们继续向前，经过几栋破旧不堪的公寓楼和一排窗上装着铁栅栏的街边小店，最后停在了警察局边上的一个小停车场。

"你好，沃恩教授，"被叫到前台的霍布斯侦探向他们问好，"你好，博迪特特使。没想到我们还会再见面。"

"我们能私下聊两句吗？"玛利亚问。

霍布斯点了点头，把他们带到他们之前去过的审讯室。

"你知道我是谁吗?"玛利亚问,"我的意思是,抛开这个案子不谈,你有听说过我吗?"

霍布斯点点头:"玛利亚·沃恩,新闻的常客嘛。"

"你知道为什么吗?"

霍布斯朝庞特比了比大拇指:"因为你一直和他在一起。"

玛利亚不屑地摆了摆手:"对对对,但你知道为什么他们一开始叫我去见庞特吗?"

霍布斯摇摇头。

玛利亚拿起剪报本,放在霍布斯面前的桌子上:"看看这个。"

霍布斯打开了硬纸板的封面,第一页贴着从《多伦多星报》上剪下来的文章:"加拿大科学家获得了日本颁发的科学奖。"他翻到下一页,是《麦克林》杂志上的一篇文章,题目是:"破冰:育空地区发现了古代DNA。"开篇页上有一篇来自《纽约时报》的小文章:"科学家从尼安德特人的化石中提取到了DNA。"

他又翻了一页。一份约克大学的新闻稿写道:"约克大学的教授创造了史前史:沃恩从古人类化石中恢复了DNA。"它的对页是一张从《发现》杂志里撕下的纸:"已降解的DNA大揭秘。"

霍布斯抬起头,一脸困惑地说:"嗯?"

"我是……唔,有些人给我的头衔是……"

庞特打断了她的话:"沃恩教授是遗传学家,也是这个世界首屈一指的降解DNA修复专家。"

"然后呢?"

"然后,"现在,玛利亚说话的底气更足了,因为话题已经不是她自己了,"我们知道,你们有奎塞尔·伦图拉被性侵的全套强奸物证包。"

霍布斯猛地抬头看着她:"我对此无可奉告。"

"你们肯定有,这是奎塞尔本人和我说的,不然你以为我们还有什么其他渠道能知道这件事? 我的天,你们别忘了,她是我的朋友和同事!"玛利亚说这话的时候,她自己都觉得愧疚。

"就算是吧,然后呢?"霍布斯说。

"我想检查一下证物。"玛利亚说。

霍布斯听了这话,看上去好像惊呆了:"我们有这方面的专家。"

"对,没错,但是,嗯——"

"他们和沃恩教授比,可没资格被称作专家。"庞特说。

"也许吧,但——"

"你们对物证做过什么研究了?"玛利亚问。

霍布斯深吸一口气,斟酌字句。最后他终于说:"如果真的有强奸物证包,那么我们在发现可以与之比对的DNA样本前,是不会轻举妄动的。"

"DNA降解的速度很快,"玛利亚说,"如果储存条件不在理想状态,那么降解所用的时间还会更短。你们要是再这样等下去,可能连DNA指纹都得不到。"

霍布斯的语调变得平缓了一些："我们知道怎么用冰柜储存样本，过去也取得了不小的成就。"

"我知道，但是——"

"女士，"霍布斯的语调很温和，"我知道这个案子对你来说很重要，每个案子对它的受害者来说都很重要。"

玛利亚试着忍住声音中的火气："但如果你让我把这些物证带回约克大学的实验室，我相信自己能复原的DNA样本会比你们多。"

"女士，我不能这样，很抱歉。"

"为什么不行？"

"首先，约克大学没有获得从事法医工作的许可，而且——"

"劳伦森，"玛利亚立刻说，"把样本送到劳伦森大学去，我可以在那里分析。"玛利亚最初就是在劳伦森大学研究庞特的DNA的，这所大学的实验室和皇家骑警以及安大略省警察局签过合同，可以负责法医鉴定工作。

霍布斯扬起眉毛："如果是劳伦森大学的话，那么事情就不一样了，但……"

"不管要什么文件都没问题。"玛利亚说。

"可能可以吧，"霍布斯说，但他的语气很不确定，"不过这很不合常规……"

"求你了，"玛利亚说，她一想到这些证据可能会出什么问题，就完全无法忍受，"拜托了！"

霍布斯双手一摊："我看看自己能做什么吧，但说真的，我自己也不抱太多希望。我们对物证保管链的规定很严格。"

"但你可以试试?"

"嗯，我会试试看。"

"谢谢你，"玛利亚说，"谢谢。"

但这时候，庞特突然开口说话，吓了玛利亚一跳："能不能让她在这里看一眼物证?"

霍布斯看起来和玛利亚一样惊讶。"为什么?"警探问。

"物证的保存状况是否还能让她的技术有用武之地，她应该一眼就能看出来了。"他看着玛利亚，"玛，我说的对吧?"

玛利亚不知道庞特的葫芦里到底卖的是什么药，但自己对他是绝对信任的。"嗯……是的。对，他说得没错。"然后她看着警探，同时向他露出自己最迷人的微笑，"只要一会儿就好，或许还能判断出有没有必要这么做。如果物证已经降解了，那就没必要让你去弄那些烦人的文件了。"

霍布斯皱着眉，双眼出神了一会儿，思考着这个方案的可行性。最后他说："好吧，我去把它拿过来。"

他离开了房间，几分钟后拿着一个鞋盒大小的纸板箱回来了。他打开盖子，让玛利亚看看盒子里的东西。庞特也站了起来，越过她的肩头看去。里面是一些玻片标本和三个密封袋，每个都标注了一系列信息。其中一个袋子里似乎装着一条内裤，另一个袋子里装着阴毛梳,上面有几根阴毛。还有个袋子里有几个小瓶子,大概是阴道拭子的样本。

"它们一直都存在冰柜里,"霍布斯像是在为自己辩解,"我们知道自己在做什么——"

庞特突然伸出右手,抓起装着内裤的袋子,撕开它,把它凑到鼻子前,深吸了一大口。

玛利亚感到无比难堪:"庞特!住手!"

霍布斯气炸了:"还回来!"他试着从庞特的手里夺过袋子,但庞特轻易把他挡开,又使劲闻了闻。

"我的天,你到底是什么情况?"霍布斯大喊,"你是变态吗?"

庞特把那个袋子从鼻子前面移开,一言不发地把它交还给霍布斯,后者一把抓过去。"给我滚!"霍布斯厉声说。两个警察出现在审讯室的门口,估计是听到霍布斯的声音后赶来的。

"对不起。"庞特说。

"赶快给我走!"然后霍布斯对着玛利亚说,"女士,证物我们会自己保管的,现在请回吧!"

第三十七章

玛利亚强压怒火，快步走出警察局，和庞特回到停车场的车里，路上一句话也没说。

然后，玛利亚转头质问他："你在搞什么？"

"对不起。"庞特说。

"我现在再也不能分析这些标本了，"玛利亚说，"我的天，我相信他之所以没有起诉你，完全是因为他不愿上报自己让你接近证物这件蠢事。"

"我再次道歉。"庞特说。

"我的天，你到底在想什么？"

庞特一声不吭。

"嗯？说话啊？"

"我知道是谁强奸了奎塞尔，而且强奸你的可能也是他。"

玛利亚听完彻底愣住了，往座椅上一倒："是谁？"

"你的同事——他的全名我读不太出来,大概是'科努鲁厄斯'。"

"科尼利厄斯?科尼利厄斯·拉斯金?不可能,你疯了吧。"

"为什么?他的外貌和你对那晚的回忆比起来,有什么矛盾的地方吗?"

刚才的大喊大叫还是让玛利亚有点喘,但她的声音里已经没了愤怒,而是惊讶:"唔……没有。我的意思是,没错,科尼利厄斯的眼睛是蓝色的,但很多人都是这样,而且他不抽烟。"

"不,他抽的。"庞特说。

"我从来没看到过他抽。"

"我们见面的时候,他身上就有烟味。"

"他可能去了学校里的酒吧,然后沾上了烟味。"

"不,他显然是用了一些化学物质去除味,但我还是能从他的呼吸里闻到。"

玛利亚皱起眉。她的确认识几个会在背地里悄悄抽烟的人,不过她还是说:"但我什么都没闻到。"

庞特没有说话。

"而且,科尼利厄斯不会伤害我或者奎塞尔。我的意思是,我们和他是同事,而且——"

玛利亚说着说着突然就沉默了。过了会儿,庞特试探性地问道:"而且什么?"

"我觉得我们是同事,但其实他——他只是个按课时付费的讲师。我的天,科尼利厄斯可是有着牛津大学的博士学位,但他只能做临时讲师,拿不到全职合同,更不用说什么终身教职了。但奎塞尔和我……"

"嗯?"

"我是女的,这点就是优势。但在科学领域的终身教职任命这件事上,奎塞尔真就像是中了彩票一样。她是女性,而且显然也是少数群体。他们说强奸不是性犯罪,而是暴力犯罪、权力犯罪。而科尼利厄斯显然觉得自己在教职的竞争中一无所获。"

"而且他还能接触到储存标本的冷柜。作为一名遗传学家,他肯定会怀疑女性遗传学家在这种情况下会采取某些措施。他知道去寻找并销毁任何证据。"

"我的天,"玛利亚想,"但不对,这些都是间接证据。"

"没错,这些都是间接证据,但在我检查了安全存放在警察局的物证后,结论就不一样了。"庞特说,"拉斯金没法接触到奎塞尔提供的物证。我和他在实验室外的走廊里初次见面时已经闻过了他的气味,而他的气味现在出现在了那些物证上。"

"你确定吗?"玛丽问,"你能百分百确定吗?"

"我只要闻过了,就永远不会忘记。"庞特说。

"我的天,那我们要怎么办?"

"我们可以把这个发现告诉执法者霍布斯。"

"是可以,但——"

"怎么了?"

"这不是你们的世界,"玛利亚说,"你不能要求某人提供远程档案,警方也不可能因为我们要求就让拉斯金提供一份DNA样本。"她已经不再用科尼利厄斯称呼他了。

"但我能用他的气味来作证……"

玛利亚摇了摇头:"之前根本没有这样的例子,而且就算霍布斯相信了你的说法,也不能以此为依据,传唤拉斯金问话。"

"这个世界真的是……"庞特厌恶地摇着头。

"你百分百肯定?"玛利亚问,"你的脑海里就没有一丝疑云吗?"

"疑云? 啊,我懂了,对,我完全确定。"

"不单单是毫无疑问,而是绝对肯定。"

"我绝对肯定。"

"绝对?"

"我知道你们的鼻子都很小,但我这个能力也没什么了不起。我的所有同胞和其他许多动物其实都具备这样的能力。"

玛利亚仔细想了想,狗肯定能通过气味来辨别人,这样说来,她也没有怀疑庞特出错的理由。最后她问:"那我们能做什么?"

庞特沉默了好一会儿,最后终于轻声说:"你和我说过,你之所以没有报案,是因为你担心自己在接受司法调查的过程中,可能会受到种种不公对待。"

"然后呢?"玛利亚很不客气地回了句。

"我不是想惹你生气,只是想确定我没有误解你的意思。如果这起案件进行公开调查,你或者你的朋友奎塞尔会怎么样?"

"唔,就算DNA证据被法庭接受了——当然也可能不被接受,那拉斯金的律师也会试图证明奎塞尔和我是自愿和他发生关系的。"

"你不应该经历这些,"庞特安慰道,"谁都不应该。"

"但如果我们什么都不做,那么拉斯金很可能会再次作案。"

"不,"庞特说,"他不会。"

"庞特,你对这事也无能为力。"

"请开车送我去你的大学。"

"不,庞特,我不会带你去的。"

"如果你不肯,那我就走过去。"

"你连它在哪儿都不知道。"

"哈克知道。"

"庞特,别发疯了,你不能就这么把他杀了!"

庞特拍了拍他有伤口的肩膀:"你们世界里的人不是一直杀来杀去吗。"

"不,庞特,我不会让你去的。"

"我必须杜绝他再次犯案的可能。"庞特说。

"但是——"

"你可以在今天或者明天拦住我,但不可能永远替他求情。我总有一天会避开你,自己回到校园解决这个问题。"他金色的眸子盯着她,"唯一的问题,就是这件事到底是在他再次犯案之前,还是犯案之后。你真的想拖着我吗?"

玛利亚闭了一会儿眼睛,像平日那样努力倾听着上帝的声音,想看他是否会出手阻拦。但没有任何征兆。

"我不能让你这样,庞特,我不能让你就这么无情地把人杀了,就对象是他也不行。"

"我必须阻止他。"

"向我保证,"玛利亚说,"向我保证你不会下杀手。"

"你为什么还这么护着他?他根本不值得继续活着。"

玛利亚深吸一口气,然后缓缓地呼出:"庞特,我知道,你听我谈起来世时,会觉得我很蠢。但如果你把他杀了,你的灵魂会受到谴责。如果我让你把他杀了,我的灵魂也会受到惩罚。拉斯金已经让我领教了地狱的滋味,但我不想让余生都被这种感觉折磨。"

庞特皱起眉:"我想为你做这件事。"

"不要。不要杀戮。"

"好吧,"庞特最终做出了让步,"好吧,我不会杀他的。"

"你能保证吗?能不能发誓?"

"我保证,"然后庞特过了会儿才补了一句,"烂骨头。"

玛利亚点点头，庞特只会说这句骂人的话。

不过她随后又摇了摇头，最后说："你还漏了个可能性。"

"什么?"庞特问。

"奎塞拉可能是先在自愿的情况下与科尼利厄斯发生关系，再被其他人强奸的。一起工作的男女同事在办公室里云雨一番，这事也常见。"

"我是没听说过。"庞特说。

"相信我，这事时有发生，这样也不会把他的气味留在……呃，留在她的内裤上，还有之后的一系列事情。"

"哔哔"。

"内裤，呃，就是内衣，就是你在样本袋里见到的那个。"

"嗯，你说的情况也有可能。"

"我们必须肯定，"玛利亚说，"我们必须绝对确定。"

"你可以去问奎塞尔。"庞特说。

"她不会和我说的。"

"为什么? 我以为你和她是朋友。"

"我们是朋友，但奎塞尔和另一个男人结婚，也就是缔约了。而且相信我，就算结婚了，这种情况也很常见。"

"啊，好吧……"

"我们是不是只能做这些了，我不确定。"玛利亚说。

"我们可以做的还有很多，但你让我发过誓了。"

"没错,但是……"

"我们应该让他知道自己被盯上了,"庞特说,"也就是说,让他知道自己的行动正在被人监视。"

"我不能面对他。"

"不,你当然不用见他,我们可以给他留个便条。"

"我不确定这样好不好。"玛利亚说。

庞特举起左手:"这就是整个机侣植入体背后的哲学逻辑所在。如果你知道有人在监视你,或者你的所作所为都有记录,那你就会遵守规则。这套方法至少在我们的世界很有效。"

玛利亚深吸一口气,然后缓缓呼出:"我想……我想这应该不会造成什么伤害。你怎么想? 就留一张匿名便条吗?"

"是的。"庞特说。

"你的意思是,从现在起,让他时刻意识到自己正在被人监视? 让他意识到自己永远无法逃脱?"玛利亚思考这个方案。"我觉得,如果他知道自己被人监视后再去犯同样的罪,那他就是个傻子。"

"没错。"庞特点头应允。

"我觉得可以把便条塞进他在约克大学的邮箱里。"

"不,"庞特说,"不应该把便条留在约克大学。毕竟他已经销毁了那里的证据。我猜,他以为你这一年都不会回来了,所以就能在没人看到的情况下安全地把你保留的标本给处理掉,这样谁也不知道它们是什么时候消失的。所以我觉得这张纸条应该留在他的住所里。"

"住所？你是说他家里？"

"对。"庞特回答。

"我明白了，"玛利亚说，"最具威胁性的就是发现有人知道了自己的住处。"

庞特摆出困惑的表情，不过还是说："那你知道他住哪儿吗？"

"离这不远，"玛利亚回答，"他没有车，自己一个人住，而且也是真的买不起车，有几次下暴风雪还是我送他回家的。他的公寓就在珍妮街附近——不对，我知道他住在哪幢楼，但我不知道他的门牌号。"

"他那幢楼里也和你们的楼一样，有很多住户吗？"

"是的，不过没有我住的楼那么好。"

"门口没有姓名和地址可以让人知道房间的主人是谁吗？"

"现在不用这个了。我们有门牌号和对讲机，主要是为了避免别人实现我们所要实现的目标：找到某人的详细地址。"

庞特震惊不已地摇了摇头："你们格里克辛人还要过很久才能有植入式机侣……"

"走吧，"玛利亚说，"回去的时候，我开车带你去他那栋楼转转。去看一圈就知道了，至少我们能知道他家的楼栋号。"

"好。"庞特说。

他们开车驶上芬奇街，然后转向了拉斯金的公寓楼所在的街道，玛利亚发现自己突然紧张了起来，但这并不是因为自己害怕遇到他。不过她也知道，自己万一遇到他，肯定会被吓一跳。她只是想到了一个可能发生的、为这场强奸案作结的审判：沃恩女士，您知道被告的住址吗？您去过他家吗？真的？但你声称自己是被迫的？

浮木区位于珍妮街和芬奇大道西附近，神志清醒的人肯定不愿在此久留。这里不仅是多伦多，甚至是全北美犯罪率最高的社区之一，名副其实的地狱。它离约克大学的距离之近，让这所大学感到难堪。可能也正是这个原因，虽然经过了多年的游说，士巴丹拿地铁线还是没能通到学校。

但浮木区有一个优点，那就是房租便宜。对于只能依靠课时费维持生计而且还买不起车的人来说，如果想要步行到校园，也就只能负担得起这里了。

拉斯金住的是一幢外墙贴着白砖的公寓楼，锈迹斑斑的阳台上堆满了废弃物，三分之一的窗户上都用胶带贴着报纸或者铝箔。这幢楼看着大概有十五六层，而且——

"等下！"玛利亚突然想到了什么。

"怎么了？"

"他家在顶楼！我想起来了，他之前把自己住的地方称作'贫民窟里的阁楼'。"玛利亚顿了顿，然后说，"当然了，我们还是不知道房间号，但他在这里至少住了两年，负责他家的邮递员肯定知道他——

我们这些搞学术的总喜欢往家里寄一堆期刊之类的东西。"

"哦?"庞特显然是没搞懂其中的逻辑。

"如果我们给这个地址写一封信,收件人写'科尼利厄斯·拉斯金博士',地址填'顶楼',那他肯定能收到。"

"哦,好啊。那我们的任务就完成了。"

第三十八章

性格塑造师塞尔根盯着庞特看了会儿，然后说："我算是看出来了，你还有点讽刺的天赋。"

"什么意思？"

"'那我们的任务就完成了。'你和我说，你在格里克辛人的世界犯了罪，现在看来，想要猜到答案很容易。"

"真的？我怀疑你根本就没明白。"

塞尔根耸了耸肩："可能吧。但我发现了一件事，你可能没想到。"

庞特听起来有点被惹毛了："那是什么？"

"你要对拉斯金做的事，玛利亚已经有点起疑了。"

"不不，她完全不知情。"

"真的？像她这么聪明的女人居然接受了你那套蹩脚的借口，

你居然说什么希望让她带你看看拉斯金的住处?"

"我们本来就打算寄一封警告信的!就像我们之前讨论的那样。玛是纯洁的,她无罪,她的名字就是这个意思!她的名字意味着上帝化身的母亲,一个连受孕时也保持无瑕纯真的女人,没有沾染人类的原罪。我第一次去她们的世界就知道了这一点。她永远不会——"

塞尔根举起一只手:"庞特,冷静,我没有冒犯你的意思。请你继续……"

"庞特?"哈克通过庞特耳蜗内的植入体提醒他。

庞特微微点了点头,表示知道了。

"从玛的呼吸模式看,她已经进入了深度睡眠。如果你现在出发,是不会打扰她的。"

庞特轻手轻脚地下了玛利亚的床。床头柜上的钟上显示着发光的红色数字,现在是凌晨1点14分。他走出房间,沿着狭窄的走廊来到玛利亚的客厅,照例系好医疗带,检查了其中一个袋子,确保自己带着玛利亚给他的备用房卡:他知道,自己得用这个才能回到她的公寓楼。

万事俱备后,庞特才打开玛利亚家的大门,进入走廊,朝着电梯走去,然后坐着电梯来到一楼。他知道人们有时会把数字一写成"1",有时会写成"L"——这台电梯的控制面板上用的是后者。

庞特穿过宽敞的大堂,推开门口的双开门,步入了夜晚的城市。

这里的夜晚和他世界的实在是天差地别!到处都是光源:窗户里透着光,竖直的杆子上高高挂着电灯,路上经过的车辆也发着光。如果这里的夜晚一片漆黑,对他来说可能还更轻松些。他知道自己的外观远看和格利克辛人的差别不太大,至少和格利克辛人的举重运动员比起来差不多,但他还是更愿意在完全黑暗的环境中完成这段旅程。

"哈克,怎么走?"庞特轻声问。

"往左拐,"哈克还是在用耳蜗内的植入体回答他,"玛从约克大学回家时常走的那条路是仅供机动车通行的,不是给行人走的。"

"是四〇七①,"庞特说,"她是这么说的。"

"不管怎么说,我们都要再找一条和它方向相同,但是更加安全的路线。"

庞特开始小跑起来。从这里到他要去的地方有五千臂展,如果他能保持适中的速度,过去应该花不了一个十分日。

凉爽的夜晚很舒服。虽说在他的世界里,许多树叶已经变黄飘落,但这里的树叶看着还是绿色的。没错,就是绿色——就算在半夜,不用什么光,也能轻易辨别树叶的颜色。

庞特这辈子从没想过要杀人,但……

---

① 这里原文是Four-oh-Seven应该是指的加拿大407号高速公路。

但是之前也没有人这么伤害过他所在乎的人，而且……

而且就算之前真的有人这样，在一个现代文明的世界里，那个人肯定很容易就能被抓到，然后接受政府的惩罚。

但在这里！这个疯狂的镜像世界里……

他所要做的可不单是给拉斯金寄一封匿名信。他必须确保拉斯金知道，他的行为已经被人发现了，而且还要让他知道是谁发现的。他必须让拉斯金明白，他再也不可能逃脱这种罪行。庞特相信，玛利亚只有那时才能开始寻求始终未得的平静。也只有那时，他才能知道哈克之前说的是不是真的。哈克之前说过，玛对他的态度在她的同类中并不是典型的。

庞特沿着一条街跑着，街道两侧排列着两层高的住宅，许多住宅前的草坪上都种着树。他继续向前，看到另一个人在朝他走来。那是个男性格里克辛人，白皮肤，头发稀疏。于是庞特跑到了街对面，这样就不会经过对方身边，然后他继续朝着西边前进。

"在这里左转，"哈克说，"这片住宅区的尽头好像没路了。"

庞特照做了，然后沿着与之垂直的路继续奔跑。他才经过一幢楼，哈克就让他向右转，重新回到了向西去往约克大学的方向。

有只小猫出现在了庞特面前的街道上，尾巴翘得老高。庞特得知这里的人类会选择养猫的时候很是惊讶，因为猫不会叼棍子，在打猎的时候更是毫无用处。但后来他想，毕竟人们的喜好各不相同……他继续跑着，扁的脚板啪嗒啪嗒地落在石质路面上。

他没跑多久，就看见了一只黑色的大型犬在朝他走来。原来狗也是他们的宠物！他注意到格里克辛人养了很多种狗，显然是选育后的产物。有些看着很不适合打猎，他觉得狗主人应该是喜欢它们的外观。

庞特的脑海里又响起了华盛顿的学术研讨会上那些古人类学家们谈论自己外貌的声音。显然，他长着一副所谓"尼安德特人的典型相貌"——而且还是个极端例子。庞特的同胞们眉脊并未变平，鼻子的尺寸也没有减小，下颚骨前部更是没有反常隆突的迹象，这些都让古人类学家们感到惊讶。

毕竟在大约五十万个月以前，庞特的族人们就产生了意识，宇宙从而出现了分裂。从那时起，人们就开始谨慎地选择伴侣，将他们认为漂亮的特征有意地保留了下来。

"累了吗?"哈克问。

"没有。"

"好样的，路程已经快过半了。"

庞特突然被一声狗吠吓到了。是另一只棕色的大狗，它正在缓缓朝他逼近，看着并不开心。庞特知道自己跑不过这个四足动物，于是选择停下脚步，转过身子。"好了好了，"他用自己的语言安抚它，希望它能听出自己语调中的安抚情绪，"乖狗狗。"

但那只棕色的野兽还是不断向着庞特逼近，还在吠叫。附近有人的二楼窗户里已经亮起了灯。

"好狗狗。"庞特虽然这么说，但还是能感到他自己越来越紧张了——因为他也知道，这实在是个蠢招。狗和他们巴拉斯特人一样，能够闻到对方恐惧的味道……

庞特不明白为什么这只狗要向他冲过来。他觉得这只狗应该不会攻击经过这条街的所有人，但他自己能够单凭气味分辨出格里克辛人和巴拉斯特人，那么这个动物应该也可以。它之前肯定从来没有接触过庞特这类人，所以它只知道有个陌生的生物接近了草坪。

狗摆出了蹲伏的姿势，准备朝他扑来，庞特准备掐住它的脖子，然后——

半明半暗的夜里闪过一道光——

还有一声潮湿的皮革打在冰面上的声响——

那只狗痛苦地发出一声短促的尖叫。

因为它冲向了古萨·库斯卡给他的防护盾，触发了防护盾的开启条件。那只狗受到伤害后惊慌失措，但又因为惊吓而留在原地。它的鼻子和嘴部在流血，庞特可以闻出来，然后那只狗掉转方向逃走了，速度和它冲过来的时候一样。庞特深吸一口气，平静下来，然后继续开始慢跑。

过了会儿，哈克说："好了，我们要在这里过马路，就是这条四〇七公路。左转，跑上那座桥，注意不要被车撞到。"

庞特照着哈克的要求，很快就到了公路的另一边，然后继续向南慢跑。他能在远处看到安大略湖岸的加拿大国家电视塔，以及塔顶闪烁的灯光。玛和他说过，从塔顶上可以看到无比壮丽的景色，但他目前只在很远的地方看过这座建筑。

庞特又过了一条宽阔的马路，车流穿梭其中，就算在晚上的这个时间，车辆仍然川流不息。没过多久，他发现自己已经来到了约克大学的校园内。

他又跑了好几百臂展远的距离，庞特发现自己站在一条狭窄的街上，就在拉斯金的住所附近。庞特弯下腰，把手放在自己的膝盖上，大口喘气。自己真是年纪大了，他想。一阵清风迎面吹来，让他感觉凉爽了不少。

玛现在可能已经醒了，也意识到自己离开了。他们睡在一起的次数不多，不过他知道，玛睡得很死，太阳也还要再过两个十分日才能升起来，等那时候，他应该到家了，但也不会早很多，而且——

"举起手，"庞特的背后传来说话声，有个坚硬的东西正抵着他的腰部。庞特突然意识到了古萨·库斯卡的防护罩的设计缺陷。它能偏转远处发射的子弹，但如果别人拿枪慢慢抵着你，那防护罩就对射出的子弹完全没有作用了。

不过这里是加拿大，玛之前说过，这里的枪支数量很少，但那个抵着他腰部的东西是一把刀，对庞特来说也没好到哪里去。

庞特不知道该怎么办。

此刻，他身处昏暗的灯光下，在他身后说话的人大概不知道庞特就是尼安德特人。如果他用自己的语言说话,哪怕是轻声说话再让哈克翻译,也肯定会泄露这个事实,而且——

"你想要什么?"哈克主动用英语问。

"你的钱包。"那个声音说。对方听着是个男性,但庞特很沮丧地发现,他的声音一点都不紧张。

"我没有钱包。"哈克说。

"算你运气差,"那个格里克辛人说,"钱和血,我总得拿一样。"

庞特相信,如果和没有武器的格里克辛人肉搏,那自己完全有胜算,但现在他背后的人手里肯定有武器。这时哈克肯定意识到了庞特自己是看不到武器的,于是它通过庞特耳蜗的植入体说道:"他拿着一把钢刀,刀身约为手掌长度的一点二倍,刀刃有锯齿,根据热辐射的特征显示,刀柄是抛光后的硬木做的。"

庞特本想迅速转身,希望自己这张巴拉斯特人的脸能够吓住那个格里克辛人,但他最不希望别人看到他来到拉斯金的住处。

"他的重心一直在两只脚上变来变去,"哈克通过耳蜗内的植入体说,"你听到了吗?"

庞特用非常轻微的动作点了点头。

"他的重心现在是左边……然后又是右边……接着又是左边。你掌握这个规律了吗?"

庞特又点了点头。

"想清楚了吗?"格里克辛人压着嗓子生气地问。

"好了,"哈克提醒庞特,"当我说'动手'的时候,你的右肘就全力向后砸,应该能够打在他的腹腔神经丛上,他至少会踉跄着向后退几步,然后你的防护罩就能防住他的刀了。"说完,哈克换成了外置扬声器:"我真的一分钱也没有——"等它说出口,庞特就意识到哈克犯了个错,因为"一"这个音是用其他格里克辛人的录音替换的,和哈克自己的声音不一样。

"他妈——"格里克辛人显然是被声音给弄迷糊了,"转过来,你这个——"

"动手!"哈克通过庞特的内耳说。

庞特尽全力把他的手肘向后砸去,他能感到它落在了格里克辛人的胃上,对方发出闷哼一声,像是要把肺里的空气全都挤出去似的。庞特趁机转身面对着他。

"我的天!"格里克辛人看到了庞特的眉脊和毛茸茸的脸,不由得惊呼一声,随即冲了过来,速度很快,触发了庞特的防护罩,亮起了一阵光,挡住了刀刃。庞特迅速伸出自己的右手,掐住了格里克辛人细弱的脖子。那个人的年纪看着只有庞特的一半。有那么一小会儿,庞特想着手上一用劲,掐断这个年轻人的喉咙。但不行,他不能这样。

"把刀放下。"庞特说。格里克辛人低下头,庞特也做了相同的动作,他看见那把刀的刀刃因为与防护罩接触时产生冲击已经弯折了。庞特的手上又用了点力,格里克辛人的手才松了开来,刀落在地上,发出清脆的声响。

"现在给我滚远点,"庞特说,哈克负责翻译,"滚远点,不准把这件事告诉任何人。"

庞特放了格里克辛人,他立刻大口喘起气来。庞特举起手臂。"滚!"他说,格里克辛人点了点头,匆忙地跑了,一手还捂着之前被庞特肘击过的腹部。

庞特没有浪费时间,他立刻沿着龟裂的水泥路,朝着公寓大楼的入口走去。

第三十九章

庞特静静地等在大楼的入口,两扇玻璃门分别位于他的前后,他能透过里面那层玻璃门看到大堂里的电梯。他等了好几百拍,终于看到有人从电梯里走出来了。于是他转身遮住自己的脸,继续等待。走来的格里克辛人离开大厅后,庞特轻易地在玻璃门关上之前把住了门,然后迅速踏上铺着瓷砖的地板。在格里克辛人的建筑中,他只有在地板上才能看到正方形。庞特按了电梯按钮,那部刚把格里克辛人送到底层的电梯还没走,庞特走了进去。

楼层的按钮排成两列,最上面分别是"15"和"16"两个符号。庞特按下了右边的那个。

这是庞特在这个世界上坐过的最小、最脏的电梯,甚至比萨德伯里的采矿电梯还脏。钢制电梯门凹痕累累,庞特看着上方的显示器,等着看它显示的符号和自己选择的相匹配。最后终于对上了,他走出电梯，步入走廊，地上简单地铺了一层米色地毯，有些地方磨穿了，污渍到处都是。墙上贴着一层薄薄的纸，上面画着绿色和蓝色的旋涡，有些已经从墙上剥落了。

庞特可以看到大厅左手边的走廊里两侧各有四扇门，右手边也是一样，这样总共有十六间公寓。他走到最近的门前，把鼻子凑到铰链对面的门缝处，迅速地上下嗅了嗅，试着分辨出从里面散发出来的气味与走廊上地毯的霉味。

不是这家。他走到隔壁，又上下嗅了嗅门缝，闻到了一股辛辣的气味，鲁本·蒙塔戈和露·贝努特待在地下室的时候，他有时也会闻到这样的味道。

他接着走到第三扇门前，里面有只猫，但现在房间里面没有人。

隔壁的公寓里有尿的味道。为什么这些格里克辛人上完厕所后不是每次都冲？他永远都想不明白这个问题。其他人向庞特解释清楚了冲厕所的方法后，他每次都会冲。他也闻到了四五个人的气味。但玛说过，拉斯金一个人住。此刻庞特已经到了走廊的尽头。于是他转头走向对面，在第一扇门前深吸一口气。最近有人在房间里煮过牛肉，还有一些气味刺鼻的蔬菜，但他没有察觉到人类的气味。

他又闻了闻边上的那扇门。嗯，烟，还有信息素，里面有一个，哦不对，是两个女人。

庞特走向下一扇门。这扇门和其他门不一样，没有公寓号，也没有门锁。他打开门后，看到了一个小房间，里头还有一扇小得多的门，铰链固定在地上，打开后，是某种滑道之类的结构。他走向下一间公寓，同时张开手在面前挥了挥，想把滑道里散发出的恶臭挥走。然后他深吸一口气——

烟草的气味更浓了，而且——

而且还有男性的气味……是个瘦子，不怎么出汗。庞特又闻了闻，把他的鼻子凑到门缝上，从上闻到下。有可能是……

没错，就是他。他能确定。

是拉斯金。

庞特是物理学家，不是工程师，但他对这个世界处处留心，哈克也是一样。他们站在拉斯金的公寓门口商量了一会儿，庞特低声说话，哈克则通过耳蜗内的植入体作答。

"门肯定上锁了。"庞特说。这样的事在他的世界倒是很少见，门一般只在保护孩子不受伤害的时候才上锁。

"最简单的方法就是他自愿把门打开。"哈克说。

庞特点点头。"但他会开吗？"他指了指门上的猫眼，"这绝对是个镜片，他能通过这里看到外面。"

"虽说他的人品卑劣，但拉斯金好歹还是个科学家。如果一个来自其他世界的生物出现在你在萨尔达克城缘的家门口，你会拒绝开门吗？"

"有可能会开。"于是庞特用指关节在门上叩了叩,因为他看见玛面对这种情况时就是这样做的。

哈克则听得很仔细。"这扇门是空心的,"它说,"如果他不让你进去,破门硬闯也很容易。"

庞特又敲了敲门:"他可能睡着了。"

"不,"哈克说,"我听见他朝这里走过来了。"

门上用于观察的镜片所透出的光线起了些变化,拉斯金大概正贴着猫眼,看是谁在夜里的这时候来敲门。

庞特终于听见了金属门锁装置运动的声音,门稍微开了一道缝,露出了拉斯金那张瘦巴巴的脸。在肩膀的高度上还有根金色的链条,看着应该是用来防止门继续开大的。

"博——博迪特博士?"他显然很惊讶。

庞特本来打算编个故事,说什么自己多么需要拉斯金的帮助,希望这样能让他轻易进入对方的住处,不过他发现自己没有办法用礼貌的口气和这个……这个灵长类动物说话。他突然举起右手,掌心向外,放在门上。门链断了,门也突然打开,拉斯金摔倒在地。

庞特抢进房间,关上身后的门。

"什么——!"拉斯金喊道,然后慌忙站了起来。庞特注意到,虽然现在已是深夜,但拉斯金还穿着白天的常服,这只会让庞特觉得他是刚刚侵犯过另一个女性后回家。

庞特向他走近了一些:"你强奸了奎塞尔·伦图拉。你强奸了玛·沃恩。"

"你说什么呢?"

庞特继续压低声音:"我空手就能杀了你。"

"你疯了吧?"拉斯金边喊,边向后退。

"不,"庞特说着又前进了一步,"疯的不是我,而是你所营造的世界。"

拉斯金扫视着这个杂乱的房间,显然是在寻找逃脱的路线……或者是武器。他身后的墙上有个开口,那是个传菜口,玛就是这么描述她家里的这个设计的吧?看里面的样子,可能是准备食物的地方。

"你会面对我,"庞特说,"你会面对公平。"

"你听好了,"拉斯金说,"我知道你刚来这个世界,但我们有法律,你不能就这么——"

"你犯下了多起强奸罪。"

"证据呢?"

"我可以证明。"庞特说着,又逼近了一些。

拉斯金突然转过身,弓身把手伸到传菜口里,等他再转过来的时候,手里多了个沉重的平底锅。庞特之前在鲁本·蒙塔戈的家里隔离的时候就见过这个东西,拉斯金双手抓住锅柄,将它举在胸前。"不要过来。"他说。

庞特不为所动,继续向前。他离拉斯金只有一步之遥的时候,拉斯金动手了,他挥起平底锅,庞特抬起左手,挡住自己的脸。空气阻力肯定减慢了锅的速度,所以护盾没有触发,大部分冲击力都被哈克吃了下来。庞特迅速伸出右手,一把扼住了拉斯金的脖子。

"松手,"庞特说,"否则我就掐断你的脖子。"

拉斯金想说话,但庞特的手指箍得紧紧的。这个格里克辛人朝着庞特的肩头,又用平底锅狠狠地来了一记,还好没打在有枪伤的地方。庞特掐住拉斯金的脖子,把他从地上提起来。"松手!"庞特低吼道。

拉斯金的脸色泛绀,蓝色的眼睛爆凸出来。最后他终于松手了,锅砸在坚硬的木地板上,发出一声巨响。庞特举着拉斯金,转了个方向,然后狠狠地把他按在传菜口旁边的墙上。墙体在冲击力的作用下甚至有些凹陷,还多了一道巨大的裂缝。"你有没有看过大使普拉特反杀袭击者的新闻?"

拉斯金依然在喘着气。

"看过没有!"庞特吼道。

拉斯金终于点了点头。

"大使普拉特是144代的,我是145代的,比她要年轻十岁。虽然我的智慧不及她,但力气比她大。你再挑衅,我就把你的头按到墙里去。"

"你——"拉斯金的声音很沙哑,"你想要什么?"

"首先,我想要真相。我想听你认罪。"

"我知道你手臂上的那个是录音机，我的天。"

"认罪。"

"我从来没——"

"多伦多的执法者已经从奎塞尔·伦图拉提供的强奸证物中发现了你的DNA。"

拉斯金从喉头挤出这几个字："如果他们知道那是我的DNA，那在这里的就是他们而不是你。"

"如果你拒不认罪，我就杀了你。"

虽然庞特还是死死地掐着拉斯金的脖子，但他还是勉强摇了摇头："逼供得来的供词没有效力。"

哈克又发出了"哔哔"声，但庞特猜到了逼供的意思："行啊，那就让我相信你是无罪的。"

"我也没必要让你这个矮冬瓜相信。"

"你没有得到晋升，也没有得到永久的岗位，完全是因为你的肤色和性别。"庞特说。

拉斯金沉默着。

"其他人，尤其是那些女人，她们的职位都比你高，这让你心生憎恶。"

拉斯金还在挣扎，试着挣脱庞特的手，但庞特依然轻松把他按在墙上。

"你想伤害她们，羞辱她们。"

"穴居人,继续套我话啊!"

"你得不到自己想要的,所以就抢走了唯一能抢走的东西。"

"并不是……"

"那你说,"庞特压着嗓子,同时抓住拉斯金一条胳膊向后拧,"和我说说看,应该是什么样的?"

"我应该得到终身教职,"拉斯金说,"但他们一直在骗我!那些婊子一直在骗我!而且——"

"然后呢?"

"所以我就让她们看看,一个男人能做什么。"

"你就是男人的耻辱,"庞特说,"你强奸了多少人? 说!"

"只有……"

"除了玛和奎塞尔之外,还有谁?"

沉默。

庞特把拉斯金从墙上拉走,然后又狠狠地砸在墙上。

那道裂缝更长了。

"还有没有其他人?"

"没了,只有……"

他把拉斯金的手臂弯得更厉害了:"说? 还有谁?"

拉斯金痛得哼出了声,然后从牙缝里挤出一句话:"只有沃恩,还有那个巴基斯坦婊子……"

哈克发出了"哔哔"声,庞特威胁道:"什么?"他又拧了一下拉斯金的胳膊。

"伦图拉,我强奸了伦图拉。"

庞特的手上的力道稍微松了一些:"到此为止,明白吗?没有下次了。我会监视你。其他人也会监视你。没有下次。"

拉斯金含糊地哼了一声。

"没有下次,"庞特说,"发誓。"

"没有……下次。"拉斯金说这话的时候还是咬着牙。

"你也不能和任何人说我来过这里,如果你说了,你们社会的惩罚就会来到你头上。明白了吗?说话!"

拉斯金勉强点了点头。

"好了。"庞特说完,手上的劲松了一些,但他旋即又把拉斯金按到墙上,这次有几块墙皮掉了下来。"不,这还不够,"庞特并没有结束的意思,他咬着牙说,"这还不够,这不是正义。"他又把全身的重量压在拉斯金身上,腹股沟撞到了这个格里克辛人的臀部,"你即将体会到做女人的感觉。"

拉斯金全身都绷得紧紧的:"不,不要!别,上帝啊,别,别,别这样——"

"这才叫作公平,"庞特说着,把手伸到他的医疗腰带那儿,拿出了一个压缩气体注射器。

它抵着拉斯金的脖子,发出了"嘶嘶"的声音。"这他妈是什么?"他喊,"你不能就这样……"

庞特感到拉斯金身体一颓，随后把他放在地上。

"哈克，"庞特问，"你还好吗?"

"之前那下真是够结实的，"机侣说，"但没事，我没坏。"

"真是对不起。"庞特低头看着拉斯金，他仰面躺在地上，瘫成一团。于是他抓住他的腿，把它们分开。

然后庞特又把手伸到拉斯金的腰部，他花了好一会儿才弄清楚要怎么解皮带，不过最后还是成功了。庞特解开后，发现固定裤子的是一处暗扣和拉链，于是把这两个都解开了。

"你应该先把他的鞋脱了。"哈克说。

庞特点点头："有道理。它们是和裤子分开的，我总是忘记。"于是他又研究起拉斯金的脚来，试了几次之后，他搞明白鞋带是怎么解的了，最后终于把他的鞋脱了下来。拉斯金脚上的臭味让庞特往后一缩，接着他又跪着靠近拉斯金的腰部，开始脱他的裤子，再把内裤顺着他那条毛发稀疏的腿扯下来，最后从脚上脱走。

庞特终于见到了拉斯金的生殖器。"有点不对……"庞特说，"他那里怎么变得那么丑，怎么回事。"然后他动了动手臂，让哈克好好看看。

"真神奇，他没有包皮。"

"我猜格里克辛人的男性都这样吧?"庞特问。

"那他们在灵长类动物中就是独一份了。"哈克回答。

"那对我要做的事也没影响……"庞特说。

科尼利厄斯·拉斯金在翌日醒来，他也不知道这是什么时候，从公寓窗户射入的光线看，现在应该是早晨。他的头一跳一跳地疼，喉咙也痛得很，肘部就像被火烧似的，屁股也疼，他感觉自己的蛋被踢了一脚。他试着把头从地板上抬起来，但一阵恶心感又把他压倒了，于是他只得再把头靠在地板上。不久他又试了一次，这次成功用一只胳膊撑起了身子。他的衬衫、裤子还有鞋袜都在身上，但鞋带开了。

真该死，拉斯金想。妈的。他听说尼安德特人是同性恋。上帝啊，他真没想到自己会碰到这种事。他翻身侧着躺在地上，伸手去摸自己的屁股，希望裤子上不会有血。胃里的东西顺着他疼痛的喉咙反了上来，他痛苦地干咽一口，把恶心感压了下去。

博迪特之前说什么叫"公平"。得到体面的工作才叫公平，而不是被那些资格不够的女人和少数族裔压过一头……

拉斯金的脑袋还是一跳一跳地疼，恍然间还以为庞特依然在这儿，用平底锅反复扇他的头。拉斯金闭上双眼，想要攒些力气。到处都疼，浑身都疼，他根本没法集中注意力。

那个猿人对公平的诗意妄想真他妈有病！他强奸了沃恩和伦图拉，让她们知道谁更牛逼。博迪特显然觉得，似乎只有操了他才算公平。

这自然也是一种警告，警告他乖乖闭上嘴，警告他如果敢指控庞特,那他的后果又是什么,如果他因为强奸罪入狱,那在监狱里会面临什么……

拉斯金深吸一口气,把一只手搭在自己的喉咙上。他能感觉到那个猿人的手指在他颈部留下的手印。天,自己脖子上的瘀青肯定很严重。

终于,他觉得自己的脑袋没那么晕了,于是试着站起来,扶着传菜口的边缘来稳住自己的身子,站了一会儿,等眼前的白光渐渐消失。他没有弯腰系鞋带,而是干脆把鞋子脱了。

他又等了整整一分钟,让头疼缓和些,等自己不用再扶着东西就能站直后,才一瘸一拐地走过短短的走廊,来到公寓唯一的卫生间。之前的某位房客把卫生间涂成了一种令人作呕的绿色,他进去把门关上,露出门后的全身镜,这面镜子在安装的时候裂了一个角。他解开皮带,脱下裤子,转身背对镜子,做好了心理准备后,才脱下了内裤。

他本来担心自己的屁股上也会有同样的指痕,但万幸没有,不过一侧有片很大的瘀青。他觉得这肯定是庞特一开始弄断门链闯进家里,让自己摔在地上时留下的。

接着,拉斯金把臀部的一侧掰开,观察自己的括约肌。他不知道会看到什么,大概会有血?但一切正常。

这样的袭击居然没有留下任何痕迹?他不敢相信,但看着好像又没有什么异常。至少目前看来,庞特没有对他的屁股实施什么侵犯。

他把长裤和内裤都脱到脚踝处，同时困惑地拖着脚，走到马桶边上，对着陶瓷马桶，准备——

不！

不，不，不！

上帝啊，不！

拉斯金摸了一圈，弯下腰，又直起身子，然后跌跌撞撞地走到镜子面前，想要再好好看看。

天啊天啊天啊……

他看见镜中的自己，看见他那双蓝色的眼睛因为极度恐惧而圆睁着，看见自己惊恐地张大了嘴，而且——

他又凑近了镜子，想要好好看看自己的阴囊。原来的位置当中有一条直直的缝，看着就像是——

不会吧？

——但看着就像是烧灼后又愈合的样子。

他又摸了一圈，手指戳着松垮、皱巴的阴囊，希望自己第一次看的时候弄错了。

但没有。

承蒙上帝厚爱，他没弄错。

拉斯金跟跄着后退，倚着洗手台，发出一声尖厉的长号。

他的睾丸不见了。

第四十章

朱拉德·塞尔根沉默了好一会儿。庞特和他说的话自然要绝对保密,病人和他们的人格塑造师之间的对话是有时间识别码的。塞尔根永远别想把病人和自己的对话泄露出去,也没人能解锁他或者他的病人在治疗期间的远程档案。不过庞特的行为……

"我们不会动用私刑。"塞尔根说。

庞特点点头:"就像我刚开始时说的那样,我做的事并没有让我觉得骄傲。"

塞尔根的语气很温和:"但你也说过,如果再给你一次机会,你还是会这么做。"

"他做了错事,而且比我对他做的更严重。"庞特张开双臂,像是在为自己的行为寻求合理性,"他伤害了女性,而且还准备伤害更多女性,但我阻止了这事的发生。现在他不但知道我能通过气味认出他，更是亲身体会到了我们对于那些滥用暴力的男性所采用的特殊方法，那就是绝育。我们不但可以阻止他们的基因代代相传，而且通过摘除睾丸，也能让他们的睾酮水平大幅降低，从而降低他们的攻击性。"

"你是不是觉得，如果自己不挺身而出，那就没人会主持正义了？"塞尔根问。

"没错！他本来已经逃脱了！玛·沃恩开始还以为自己占了上风，以为强奸犯不知道自己在和谁做对，以为他不知道自己性侵的是个遗传学家，但她错了。他完全知道自己是在和谁打交道，也知道怎样才能永远逍遥法外。"

"你好像知道自己永远不会因为阉割他而受刑。"塞尔根低声说。

庞特没有说话。

"玛知道吗？你告诉她了吗？"

庞特摇了摇头。

"为什么没说？"

"为什么没说？"庞特像是被这个问题震惊到了，"为什么没说？我犯了罪，是严重的伤害罪。我不想把她也卷进来，不希望她有负罪感。"

"就这些？"

庞特沉默不语，他仔细检查围成一圈的木墙，墙面的纹理非常光滑。

"是吗?"塞尔根追问道。

"当然,我不想让自己在她心里的形象受损。"庞特说。

"她可能还会更加欣赏你,"塞尔根说,"毕竟你做这件事是为了她,为了保护她和像她这样的人。"

但庞特摇了摇头:"不,不。她会对我生气,对我失望。"

"为什么?"

"她是基督徒,"他说,"她所遵从的贤者教导她,宽容是所有美德之首。"

塞尔根把自己灰色的眉毛扬过了眉脊:"但有些事很难宽容。"

"你以为我不知道吗?"庞特厉声说。

"我不是说你,我是说那个格里克辛男人对玛做的事。"

庞特深吸一口气,试图平复情绪。

"你……你是不是只阉割了拉斯金那个格里克辛人?"

庞特猛地收回目光,盯着塞尔根:"当然!"

"噢,"塞尔根说,"只是……"

"只是什么?"

塞尔根没有理睬这个问题:"你有没有和其他人说过这件事?"

"没有。"

"连阿迪克也没说?"

"连阿迪克也没说。"

"但你不是绝对相信他吗?"塞尔根问。

"是的,但是……"

庞特的声音越来越轻,于是塞尔根开口了:"你看,在我们的世界里,如果有人实施了暴力犯罪,那我们阉割的可不单是犯罪者,对吧?"

"呃,对。我们……"

"嗯?"塞尔根问。

"我们不仅会对犯下重罪的人实施绝育手术,与罪犯遗传信息相似度过半的人也难逃惩罚。"

"那些人包括谁?"

"亲兄弟和亲姐妹,还有父母。"

"没错,还有呢?"

"还有——呃,同卵双胞胎。所以我们才说是过半。同卵双胞胎的DNA相似程度是100%。"

"是的,是的,但你还忘了另一个群体。"

"兄弟、姐妹、罪犯的母亲、罪犯的父亲。"

"还有……"

"我不知道你……"然后庞特不说话了,"噢,"他轻声说了一句,然后又看了塞尔根一眼,旋即低下目光,"还有子嗣,孩子。"

"你也有孩子,对吧?"

"我有两个女儿,婕斯梅尔·凯特和梅嘎梅格·贝克。"

"那么如果有人知道了你犯的罪,而且不知怎么地还说漏了嘴,或者法庭下令调阅了他们的远程档案,那么受到惩罚的就不光是你。你的女儿们也会被绝育。"

庞特闭上眼。

"不对吗?"塞尔根问。

庞特的回答很轻:"没错。"

"我之前问你,你在那个世界里还有没有给其他人绝育,而你却对我大吼大叫。"

庞特没说话。

"你知道自己为什么这样吗?"

庞特发出一声长长的叹息:"我只给真正犯了罪的人绝育了,没有波及他的亲戚。我之前从来没好好想过这一点:为了改善基因库,就要让无辜的人绝育,这种做法究竟是否恰当? 但是……但是哈克和我已经看完了那本格里克辛人的《圣经》。开篇的故事里,人类的祖先犯了罪,他们的全部后代都受到了诅咒。现在看来,这么做很有问题,很不公平。"

"所以虽然你想把拉斯金的邪恶基因从格里克辛人的基因池里清除掉,但还是没办法去追查他的近亲,"塞尔根说,"如果你这么做了,那就等于承认你自己的近亲,也就是你的两个女儿,也应当为你犯下的罪受到惩罚。"

"她们是无辜的,"庞特说,"不管我做了什么错事,她们都不应该受到惩罚。"

"如果你出面认罪，那她们就会受罚。"

庞特点点头。

"那你打算怎么做？"

庞特耸了耸自己巨大的肩膀："至死都保守这个秘密。"

"然后呢？"

"你——你说什么？"

"你死了之后呢？"

"那……那就结束了。"

"你肯定？"

"当然，我的确研究过那本《圣经》，而且也知道玛神志清楚、头脑聪明，不会妄想，但是……"

"你肯定她是错的？你肯定死后什么都没有了？"

"这个嘛……"

"嗯？"

"没什么，算了。"

塞尔根皱起眉，决定不再盯着这点继续追问，现在时机仍未成熟。于是他换了个话题："你有没有想过，为什么玛会对你感兴趣？"

庞特移开了目光。

"你之前辩解过，说他们也是人类。但你对她而言，和之前见过的任何人类都不一样。"

"从身体上看，可能是这样，"庞特说，"但是在精神和情感上，我们还是有很多共同点的。"

但塞尔根毫不留情地指出了这点："不过，玛之前被她那类人中的男性伤害过，所以她也许是——"

"你以为我没想过吗！"庞特厉声打断他。

"说出来，庞特，把你心里想的都说出来。"

庞特哼了一声："她之所以喜欢我，可能是因为在她看来我不属于人类，不是伤害过她的那类人。"

塞尔根沉默了好几拍，然后说："这个想法值得深思。"

"没关系，"庞特说，"这不重要。我爱她，而她也爱我。除此之外，其他的都不重要。"

"非常好，"塞尔根说，"非常好。"他又顿了顿，努力让自己的声音带上点漫不经心的味道，好像这个想法只是偶然闪过他的脑海，而不是在等待合适的时机冒出头，"那我再问问，你有没有想过自己为什么会对她有兴趣？"

庞特翻了个白眼："人格塑造师！你接下来是不是打算和我说，她在某种程度上让我想起了克拉斯特？这样的话你就完全错了！她根本不像克拉斯特。她的性格和克拉斯特完全不同。"

"我相信你说得没错，"塞尔根做了个手势，像是要把这个想法赶出脑海，"我的意思是，她们怎么可能相像？她们甚至都不是同一个物种……"

尼安德特人三部曲：人类

"没错。"庞特双手抱胸。

"而且她们的信仰体系也和我们完全不同。"

"对。"

塞尔根摇了摇头："关于死后有来世这个想法，你不觉得它很奇怪吗……"

庞特没接话。

"你有没有认真考虑过？有没有可能，我是说可能……"塞尔根的声音越来越轻，耐心地等待庞特替他补上这个空缺。

"嗯，"庞特最后开口道，"这个概念很有趣。玛第一次告诉我这件事之后，我就一直在考虑这个问题。"庞特举起双手，"我是说，当然了，我知道没有来世，至少我认为没有。但是……"

"但是她生活在另一个物质层面和另一个宇宙里。"塞尔根替他补充道，"事情可能会不一样。"

庞特的头非常不明显地上下动了动，算是点头回应。

"她甚至都不是巴拉斯特人，对吧？她属于另一个物种。虽然我们没有那些——他们是怎么说的来着？不朽的灵魂？虽然我们没有那些不朽的灵魂，但并不代表他们也没有，对吧？"

"你到底想说什么？"庞特严肃地问。

"不管怎么说，你在二十多个月前失去了自己的女伴，"然后塞尔根停了下来，换成尽可能温柔的语气，"玛并不是唯一正在从创伤中恢复的人。"

415

庞特挑起眉毛:"就算如此,克拉斯特的死又怎么会把我送入另一个世界的女人怀里?我是看不出这当中的关系。"

两人沉默良久,最后,一直沉默的哈克终于发话了。他通过外置扬声器对塞尔根说:"你想让我来告诉他吗?"

"我来吧,"塞尔根说,"庞特,这话可能比较难接受,但……好吧,你之前和我说过格里克辛人的信仰。"

"这和他们有什么关系?"庞特的话里仍然带刺。

"他们相信死者并非真的死了。他们相信人的意识在肉体死后依然存在。"

"所以呢?"

"所以,或许你希望自己能避免再次经历克拉斯特去世时的痛苦,而如果你的女伴相信……相信意识是永恒的,或者如果你认为她真的有永生的可能,且不论这个说法有多荒谬,那么……"塞尔根的声音越来越轻,像是在请庞特把话说完。

庞特叹了口气,遂了塞尔根的愿:"如果这种难以想象的事情再次发生,我又失去了自己的女伴,那我可能不会那么难过,因为她可能并未离我而去。"

塞尔根动了动自己的眉毛和肩膀:"没错。"

庞特站了起来:"学者塞尔根,谢谢你付出的时间,日康。"

"我还不知道我们两人的谈话结束与否,"塞尔根说,"你要去哪儿?"

"做些我早该做的事。"庞特说完，大步走出了这个圆形的房间。

露易丝·贝努特走进乔克·克瑞格在协力集团的办公室。乔克的员工里没有地质学家，但露易丝是物理学家，而且一直在克莱顿矿井下工作，所以他就把这项任务交给了她。

"搞定了，"她说，"我觉得自己搞清楚了。"然后把两张巨大的图表摊在工作台上。乔克从桌前站起来，走到了露易丝身边。

"这张是我们制作的标准古地磁年代表。"她用涂着红色指甲油的手指着左边的那张。

乔克点了点头。

"而这张，是我们从尼安德特人那里得到的类似的图表。"她指着另一张，上面满是奇怪的符号。

虽然玛利亚·沃恩在尼安德特人的世界里没有发现地磁反转发生过的证据，但乔克还是利用自己的影响力，将两个世界互换古地磁年代表的优先度排到了最高级。关于地磁场迅速崩溃这件事，如果最后发现是尼安德特人弄错了，那么乔克就会知道自己其实是杞人忧天。但他还是想确保自己万无一失。

"好了，如你所见，我们在表上标出的地磁反转次数要比他们多得多，在过去一点七五亿年里，我们总共记录了三百多次。这是因为从海底岩石中发现的记录要比从陨石里发现的更全。"

"我们先下一城。"乔克干巴巴地说。

"接下来,我把我们两个世界都有记录的反转进行了配对。你能看到,虽然他们的记录有很多漏洞,但到目前为止,基本都与我们的记录一一对应。"

乔克的视线跟着露易丝的手指在表格上移动:"不错。"

"那这样就清楚了。你听过我的理论:很长时间以来,这个世界上只有一个宇宙,直到四万年前的某一天,意识出现了。"

乔克点点头。虽然量子力学的事件导致宇宙发生了无数次短暂分裂,而且这事可能从宇宙出现时就开始了,但这些分裂并未在宏观层面产生区别,所以分裂后的宇宙在一两个纳秒后又重新合为一体。

但拥有意识的生物所做的行为带来了无法融合的分裂,四万年前发生了认知大跃进,意识由此出现,从而产生了第一次永久性的分裂。其中一个宇宙中,最先获得意识的是智人,而另一个宇宙中则是尼安德特人,两个宇宙就此分道扬镳。

"等会儿,"乔克看着尼安德特人的那张表,"如果那是我们自有记录以来最后一次地磁反转——"

"没错,"露易丝说,"在他们的表上,这次反转发生在一千万个月之前,也就是大约七十八万年前。"

"好,那如果它在我们的图表上是最后一次,那这个又是什么?"他指着尼安德特人的图表上标出的另一次记录,这次离现在的时间更近,"这就是他们说的、发生在二十五年前的那次?"

露易丝的回答只有两个字:"不是。"她太偏学术了,乔克不喜欢这样。她显然是想引导他去发现答案,她自己显然是知道了。但乔克只希望她能直接公布答案。

"那这次发生在什么时候?"

"大约五十万个月之前。"露易丝说。

乔克懒得掩饰自己的烦躁了:"等于?"

露易丝那对饱满的双唇粲然一笑:"也就是四万年前。"

"四万——! 但这不就是……"

"没错!"露易丝显然是对她的学生很满意,"就是认知大跃进发生的时间,也是意识出现的时间,亦即宇宙分裂的时间。"

"但……但他们为什么知道那次地磁反转,而我们不知道?"

"还记得我们第一次谈论这件事的时候吗? 地磁场消失后,新产生的磁场极性有一半的概率会和原来相同,也——"

"也有一半的概率会和原来相反! 所以那件事肯定发生在宇宙分裂之后。因为两个宇宙的情况不一致,那么在尼安德特人的宇宙里,地磁场极性就是反的——"

露易丝点点头:"这在陨石上留下了记录。"

"但在我们的世界里,新的地磁场极性与原来相同,所以就没有留下痕迹。"

"正解。"

"真有意思,"乔克说,"不过——等等! 他们在大约四万年前经历过地磁反转,对吧?但玛利亚说她在尼安德特人的世界里观察罗盘的时候,极性和我们的世界是相同的,所以……"

露易丝鼓励地点点头,说明他的方向是对的。

于是乔克继续说:"所以尼安德特人的世界里,最近发生了一次短暂的地磁反转,而六年前地磁场重新建立的时候,它的极性又发生了变化,这次和我们所在宇宙的地球相同。"

"就是这样!"

"好了,"乔克说,"我想知道的就是这些。"

"但这事还没完,"露易丝说,"远远不止。"

"把话一次性都说完!"

"好了好了,事情是这样的。地球——我是指分裂之前的地球,在大约四万年前出现了地磁崩溃,意识由此产生,我不相信这是巧合。"

"你的意思是,我们之所以能够发展出艺术,还和地磁崩溃有关系?"

"对,还有文化、语言、符号逻辑、宗教,这些都和它有关。"

"怎么就有关了?"

"我不知道,"露易丝说,"但别忘了,解剖学上的智人早在十万年前就出现了,但意识直到四万年前才产生。这六万年间,我们的大脑结构并没有发生变化,但既没有创造出艺术品,也没有显示出拥有真正感知能力的迹象。然后——啪的一下——很快某件事发生了，意识也就产生了。"

"没错。"乔克说。

"有些鸟会用脑内的磁石来辨别方向，你应该听说过吧?"

乔克点点头。

"而我们智人的大脑中也有磁石，没人知道为什么，因为我们显然没有用它当作内置的指南针。但我觉得，地磁场在四万年前崩溃时应该对人的脑内磁石产生了影响，于是就……怎么说，'激发'了意识。"

"那如果磁场再度崩溃会发生什么?"

"这个嘛，在尼安德特人的世界里，最近这次崩溃什么事都没发生，但是……"

"但是什么?"

"但是他们不用化石燃料，没有数以亿计的汽车，也不用氯氟烃来制冷。"

"没错，然后呢?"

"所以他们的大气层还有臭氧层目前都完好无缺，但我们的不是。"

"这和地磁反转有什么关系?"

"地球有两种方法可以让地表抵御太阳和星际辐射:其一是大气层，其二是地磁场。如果其中一个出现了缺损，那么另一个就会填补空缺……"

乔克瞪大了眼睛:"但我们的宇宙里,已经有一个出问题了。"

"没错,我们削弱了臭氧层,化学物质改变了我们的大气层。如果地磁场再度崩溃,那就没有任何备用的防护手段了,而这一切似乎正在发生。"

"会发生什么?"

"我不知道,"露易丝用法语说,"在给出肯定的答复之前,我们还要做许多建模工作,但是……"

"又是但是!但是什么?说呀!"

"唔,意识是在某次地磁崩溃期间产生的,换句话说,那次崩溃可以说是所有地磁崩溃之母。但这一次,意识可能……呃,我不是想过度比喻,但这一次,人的意识可能会崩溃。"

尾 声

庞特向旅行块的操作员致谢，然后下了车。他能感到女性落在自己身上的目光，以及她们责备的注视。但就算今天离合欢日只有一天，他也不能等。

庞特和玛利亚在她的地球上生活了一个多月后，在三天前回到了尼安德特人的世界。他说这个时间安排可以让他同时看到阿迪克和孩子们，这当然是真的。不过因为玛利亚在合欢日到来之前都要和露特住在一起，这也让他有时间去看人格塑造师，希望那可以让自己摆脱失眠和噩梦的困扰。

庞特现在正朝着露特的实验室走去，不过是由哈克带的路，之前他从来没来过这里。他步入这幢石头制成的建筑，向自己见到的第一个女人问路，问她知不知道玛·沃恩的工作地点怎么走。他问了个146代的人，对方很是诧异，但还是指了路，于是庞特继续沿着走廊大步前进。他走进对方说的那个房间,看到玛利亚和露特凑在工作台前。

就是这样,庞特暗想,于是他深吸一口气,然后——

"庞特!"玛利亚抬头喊道,能见到他很高兴,但是——

但,不对,这是他的世界,现在这个时间不合适,于是她试着让语调保持平静:"怎么了?"

庞特看着露特说:"我想和玛单独谈谈。"

露特挑起眉毛,又捏了捏玛利亚的前臂,离开房间时还带上了门。

"怎么了?"玛利亚问,她甚至能听到自己的心跳声,"你还好吗?婕斯梅尔出了什么事吗,还是说——"

"没事,大家都很好。"

玛利亚还是觉得紧张,但她试着轻描淡写地说:"你不该来的,合欢日还没到呢。"

但庞特的语气很严肃:"谁……谁管得了那么多。"

"庞特,怎么啦?"

庞特深吸一口气,然后用自己的语言说了些什么。但这些话没有立刻被哈克翻译出来。玛利亚看见庞特歪着脑袋,说明他在用耳蜗内的植入体听哈克说话。

然后庞特又开口了,不过很严肃,玛利亚听见了尼安德特人语言中的"卡",她知道这个音节的意思是"是的"。或许哈克在问他:

"这真的是你想说的?"如果哈克这么问,那么庞特肯定是在回答它,是的,他就想这么说,或许还让机侣不要乱管闲事。庞特沉默了好几秒,然后又说了什么,显然是在让哈克把他刚才说的话用英语说出来。于是那个机器合成的声音说道:"我爱你。"

玛利亚是多么渴望听到这几个字!"我也爱你,"她说,"我很爱你。"

"你和我,我们应该一起开创新的生活,"庞特说,"前提是你——你愿意接受我的话。"

"愿意,我愿意,当然愿意!"不过玛利亚刚说完就有些泄气了,"但……但想要让这样一段关系维持下去,会很复杂。我的意思是,你在这个宇宙里有自己的生活,我在另一个宇宙也是一样。你有阿迪克、婕斯梅尔和梅嘎梅格,而我……"她停住不说了,她本想说"一无所有",但要真的是这样就好了。她还有个丈夫,虽然已经分居,但仍是她合法的婚姻配偶。她还意识到一个问题,如果上帝不赞成离婚,那他又会怎么看待这段跨越物种的关系?

"我想试试,"庞特说,"我想和你修成正果。"

玛利亚微笑起来。"我也想。"但随后,她就觉得自己脸上的笑容慢慢消失了,"但还有许多问题要想。比如我们住哪儿? 阿迪克怎么办? 还有——"

"我知道这很困难,不过……"

"嗯?"玛利亚问。

庞特朝着玛利亚走近了一些,然后望着她的眼睛:"不过你的同胞登上了月球,我的同胞则打开了通向另一个宇宙的传送门。再难的事情也会成功。"

"会有牺牲的,"玛利亚说,"我们都会做出牺牲。"

"可能吧,"庞特说,"但也可能没有呢。或许我们可以取髓存骨。"

玛利亚不禁皱起眉,但随后明白了这话的意思。"我们是这么说的:两者兼得。不过我猜你说得没错,我们之间的差异并没那么大。我们都有什么都想要的时候,毕竟这就是……"玛利亚的声音越来越轻,一时找不到合适的词。

但庞特知道答案,庞特非常清楚应该说什么:"毕竟这就是人嘛。"说罢,他把玛利亚拥入怀中。